現実でラブコメできないとだれが決めた？
3
初鹿野 創
イラスト＝椎名くろ
SO HAJIKANO PRESENTS
ILLUST.=Kuro Shina
JN049609

[SCENE]
お昼休み
LUNCH BREAK

触れた手のひらに、耕平の体温を感じる。
こうして、直に触れてみると……
思ってたより、ずっと頼りない。

「――手助けが必要なら」
「後押しくらいしてあげるから」

CHARACTERS

長坂耕平
[ながさか　こうへい]
ラブコメに全てを捧げた主人公。
現実でラブコメを実現しようとしている。

上野原彩乃
[うえのはら　あやの]
耕平に巻き込まれた一般人。
無表情で理屈屋なイマドキＪＫ。

清里芽衣
[きよさと　めい]
耕平の"メインヒロイン"。
二次元キャラのようなスペックの美少女。

勝沼あゆみ
[かつぬま　あゆみ]
ギャルグループの中心。
現在は、耕平のせいで
"攻略できないヒロイン"&
"ポンコツ後輩キャラ"に。

日野春幸
[ひのはる　さち]
生徒会役員で２年生。
耕平が目を付けている"先輩キャラ"。

常葉英治
[ときわ　えいじ]
明るいスポーツマン。
バスケ部所属。

鳥沢翔
[とりさわ　かける]
クールなバンドマン。
軽音楽部所属。

Who decided that I can't do romantic comedy in reality?

現実でラブコメできないとだれが決めた？ 3

SO HAJIKANO PRESENTS
ILLUST.=Kuro Shina

初鹿野 創
イラスト＝椎名くろ

？？？
幕引き

Who decided that I can't do romantic comedy in reality?

「――それが普通だって、私は思いますよ」

最後にそう一言だけ告げて、私は生徒会室を出た。

サーッ、という雨音と一緒に、湿気を含む重たい空気が体に纏《まと》わりつくのを感じる。なんとなく、部屋に入った時よりも雨脚が強まっているように思う。

校舎に延びる渡り廊下は、屋根があっても壁はない。そのせいで両端が濡《ぬ》れてしまっていて、歩けるのは中央の狭いスペースだけだ。

これじゃ、大勢で通った時にだれかしらの上履きが汚れてしまう。せめて地面よりも少し高くするとか、もうちょっと考えればいいのに。

私は乾いたスペースを綱渡りのように歩きながら、早く梅雨が終わらないかな、と思った。

清掃活動前の土日は久々に晴れたけど、今日はまたどんよりとした曇り空だ。

いい加減、スカッと綺麗《きれい》に晴れ渡る夏の空が見たい。

峡国《きょうごく》市の夏はすごい暑いらしいけど、クーラーの排熱にまみれた都会の熱気に比べればきっと爽《さわ》やかで清々《すがすが》しいものに違いない。

それに暑いほどかき氷はおいしくなるし、海やプールが気持ちよくなる。

有名だっていうひまわり畑も見てみたい。
あぁ、夏が待ち遠しいな——。
「……なんてね」
首を横に振って、右耳に髪を掛け直す。
——夏は、ただの季節だ。
毎年毎年、死ぬまでずっと繰り返し訪れる、気温が高くて不快なだけの数か月だ。
そこに意味なんてないし、特別な価値があるわけもない。
そんなものを待ち遠しく思うなんて、まったくもって普通じゃない。
私は知らぬ間に止まっていた足を前へと押し出した。

——もうこれで、終わりにしよう。

彼らには、自分たちの思い違いに、気づいてもらおう。
彼らには、間違えて間違えてずっと間違えた先の結末を、早々に知ってもらおう。

——だって、この現実じゃ。
だれもが納得する〝ハッピーエンド〟なんてもの、どこにも、あるわけがないんだから。

プロローグ

事前情報だけでラブコメできるとだれが決めた?

Who decided that I can't do romantic comedy in reality?

よく晴れた、7月初旬の昼下がり。

俺は上機嫌に愛車《バイク》を走らせ、目的地に向かっている。

今年の梅雨明けは例年よりもだいぶ早く、この前の清掃活動が終わってからはずっと晴れ続きだ。盆地特有の灼熱《しゃくねつ》地獄はまだまだ先なようで、風はカラッと心地よい。

そして——ひと月後には、高校生活初の夏休みが待っている。

夏休みといえば、ラブコメ的においしい〝イベント〟盛りだくさんのゴールデンタイム。海で水着回は当然として、浴衣《ゆかた》で花火大会とか、キャンプで肝試しなんてイベントも定番中の定番だろう。全部ひっくるめて、友達の別荘でお泊まり合宿回って形が作れたら最高だ!

だがしかし……そのいずれも、事前に越えねばならないハードルがめちゃくちゃ高い。

そもそも別荘持ちの友人なんていないし、宿なり貸し別荘なりを借りる場合は金銭的な負担が大きくなる。それに、高校生の男女が一つ屋根の下で寝泊まりだなんて、保護者の了承が得られるかも甚《はなは》だ疑問だ。

花火大会はギリ行けないことはないかもしれないが、水着回は絶望的である。大前提、うちの県には海がない。

不二急《テーマパーク》でプールか、不二五湖《ふじごこ》で湖水浴という手もあるにはあるが……そもそも同年代の女子に突然「海行こうぜ！」とか誘ったところで「いや、男子の前で水着になるとかありえない。てか下心スケスケでキモすぎる」と言われるのが関の山だろう。常識人代表《バンピー》の上野原《うえのはら》さんが言うんだから間違いない。でも俺の脳内でくらいもう少し優しく断ってもいいんですよ？

まぁ、そんなこんなで事前準備がひたすら大変そうなので、全部を今夏に実行するのは半ば諦めている。実現可能性の高いものをピンポイントで拾いつつ、来年に備えるってのが妥当なところだろう。そもそもラブコメのゴールデンタイムって高2だし、今は我慢の時期だ。

それに、夏休み前にもう一つ〝イベント〟がある。そっちへもリソースを割かなきゃいけないからな。

――っと、あぶね。ついいつもの癖で〝計画〟のことを考えちまった。

俺はヘルメットをこんこんと叩《たた》いて気持ちを切り替える。

今日は〝共犯者〟の日頃の貢献に報いるお礼の会――つまり普通の休日《オフ》だ。

休日《オフ》にまで計画《しごと》の話を持ち出しちゃ上野原の気も休まらないだろうし、この手の話はナシにしないと。

そう心に誓ってから、俺はブォンとエンジンを吹かした。

◆

30分後、俺は一足先に目的地のカフェに到着し、2階席の奥で上野原《うえのはら》を待つ。

昼のピーク過ぎだからか、店内はゆったりとした空気が流れている。外のデッキでは家族連れやペット連れの人がのんびりと午後のひとときを過ごしていて、遠くの壁際では大学生くらいのカップルがおしゃべりを楽しんでいた。

ここは最近できたばかりのカフェ『DRAGON CAFE』だ。アメリカンテイストのモダンな雰囲気の店構えで、バリスタであるマスターが直々《じきじき》に淹《い》れる本格コーヒーがウリの店である。

ちなみに名前の由来は、隣にある青山台公園が通称『ドラゴンガーデン』だから。

元々は〝スポットノート〟の調査で訪れたのだが、マスターと話をするうちになんだか気が合って、以来ちょくちょく遊びにきている。

それにほら、ラブコメ的にはカフェで偶然〝ヒロイン〟と出会うなんてケースもあるし？

だからピンボケ写真しか撮れない俺にだけ甘々な女の子はよ。

「お待たせ」

とかなんとか思ってると、俺にだけ塩々な〝共犯者《うえのはら》〟がやってきた。しっかり約束の時間の20分前だ。

うん、いつも通りの時間前集合……じゃないか、5分だけ早いな。

「よっす、おつか――じゃない、えー、こんにちは？」

「……なぜ疑問形？」

怪訝《けげん》な様子で小首を傾《かし》げる上野原。

会議じゃないし、お疲れってのは違うもんな……でも普通の挨拶《あいさつ》ってのもなんか変な感じするなぁ。

「てか、やけに早いじゃん。いつも10分前くらいなのに」

「おう。今日はおもてなしする側だし、待たせちゃ悪いかと思って早めに出てきた」

上野原は「そか」と短く答えると、正面の席に座った。その動きに合わせて、僅《わず》かに柑橘《かんきつ》系っぽい香りが鼻腔《びこう》に届く。

あれ、なんかいつもと匂い違う？　いつもはバニラっぽい香りがするんだが……なんか制汗剤とか使ってるのかな。

「それで、注文ってどうすればいいの？　待ち合わせだって言ったら、とりあえず上へ、って案内されたけど」

「ん、ああ、メニューそんな多くないし、甘いものは一通り頼んどいた。飲み物だけ選んでくれりゃ俺がオーダー通してくる。めっちゃうまいぞ、ここのコーヒー」

「ふーん……てか、本格的なお店だし、結構値段するんじゃ？　本当に奢《おご》りでいいの？」

む、遠慮するなんて珍しいな。会議の時とかさらっと大量注文するくせに。

「俺に二言はない。日頃の感謝の証だ、気にせず頼んでくれ」

「ん……じゃあお言葉に甘えて」

そう言って、上野原《うえのはら》はメニューの書かれたボードを眺め始める。

ふと上野原の格好に目をやると、涼しげな黒のタンクトップの上にアウターを羽織り、下はロングスカートという組み合わせだった。

休みの日に会うことも多いし、上野原の私服姿は何度か見ている。ただなんとなく、会議《いつも》と服の傾向が違うように思う。

「うーん……あれかな、全体的にいつもより大人っぽい感じ……？」

「……あのさ、その観察っぽい見方するのやめた方がいいと思う。他の人にしたら間違いなくドン引かれるよ」

「あ、いやすまん。つい調査の癖が」

上野原はサイドの髪をくるんと指で巻きながら言った。

む、むむ。でも観察禁止ってのもなかなか難しいな。体に馴染《なじ》みすぎてて、どうするのが普通なのかよくわからん。

えーと、とりあえずまじまじと見たからには、何かコメントした方がいいよな……。

「いやー、元がいいからか、何着ても似合うな上野原は。うん似合う似合う」

「……ん、ありがと」

無表情のまま、こくんと小さくお辞儀をする上野原。

あ、あれ、なんか素直にお礼言われたぞ？　悪態が一つも返ってこないなんて……褒め方間違えたか？　いや、素直に受け取ってくれたってことだしいいこと？　んんー？

「耕平《こうへい》もいい感じなんじゃん？　前から思ってたけどなにげにおしゃれだよね、いつも清潔感あるし」

「アッハイ、お手数おかけします」

「お手数……？」

「まちがえました、恐れ入ります」

いかん、ナチュラルに褒められたのも予想外すぎて言語野がバグってしまった。

どうも調子が出ない俺がもごもごしていると、上野原《うえのはら》はメニューを手に呟《つぶや》いた。

「で……どれがいいとかあるの？　原産地とか見てもよくわかんない」

「ん、あぁ……俺はいつもブラジルだけど、上野原はどうだろうな。結構苦いし。マスターに聞けば教えてくれるだろうけど――」

「おーいコウヘイ、注文決まった？」

……と、見計ったようなタイミングで、タンタンタン、とテンポよく階段を上ってくるロン毛な髭面《ひげづら》が目に入った。

「あぁ、マスター。わざわざ聞きに来てくれなくてもよかったのに」

「ちょうど手があいたとこだから大丈夫」

通りのいい声でハキハキと話すマスター。

マスターは30代の、気さくなあんちゃんという感じの人だ。彫りが深く鼻が高い、海外俳優みたいな顔のワイルド系イケメンである。

とにかく人の懐に入るのがうまいコミュニケーション強者で、そのトーク術は俺の知る人の中でもトップレベル。初見のお客さんに対する接し方とか、悩みを抱えた人から本音を引き出す話術とか、見ていて色々と参考になったりもする。

ちなみにその巧みなトークに乗せられて、計画についてちょいちょい話してしまってたり。だって否定するどころか「めっちゃ面白いじゃんそれ！」とかノリノリで聞いてくるんだもん、つい。てか上野原先生しかり、意外と大人の方にウケがいいのはなんでなんだろうか。

マスターはニッと優しげに笑って話し始めた。

「改めて、いらっしゃい。わざわざカノジョと来てくれてありがとな」

「お、おおっ？　流石《さすが》マスター！　そうだよね、普通はカノジョだって思うよね!?　お約束《テンプレ》な反応できて嬉しいなー、よーし『ち、違います！　だれがこんなやつと！』」

と、正面のジト目を感じて俺は我に返る。

はっ、いかん！　ついテンション上がってラブコメが出ちゃった！

慌てて口を押さえる俺を見て、マスターは声を上げて笑う。

「ははっ、なんだその返し。相変わらずおもしれーなコウヘイは。一緒にいて飽きないよね？」

「あ、いえ……どっちかっていうと疲れます」

上野原《うえのはら》は急に話を振られて面食らったようだが、すぐにいつもの顔になって答える。

「あー、あれだよ、この手のタイプに全部ツッコもうとしちゃダメ。うまいこと流さないと」

「それは、はい。だいぶ前に悟ったので」

「あと、たまにリップサービス入れとけば簡単にご機嫌取れるからオススメ。現に今一瞬でノリノリになったでしょ？」

「……なるほど、確かに。参考になります」

「それ本人の前で話すことじゃないと思うんだけど⁉」

ていうか今のカノジョ発言リップサービスだったの⁉　くそっ、まんまと乗せられた！

ぶーたれてる俺をよそに、マスターはすっと上野原の横に立ち、覗《のぞ》き込むようにして手元のメニューをとんとん指で叩《たた》いた。

相変わらず初対面の人相手に距離が近いなぁ。でも何でか嫌な感じしないんだよな、マスターの場合。イケメンだからか？

「メニューだけじゃわからないでしょ？　これが香りもフルーティで飲みやすいからオススメかな。カプチーノで飲んでもおいしいよ。アヤノちゃんは甘いのが好きなんだよね？」

「え？　どうして私の名前……？」

「コウヘイがよく話題にしてるからさ、絶対そうだろうなって。違った？」

「あ、いえ、合ってます。……話題、ですか」

「なんとなくの事情は聞いてるよ。これ、初来店のサービスね」

と、今度はどこからともなく取り出した小さな包みを上野原の前に置いた。赤いリボンで口が結ばれた透明なラッピング袋の中に、自家製のビスコッティが入っているのが見える。さりげなく手書きのメッセージカードみたいなものまで添えられていた。

今度は女子ウケしそうなサービスまで……ホントこういうとこ抜け目ないの、この人。

「非常識なヤツって見てると面白いけど、面倒見るのは結構キツいもんな。疲れたらいくらでも愚痴聞くから、いつでもおいで」

「だからそういうの本人の前で言わないでってば！」

俺の批難を「ははは」と余裕たっぷりに受け流すマスター。

一連の対応に若干押され気味だった上野原だが、おもむろにふっと口元を緩《ゆる》めて。

「――はい。その時は、好きなだけ愚痴りますね」

む？

まさか、マジ笑顔だと……？

「注文、マスターのオススメでお願いします」

「かしこまりました」

その答えにマスターは満足げに頷《うなず》いて、下に戻っていった。

はー……ホント何者なんだ、あの人。上野原《うえのはら》から速攻レア顔引き出しやがったぞ。どうやればあんな風にスルスルッとうまくやれるんだろ。アレが再現できれば対面調査がはかど……って今日はそれダメだってば。何度やりゃ気が済むんだ俺は。

ごほん、と咳払《せきばら》いをしてから、上野原の方に向き直す。

「しかし今日もめっちゃいい天気だし、早めに梅雨明けてよかったなぁ。てか俺、盆地《こっち》の夏って初めてなんだけど、どんな感じなんだ?」

「とりあえずヤバい。35度まではギリ耐えられるけど、それ以上はガチで死にそうになる。40度超えると、もう常にサウナの中にいるみたいな感じ」

「うお、噂《うわさ》には聞いてたがそんなレベルか。教室にクーラーあって助かったな……」

「暑いの苦手だし、夏はほんと無理」

「へー、上野原って暑がりなのか。それはデー……トの時とかに大変そうだな、うん」

「……。陸上やってた時は本当にしんどかった。トラックの上とかフライパンみたいで」

「あ、そういや、高校じゃなんで陸上やらなかったんだ？　県大会超えてブロック大会まで行ったんだろ？　強化選手にも選ばれてたって聞いたぞ」

「それ、別にすごいことじゃないよ。そもそもうちの県ってレベル低いから」

「ん、マジか……。いや、それでも県3位は十分すげーと思うけどなぁ」

「タイム的には全然自慢できない。現にブロック大会とか散々だったし……。あと元々、好

きでやってたわけでもなくて、部活必須の学校だったからそれで入ってた感じ」

「あー、そういう感じか。でも他の部じゃなくて陸上選んだ理由くらいはあるんじゃ？」

「特別、深い理由はない……かな。強いて言うなら、一番入賞の可能性がありそうだったから、とか」

「ふーん、なるほどなぁ。確かに、事前に勝率とか考えるのは上野原っぽいな」

「……うん。だから高校じゃ別に、って」

「そっかー」

「うん」

ん、あれ……？

「えっと、話は変わるけど……上野原って、家だとどんな感じなんだ？　休みの日とか暇な時とか何やってる？」

「まぁ、テキトーにテレビとかYuuTube《ユウツーブ》見たり。土日は知り合いと買い物行ったりとか」

「お、いいな。買い物ってやっぱ服か？」

「そうだね。ついでに家具とか雑貨見たり。基本目的もなくブラブラすることのが多いけど」

「へー、まさに女の子って感じだな。てか家具とか雑貨も好きなのか、上野原。部屋とかめっちゃおしゃれにしてそうだ」

「ん、いや、特別好きってほどじゃないけど……一応、人並みには」

「そっかぁ……あ、てかこの辺てみんなどこに買い物行くんだ？　やっぱ駅？」

「近場なら駅とか島岡だけど、だいたい峡国《きょうごく》平成のエオンまで行っちゃうかな。チャリだとちょっと遠いけど、一日いられるし」

「あぁ、やっぱエオンが最強なのな……うちも家族で出かけるのってエオンだわ。こっちは隣県の店舗のが近いから、そっちにしか行かないけど」

「そうなんだ」

「おう」

……むーん、なんだろう。

別に、普通に会話しちゃいるが――。

「はー、なるほどなー……」

「……うん」

上野原《うえのはら》との普通の会話って……これでいいのか？

よくよく考えたら、上野原と計画に全く関係ない話をすることなんて、今までになかった。

そりゃ会議の合間にちょいちょい雑談くらいするけど、こうして改まった場でとなるとこれが初だ。

「あー……」

「……」

どうしよ。なんかそう考えたら、途端に何を話せばいいのかわからなくなってきた。

上野原は頰杖《ほおづえ》をつき、ぼんやりと外を眺めていた。その横顔はなんとなく退屈そうに見える。

くそ、まずいな……せっかくの慰労会でコレはよくないぞ。

えーとえーと、落ち着け、こういう時は、趣味とか好きなものの話をするのがセオリーだよな。上野原だと鉄板は甘いもの関連とか。情報《データ》から洋菓子派だってのは知ってるし、自分で作るみたいなことも言ってたから、そこから膨《ふく》らませていけば楽しく話せるか。

あ、でも待てよ……？

そもそもそういうテクニック的な話し方って、アリなのか？　計画の〝日常イベント〟ってわけじゃないいんだぞ。

いや、そもそもの大前提。

上野原はそんな風に、俺と普通の友達っぽい会話をして、それで楽しいのか……？

俺がうんうん思い悩んでいると、上野原は「……はぁ」と息を吐いた。

「……何やってんだか、私。これじゃ、いつもと変わらないじゃん」

「え？」

そして髪をくしゃりと掴《つか》んでからこちらを見た。

「ねぇ」

「は、はい？」

「変に気なんて使わなくていいってば。計画の話しようよ」

「あ、いや……それは」

「元々夜は会議の予定でしょ？　今やっちゃった方が効率的じゃん。違う？」

「で、でも……それじゃ、上野原《うえのはら》の気が休まらないかな、と。せっかくのオフなんだし――」

「この微妙な空気の方がよっぽど疲れるでしょ。……どうせ面白い話とか、出てこないし」

言ってから、所在なくわしゃわしゃと掴《つか》んでいた髪を乱雑に後ろに払う。

そっか……。

やっぱり上野原にとっちゃ、俺と普通の会話なんてしたところで面白くもない、のか。

「まぁ、その……上野原がそれでいいなら……」

「……」

「いつも通りで、いくか」

「……ん。それがいい」

上野原はこくんと小さく頷《うなず》いてからはっきり返事をした。

はっきりと強調して返された言葉に、なぜだか胸がもやっとした。

「――コウヘイ！　できたから、ちょっと手ぇ貸して！」

「あ、了解！」

と、階下からマスターの声が響き、俺は立ち上がった。

一度この場から離れられることに少しだけホッとして、俺は足早に階段の方へと向かう。

その視界の端で、結んだ髪を解《ほど》いている上野原が見えた。

◆

二人分の飲み物と、トレーいっぱい敷き詰めたスイーツをテーブルに運び。ついでにお手洗いも済ませて、俺は席に戻った。

——さて、気を取り直して。

「よしっ、じゃあ元気に会議始めるぞ！　今日の議題は次なるイベント——〝生徒会選挙イベント〟に関する事前共有だ！」

ドンッ、というセルフ効果音を概念的背景に表示させながら宣言する俺。

「いや、今度はいつも通りすぎるから。他のお客さんに変な目で見られるよ」

砂糖マシマシのカプチーノを口に運びながら、淡々と返す上野原。

……うん、やっぱこの感じは落ち着くな。ディスがある方が落ち着くってのもアレだけど。

「選挙周りのエピソードは、青春寄りのラブコメならかなりの高頻度で登場する重要イベントだ。当然それを逃す俺ではない……と、ちなみに峡西《うち》の選挙についちゃどれくらい知ってる？」

「今月末にある、ってことくらいしか知らない。特段興味もなかったし」

「そか。じゃあ軽く説明しとくぞ」

言ってから、俺は予《あらかじ》めスマホ上に整理しておいたメモを読み上げる。


生徒会選挙は前期末——夏休み直前の、7月下旬に実施される。

正式な代替わりは秋の学祭後なのだが、会長をはじめとする生徒会執行部は3年生が中心で、これから受験勉強が本格化する。その負担にならぬよう、早めに実務を引き継ぐための措置だ。

まず明日の選挙公告で候補者が判明し、それから3週間の選挙活動期間に突入。その間、公約ポスターの掲示なり街頭演説なり、全校集会での立会演説会なりがあってから投票。投票結果は即日確定し、校内放送で結果発表——というのが一連の流れだ。

選挙では会長1名、副会長2名の合計3名のみ選出し、それ以外の役職者は後に生徒会長が任命する形で執行部を組織する。なお対立候補が出なかった場合は選挙でなく信任投票となり、全校生徒の過半数の賛成によって信任となる。


「——ちなみにここ数年は信任投票ばっかりで選挙戦にはなってないな。役持ちの2年生がだれかしら立候補して信任されるのが規定路線みたいだ。あ、ちなみに立候補自体は生徒会に入ってなくてもできるらしいぞ」

「ふーん……え、まさか会長に立候補するとか、常軌を逸した奇行には走らないよね？」

「常軌を逸した奇行!?　どんだけヤバい行動扱いなの!?」

ただの奇行扱いじゃ生温《なまぬる》いってか、失礼な奴め！　でもその調子だもっとやれ！

「つーか、ラブコメ的には主人公が会長になるケースのが稀《まれ》だ。大体ヒロインの一人が選挙に立候補して、その過程で一悶着《もんちゃく》あるのが王道展開《テンプレ》。ヒロイン同士で争うパターンもあるな」

某小悪魔系後輩キャラとか、某魔――もとい、パーフェクトヒロイン様とポニテ元気っ子とかな。

「で、主人公はヒロインのサポーターとして、知恵を授けたり演説に臨んだりと当選に向け尽力するわけだ。そして、一連の関わり合いの中、育まれていく二人の関係。そして密かに芽生える〝ヒロイン〟の恋心――と、今回はそんな方向で〝シナリオ〟を組もうと思ってる」

「……なんかキモいな。恋心とか口に出されると特に」

「ラブコメなんだから当たり前だろ、今更何言ってんだ」

「別に、単にキモいからキモいって言っただけ」

単純否定もいいね！　……いや待て、完全にドMみたいになってんじゃん俺。さっきまでの反動で思考が変な方に振れすぎたな、もうちょっと落ち着こう。

「てかさ、その理屈だと、会長に立候補する〝ヒロイン〟がいなきゃ話にならなくない？」

「まぁ、今まで、なら、そうだな」

と、上野原《うえのはら》はもう俺の言わんとすることを理解したのか、目を細めて続けた。

「……まさか、あの人をヒロインにするつもりなの？」

「相変わらず察しがいいな……そのまさかだ」

俺はこほんと咳払《せきばら》いして宣言する。


「今回の〝生徒会選挙イベント〟では――

未来の〝生徒会長ヒロイン〟こと、日野春幸《ひのはるさち》先輩をターゲットとする！」


バァン、という脳内効果音とともに高々と宣言する俺。

上野原《うえのはら》は口に運ぼうとしていたコーヒーカップをソーサーに戻してから、わざとらしく額に手を当ててため息をついた。

「『しばらく本気調査するから連絡取れない』って言ってたのはそれでか……」

「おう。それでやっと必要なデータが揃《そろ》って、ラブコメ適性が算出できた。その結果が予想以上によかったから、今回の選挙を〝ラブコメイベント〟にしちゃおうって決めたわけ」

上野原は呆《あき》れ顔のまま、シフォンケーキの最後の一口を飲み込んだ。てか知らんまに他のスイーツ消滅してるじゃん……。

「にしても急な方針転換だね。先輩のこと苦手じゃなかったっけ？」

「まぁ、これまで表面的な印象でしか見てなかったし。それに色々とギャップが激しくて、ど

んな〝登場人物《キャラ》〟なのかわかんなかったからな、あの人」

見た目、大人っぽくてお上品な大和撫子《やまとなでしこ》タイプかと思えば、グイグイ意識高い感じで迫ってきたり。キッチリ真面目に仕事してるから委員長タイプかと思えば、そこまでモラルを重視してるわけじゃなかったり。

「だがそれも、全ては理解《データ》が足りなかっただけの話だ。ちゃんと調べたらかなりいい線いってな……ちょっと方向が予想外だったけど」

そう言って、俺は再びスマホを手に取った。

「やっぱり情報の不足こそラブコメの不足だ。この前の勝沼《かつぬま》の一件だって〝友達ノート〟の情報が少なかったせいで大失敗やらかしたんだからな。だから今回は同じ轍《てつ》を踏まないよう、事前にそのへんを徹底的に調べとくことにした」

「……ん。本気調査って、まさか」

俺はニッ、と笑って答える。

「日野春先輩の生い立ちから現在に至るまでの〝過去エピソード〟——〝登場人物《キャラクター》〟情報は、全て収集しておいた！」

——というわけで。

今回は事前に、日野春幸《ひのはるさち》という〝登場人物〟の全容を伝えようじゃないか。

◆

【基本情報】

日野春幸。2年1組出席番号25番。生徒会庶務・会計監査兼任。

外見的には外ハネ気味な黒髪ロングと、おっとりと大人っぽい大和撫子《やまとなでしこ》な容姿。直近に実施した『峡西《きょうにし》可愛《かわい》い子ランキング（全学年版）』では5位にランクインする美少女であり、スタイルも抜群（推定戦闘力Eオーバー）。

イークラ所属なこともあり学力は全体的に高い。得意科目は文系科目で、国語と日本史の成績は学年トップクラス。反面、体力は平均以下で、体育の成績だけが突出して低い、完全な文化系。他にも低血圧で朝が弱かったり、方向音痴《おんち》気味だったりと苦手なことは多い。

好きなものは和風なもの、嫌いなものは手持ち無沙汰《ぶさた》な時間。趣味は史跡巡りと硬派で、峡国《きょうごく》駅すぐ近くの舞鷺城《まいさぎじょう》公園や、心霊スポットとして有名な旧府城《きゅうふじょう》跡など、休みの日には広く県内の名所を巡っている。

自宅は峡国市の東端で、学校までそこそこ距離があるため、毎日原付で通学している。ちなみに車種はリトルカブで、ボディカラーは水色。

評価――。

ビジュアル適性A、基礎能力適性B、性格適性B、行動適性A、発言適性B。

ラブコメ適性――Aランク。『ヒロインタイプ・カリスマ生徒会長』の適合度85％。生徒会長就任をもって、ラブコメ適性Sランク〝生徒会長ヒロイン〟として昇格。

「――ヒロインタイプ？」

自分のスマホで〝友達ノート〟を読んでいた上野原《うえのはら》は、見慣れない単語に気づいたらしく、そんな声を上げた。

「どんなタイプのラブコメヒロインかを表わしたものだ。例えば『小悪魔系後輩』とか『ツンデレ系元カノ』とかな。元はヒロイン要件って項目で判定してたけど、もうちょいわかりやすくするためにカテゴリ化した」

ラブコメ適性は単純にラブコメの〝登場人物《キャラクター》〟っぽいかどうかを判定するもので、〝ヒロイン〟として適性があるかの判断には別基準を設ける必要があった。

そこで対象者を、ラブコメに出てくる典型的ヒロイン像――すなわち『ヒロインタイプ』とどの程度合致するかを数値的に算出。適合率80％以上のものがあれば、そこではじめてヒロイン固有判定である〝S判定〟が出るようにした。

こうすれば一時の気の迷いとか偏った主観とかを極力排して、客観的に評価ができる。自分のイメージだけでなんとなく決めるよりはよほどいい。

「しかし先輩の場合、現時点で適合度が基準以上のものはない。ただこの後、生徒会長になれば『カリスマ生徒会長』にハマるから、当選確定後に正式にヒロイン認定が出るって感じ」

ちなみに、清里《きよさと》さんは『天使系クラスメイト』とか『サッパリ系運動部』とか適合するヒロインタイプ多すぎ問題で無条件に〝メインヒロイン〟、勝沼《かつぬま》の場合はヒロインタイプに適合してもラブコメ適性が足りない問題で〝攻略できないヒロイン〟という例外扱いになっている。

上野原《うえのはら》は「はぁ」とどうでもよさげに息を漏らしてから続けた。

「てか、先輩がカリスマってのがパッとしない。そんな要素あったっけ？」

「それは後々出てくるぞ。続きを読むことだ」


【生い立ちから幼少期】

峡国《きょうごく》市生まれ峡国市育ち。一人っ子。父母はともに教師。両親が仕事で多忙なので、父方の実家に預けられ、祖父母が面倒を見ることが多かった。

祖父は市議会議員の経験があり、その関係で地域との繋《つな》がりが深い。その孫である幸《さち》は『さっちゃん』の愛称で可愛《かわい》がられ、温かな人間関係の中で天真爛漫《てんしんらんまん》に育った。

幼少期の幸は好奇心旺盛《おうせい》で、遊ぶのが大好きな子どもだった。体は強くないものの行動はか

なりアクティブで、商店街のお祭りでは我先にと出店や神輿《みこし》を楽しみ、時には近所の悪ガキと一緒に岳田《だけた》神社の境内に忍び込もうとしたり、舞鷺城《まいさぎじょう》・天守台の石垣を登ろうとしたりと、危険な行為に出ることも。

そんな幸を両親は厳しくしつけ、危険なこと、悪いことをした時には強く叱った。そのたびに幸はヘソを曲げ、祖父母の家に籠《こも》り帰ろうとしないことも多々あったという。

当時を知る人によれば、幸は寂しがり屋な側面もあり、多忙な父母に構ってほしいという想いもあったのでは、との言。

「またいきなりコアな個人情報を……どこからこんなの拾ってきたんだか」

「まず日野春《ひのはる》議員の名前をネットで見つけて、そこから市議会の議事録を調べた。そしたら商工会が支持基盤だってわかったから、後は本宅付近の商店街のお店に聞いて回った、って感じだな。先輩の友達だ、って言ったらぼろぼろ出てきたぞ」

「……市議会の議事録見てる高校生とか耕平《こうへい》くらいだと思う」

なお、ここでいう商店街とは、峡国駅の東南東にある『中央商店街』というアーケード街のことだ。いわゆる昔ながらの商店街といった趣の場所で、古くからある個人経営の商店が多く軒を連ねている。

だからなのか、店主はおじいちゃんおばあちゃんが多くて、「昔はよかった」的なノリで色々

と思い出話を語ってくれた、というわけだ。まぁ先輩無関係な話が8割だったけどね。

【小学校時代】

年月とともに、幸《さち》は次第に両親の教育方針に従うようになり、小学校低学年頃には危険な行動に出ることはすっかりなくなった。

その代わりに、ルールや規則に則《のっと》りながら無茶をやるようになった。小学校の同級生によれば、給食のおかずオークションを考案したり、全クラスの縄跳び成績をランキングにして掲示板に貼《は》り出し、勝手にクラス対抗戦を始めるなど、小学生離れした行動力を発揮していたとのこと。

恐らく、両親の言いつけを守りつつ自己の欲求を満たそうとした結果、ルールを犯さないギリギリの範囲で最大限の結果を求める思考が形成されたものと思われる。

「なにこの小学生。こんな変な人だったの、先輩って……?」

「な、驚くだろ?　わりと破天荒なことやってんだよな、あの人」

いずれにせよ小学生には思えない発想と実行力だ。俺なんて自由研究くらいでしか目立つことなんかなかったぞ。

「小学校でこれとか、中学以降が思いやられるな……」

「当然そこらへんも調べてる」

【中学校時代】

中学では、初期から生徒会活動に注力する。

小学校の頃よりもさらに向上した行動力と、他者を引っ張りまわす強力なリーダーシップによって、後に『東中二大祭』と呼ばれる文化祭・音楽祭を作り上げた経歴を持つ。

そのカリスマ性と、人より成長が早く整った容姿の持ち主だったこともあってか、密かに『日野春《ひのはる》せんぱい♡を推《お》す会』なんてRINE《ライン》グループが作られるほどの人気ぶりだったとのこと。なお構成員は後輩女子が一番多かった様子。

現在でも、一代にして学校を様変わりさせた名誉生徒会長として伝説的な扱いを受けている。

「あ、この辺は鳥沢《とりさわ》から聞いた話も混じってるな。直接の面識はないみたいだけど、東中出身者ならだれでも知ってる有名人だってさ」

「これだけ派手に動いてたらそうだろうね」

「ちなみに文化祭は関係者だけでひっそりやってたものを一般開放に変えて、音楽祭はただの合唱会だったものをバンドにアカペラ、果ては狂言までOKな一大イベントに作り替えたとか。うちの学祭みたく、体育館に特設ステージ作ってやるらしいぞ」

「普通の公立中なのによくそんなこと……色んな方面から止められなかったの？」

「情報じゃ、教師陣とか学校側の反発が大きかったみたいだな。正論でねじ伏せたらしいが」

「……非行少年よりも性質《たち》が悪いな」

「嫌われてる怖い先生にも食ってかかったみたいで、生徒からはヒーロー扱いだ。鳥沢《とりさわ》は『今後に期待』って言ってたし、先輩が高校で何するか楽しみにしてるのかもな」

「まぁこの手の大馬鹿な人好きそうだしね、鳥沢君」

「おい今絶対別の単語にルビ振ったろ？」


【高校1年～現在】

やりたい放題な中学生活を経て、県下一のお祭り学校である峡西《きょうにし》に入学。峡西入学後は即座に生徒会に入会し、1年の立場ながら様々な企画や改革案を提言した。一例を挙げると、生徒会新聞にて連載している『季節のオススメ学食レポート』は先輩の発案によるもので、他にもTbitter《ツビッター》の生徒会広報アカウントを開設し運用したりと、精力的に活動している。

その働きゆえか、通常2年生が任命される庶務のポジションに1年にして抜擢《ばってき》され、昨年度末には会計監査の役職をも兼ねることになった。

「ん、そか。役職兼任してるってことは、途中で退会した人が出たってことか」

「ああ。調べによれば『早めに大学入試に備えたい』って理由で辞めた人の仕事を引き継いだみたいだ。本来なら何も役職持ってない人がやるのが筋だけど『そんな大変じゃないし私がやる』って立候補したらしい」

「ふーん……押しつけられたとかじゃないんだね」

「らしいな。まぁ、年度初めに予算案チェックする程度の仕事内容だし、すぐに新生徒会が発足する時期でもあったから、内部事情に詳しい役職者がやった方が効率的だったのかもな」


【総評】

奇抜な発想力とそれを行動に移せる実行力、他人をグイグイ引っ張れるリーダーシップを持った人物。中学時代の友人は『生徒会長が天職』『年中お祭り頭』『止まったらたぶん死ぬ』などと評するほど生徒会活動に積極的であり、会長選への立候補は既定路線。

なお、人気のわりに告白する者は少なく、交際経験はないとのこと。あまりに行動がアクティブすぎたせいか、遠巻きに眺める人ばかりだったようだ。当人も『色恋より生徒会活動の方が充実している』との言で恋愛に積極的ではなく、一部からは『美人の無駄遣い』という声も。

いずれにせよ、志向性がポジティブかつ〝計画〟との親和性が非常に高く、〝ヒロイン〟としても〝ラブコメキャラ〟としても破格の適性を持つ重要人物であると結論づける。

「――とまぁ、こんな感じ」

俺はスマホをテーブルに置いて一息ついた。

「だいぶシンプルにまとめたけど、ちゃんと複数の情報筋から得たものを統合してるから、この内容は間違いないものと思ってもらっていい。心配なら生データも渡すぞ」

「ううん、そこは疑ってないから大丈夫。耕平《こうへい》の本気調査ほど怖《スゴ》いことなんてないし」

「まーたなんか副音声が聞こえる気がするんだが？」

と、ここで上野原《うえのはら》は自分のスマホをテーブルに置き、口元を手で覆い隠すいつもの思考ポーズをとった。

ん、何か気になることでもあったか？

「先輩の人格に関してはまぁいいとして……今現在、周りの人ってどんな感じ？　情報ある？」

「うん？　友人関係ってことか？」

「そう。あと生徒会の人との関係とか」

俺は〝友達ノート〟の該当項目を開いてから伝える。

「えーと、クラスで仲良くしてる人が何人かいるな。他クラスだが、同中出身の友達もいる。クラスの中心的存在って立ち位置じゃないみたいだが、だからってハブられてたり嫌われてたりってことはない」

少なくとも、かつての勝沼《かつぬま》のように学校に居場所がない、ってことはなかろう。その手のネ

ガティヴな話題があればどこかしらから出てくるだろうし。

「で、生徒会の中だとみんなから頼られてる、って感じかな。特別仲のいい人がいるわけじゃないようだが、『色々やってくれて助かってる』ってコメントもあったし。良好な関係なんじゃないか？」

「今までだれかと衝突したりとかは？　トラブったりとか」

「んー、そうだな。目立ったトラブルっていうと……1年の頃だが、一時的にクラスメイトと対立したことはあったみたいだ。ほら、清掃活動の絡みで」

「あぁ……確か方針決めるのに揉《も》めたんだっけ？」

「そうそう。本人も言ってたけど『本気で取り組もう派』と『テキトーでいいじゃん派』に割れたみたいでさ。ただ結果的にはうまく収まったらしいし、当時のことが尾を引いてる、って感じでもないみたいだぞ」

そこは追調査で元クラスメイトに確認したから間違いない。反応も「あぁ、そんなこともあったっけ」くらいの軽いものだ。

上野原は思考ポーズのまましばらく黙って、それからこくんと頷《うなず》いた。

「……とりあえずＯＫ。それで、これからどうするつもり？」

「うむ。まずは明日、先輩にコンタクトを取って、今後の具体的な活動予定を探ろうと思う。で、あわよくば応援演説に立たせてもらえないか確認、ってとこだな」

たとえ信任投票でも、立会演説会は開かれる。

選挙戦ならともかく、当選がほぼ確定している信任投票の応援演説を好き好んでやる人は少ない。うまく根回しできればそのポジションに就ける可能性がある。

そうすれば選挙期間中、大手を振って行動をともにできるから、各種〝サブイベント〟が打ちやすくなるって寸法だ。

それで、今まで付かず離れずだった距離感を一気に縮めて、〝好感度〟をガッガツ上げていこうっていうのが今回の大目標だ。当然、イベント自体も最大限楽しむけどな。

「じゃあ私はひとまず待機かな。特にやることなさそうだし」

「そうだな。今のとこ手が足りないこともないし、何かあれば声かけるようにする」

「了解。……まぁなんだかんだで速攻で声かけられそうだけど」

「あのね、そういうフラグ立てるのやめなさいと何度言えば——と、おかわり頼むか?」

ふと上野原《うえのはら》のコーヒーカップが空になっていることに気づき声をかけた。

「ううん、もう頼んだから大丈夫」

「えっ、いつの間に?」

「今さっきRINE《ライン》で。マスターとID交換したから」

「それこそいつの間に!?」

「耕平《こうへい》がお手洗い行ってるタイミングだってば。それで頼んでくれればいいよ、って」

マスターさぁ……あなたは距離感縮めるの早すぎなんですよ……。

◆

それから他の定期的な情報共有をしてから、その場は解散となった。

俺は夕暮れの中、丘の上をバイクで走る。

丘の上のメイン通りは、街の方へと向かっていく車が多い。見た感じファミリーカーばかりだから、みんなで夕食にでも行くんだろう。

この辺りは最近開発された住宅街で、元々畑だった場所を切り開いて造成した場所だ。だから周囲に飲食店の類《たぐ》いはなくて、外食しようとすれば丘の下、盆地の底まで出向く必要がある。

小さい子どものいる家庭も多いだろうから、たぶんこれが週末の日常なんだと思う。

……と、目の前の信号が赤に変わったので、俺はバイクを止めて足を下ろした。

街に向かう車通りを眺めながらぼんやりと考える。

——結局、今日は最後までいつもの会議《ノリ》だったな。

会議になってから上野原のツッコミは終始キレキレだったし、俺も俺で何も気負うことなく会話ができた。少なくとも、最初の時みたいな妙なミスマッチ感はなかったと思う。

んだろう。

上野原《うえのはら》も退屈そうには見えなかったから、結局、俺たちにはその関係が合ってるってことな

そう——〝計画〟があればこそ、俺は上野原と、こうして長い時間をともに過ごせている。

だって俺から〝計画〟を取り上げたら、そこにいるのは一般人以下の凡人だ。面白みもなければ目立つこともない、単にラブコメが好きなだけの名も無きモブなのだ。

そんな普通の人間と、上野原みたいなスペックの高い女子が一緒にいて楽しいはずがない。

あいつは友達が多いし、普通に高校生活を送る上じゃ、もっと気が合う人なんていくらでもいる。

俺から上野原に提供できる価値は〝計画〟だけだ。それ以外のものは、何もない。

だから、あいつに報いるためには——〝計画〟の成功に向け、走り続けるしかないのだ。

俺はそのことを強く再認識して、ぎゅっとバイクのスロットルを握る。

しかし、コーヒー飲みすぎたかな……なんだか胃が重い。

◆

翌日の朝。

俺は欠伸《あくび》を押し殺しながら、生徒会室に向けて歩いている。

昨日は選挙シーンが出てくるラノベを読み漁《あさ》ってしまった。おかげで寝不足だ。

だってほら、放課後に二人して仲良く選挙戦略練っちゃったり、演説本番に予想外な作戦仕掛けて対立候補《まおうさま》を驚かせちゃったり、最後の最後には今まで助けてくれてありがとうブレ◯ン的ラッキースケベ……とかね？　とかね？　こういうのできるのかなー、とか思ったらテンション上がっちゃうのは仕方ないよね？　予習は大事だしね、仕方ない仕方ない。

そわそわウキウキ気分な俺は、練っておいた〝プロローグ〟のシナリオを脳内で思い返しながら生徒会室前にたどり着いた。

よしっ、じゃあ早速〝生徒会選挙イベント〟スタートだ！

俺がいつものようにドアをノックしようとしたところで、ふと入り口横の掲示板が目に入る。

そこには『選挙公告』と書かれた真新しい一枚の用紙が貼《は》り付けられていた。

候補者の名前は――。


「…………え？」


驚いた俺は、ノックも忘れて生徒会室のドアを開いた。

「せ、先輩！」

「うわっ、びっくりした！」

いつものようにノートパソコンを前に座っていた日野春《ひのはる》先輩が、体をビクンと震わせた。

「ちょっと長坂《ながさか》君、ちゃんとノックしなきゃダメだよ。会議してることだってあるんだし、親しき中にも礼儀ありって言って」

「あ、あの、選挙！」

「……、選挙？」

「なんで、先輩の名前ないんですか!?」

先輩はぴたりと動きを止めて、無言のままブルーライトカットの眼鏡をかける。

それからノートパソコンへと視線を戻して、カチャカチャとタイピングを始めた。

「出ないから」

「えっ……」

「だから、出ないんだってば」

日野春先輩は視線をこちらに向けることなく、淡々と。

「私は会長に立候補するつもりはないの。このまま今の役職を続けるつもり」

——ああもう、どうしてこう、俺のラブコメは。

いつもいつも、予定通りに進まないんだろう……。

「なぜだ……なぜ立候補しないんだ……」

「うん、こんな気はしてた。とりあえずご愁傷様」

もはや指定席といっても過言ではない〝M会議室〟の奥の席。

俺はテーブルに顔から突っ伏しながらモゴモゴと愚痴る。

「くそっ、性格も過去エピも完璧《かんぺき》に調べたじゃんか。なんで？　なんで立候補しないの？　そんな伏線《データ》どこにあった？　あるなら教えて、何巻何ページ何行目!?」

「小学生みたいなスネ方するのやめなよ。みっともない」

ガバッと身を起こした俺にナチュラルディスをよこしてから、季節限定ヨーグルトシェイクをちゅーちゅー飲む上野原《うえのはら》。フラグ立てた張本人のくせに、チクショウめ。

「まぁ、いくら当人の過去とか人格とか理解したところで、それだけで行動が全部決まるほど単純じゃないってことでしょ」

「だって勝沼《かつぬま》の時はそれでうまくいったし……」

「あの人は思考と行動が直結してただけじゃん？　そういう人の方が珍しいと思うよ。普通は色んなしがらみで思うように動けないものだって」

「しがらみって何だよ、トラブルなんて調べても出てこなかったぞ！」

「目に見える派手なトラブルだけが問題じゃないし。表に出ないケースとか、ちっちゃなことの積み重ね、ってパターンもあるでしょうに」

「ぬ、ぬぬ……！」

ちくしょう相変わらず正論だな！

俺はグヌりながらスマホを手に取った。

すると、さっき撮ってそのままになっていた写真が表示され、思わず顔を顰《しか》める。

「加えて……代わりに立候補した人が非常によろしくない」

「というと？」

「現書記の人だ。まだざっとしか情報洗えてないんだけど、ざっくり言えば『イベント縮小路線』を打ち出してるんだよ」

「……ふーん？」

くるくるとストローでシェイクをかき混ぜる上野原《うえのはら》にスマホの画面を向ける。

「これが公約。『学祭の1日化による生徒会費削減』と『有名予備校の講師による特別授業を実施』が2本の柱で、他にも『怪我人撲滅のため体育祭の種目変更』とか『球技会の廃止』とか……ええい、イベント縮小路線じゃ生温《なまぬる》い、こりゃもうアンチラブコメ路線だっ！」

「……ピンポイントで計画に都合が悪そうな人、か」

口元に手を当てながら、上野原が呟《つぶや》く。

「ただまぁ、中身は真っ当かな。進学実績も年々落ちてるとか聞くし」

「確かにそういったデータがあるのは事実だが、イベントとの関連性は立証されてねーわ。因果関係あるってんならキッチリ統計データを出してこいってんだ！　あーくそ、話してたらイライラしてきた、ちょっとラノベの角でぶん殴って意識飛ばした上でヘッドホン縛り付けてからのドラマCD無限ループで脳内ラブコメ色にしてくる！」

「いやいや、自分で言いながら興奮しないでよ。落ち着きなってば」

「フー！　フー！」

返せ！　俺の楽しかった予習時間返せよぉ！

俺はぐびっとアイスコーヒーを飲み込んでから「はぁ」とため息をついた。

「つーか、立候補した書記先輩もなんでここにきて急に動いた？　方針も改革路線の過激なもんだし……」

「急に、ね。どんな人？　情報あるの？」

「2年5組の男子で、名前は塩崎大輝《しおざきだいき》。背は俺と同じくらいだがガッチリした体型で、黒縁のメガネかけてる」

「……ちょっとわかんないな。〝友達ノート〟で見たような見なかったような……」

「そう、つまりそんな立ち位置《ポジション》の人だ。今まで別に表立って行動してたわけじゃないんだよ」

真面目を絵に描いたような性格で、役職こそ書記だが目立った功績もない。ラブコメ適性は当然Eだ。

「日野春《ひのはる》先輩が出ないからって押しつけられた？　それとも何かしら意識の変化でもあったのか？　ああくそ、結局情報不足だ！」

選挙周りの情報は厳重に秘されていて、事前にまったく掴《つか》めなかったのが痛い。

日野春先輩に探りを入れてもまるでダメだったし、一般生徒に至ってはそもそも興味がないのか、話題にすらなっていなかった。

「他に候補者もいないし、このままじゃさらっと信任されて全てが終わりそうだ。色んな意味で計画のピンチだぞこれは」

「決まっちゃったのはもう仕方ないじゃん。ここからどうするかを考えないと」

上野原《うえのはら》の冷静な言葉を聞きながら、俺は残ったアイスコーヒーを一気に飲み干した。加熱していた頭と体がいい具合に冷えていく。

つーかこの店、空調止まってないか？　俺たちしかお客いないからってケチってんじゃないよな、まったく。

俺はぐるっと周囲を見回してからパンパンと頬《ほお》を叩《たた》き、深呼吸で昂《たかぶ》る気持ちを抑える。

頭が十分に冷静になったことを認識してから口を開いた。

「……とにかく、想定イベントプランは全て白紙。まずは現状把握のために情報収集。最終

目標は先輩に会長選に立候補してもらうことだ」

「え、今からでも立候補できるの？」

「実のところ猶予期間はあと2週間ある。慣例として初日に立候補表明してるだけで、規定上は最終日ギリに出しても問題ない」

　遅くなればなるほど選挙活動期間が短くなる、ってだけの話だ。

　選挙戦にさえ持ち込めればやりようはあるし、何より先輩が生徒会長になってくれないと〝会長ヒロイン（仮）〟のまま変わらず、下手すりゃ永久に（仮）が取れなくなってしまう。

　上野原はふむ、と声を漏らす。

「てかさ、そもそも日野春先輩はなんで立候補しなかったの？　理由とか言ってなかった？」

「それが、聞いてもはぐらかされたんだ。『とにかくやる気はない』の一点張りで」

「はぐらかされた、ね」

　上野原が訝《いぶか》しげな顔で腕を組む。

「理由があるなら言ってもよさそうだけど。その辺、ハッキリしそうな人ではあるし」

「そうなんだよな。何か事情がありそうだし、そこを調べないと」

　先輩の個人的な事情なのか、人間関係に問題があるのか、はたまた家庭の事情か……現状じゃ何一つわからないからな。

　俺はスマホのカレンダーアプリを開いて、立候補の締め切り日などを手早く入力していく。

対処にかかる時間も含めると、ゆっくりしている時間はない。迅速に、効率的に動かないと。

「そうだな……一旦手分けして調べてみよう。俺は日野春《ひのはる》先輩にもう一度あたってみるから、上野原《うえのはら》は塩崎《しおざき》先輩とか周辺を——」

と、そこでふと風の流れを肌に感じた。

ん、空調入れ直したか？　やっぱさっきまで消えてたんじゃ——。

無意識に顔を上げる。

と。


「——あ、やっぱり長坂《ながさか》くんと彩乃《あやの》だ！」


——え？

唐突に目に飛び込んできた見慣れた姿に、俺の思考が凍りついた。

「——っ！　芽、衣、っ、？」

その声を聞くなり、いつになく焦った様子で後ろを振り向く上野原。

――俺たちのいる指定席《テーブル》に至る通路。

いつの間にか、そこに立っていたのは。

見紛うことなき〝メインヒロイン〟――清里芽衣《きよさとめい》さんだった。

「こ、こんなとこ、で、奇遇だね！　二人でお茶してたの？」

にこり、といつもの顔で笑う清里さん。

な、なんで……〝M会議室《ここ》〟に、清里さんがいるんだ？　峡西生《きょうにし》は寄りつかない〝密会スポット〟なのに、なんで⁉

いや、そ、それよりもっ！

今の話、聞かれたりしてないよな⁉

サーッと血の気が引いていく俺をよそに、上野原が僅《わず》かに乱れた前髪を整えてからゆっくりと口を開いた。

「……あー、びっくりした。もう、驚かせないでよ」

「あはは、ごめんごめん。間違えてたら恥ずかしいし、しっかり確認してから声かけたくて」

あ、いやっ、そうだ！　さっき空調の確認した時はいなかったじゃないか！

もしその時から近くにいたなら絶対に気づく。隠れて盗み聞きできるようなスペースもない。

だから大丈夫、大丈夫だ……計画は、バレてない。

俺が荒くなっていた呼吸をなんとか整えようとしているうちに、上野原《うえのはら》が続けて話し始めた。

「てか芽衣《めい》、部活は？」

「あ、今日はコート整備の日でね。ローラーだけかけて解散になったんだ」

はっ？　そんな情報あったか……!?

テニス部のスケジュールを思い出そうとするが、答えは浮かばない。イレギュラーのせいで思考が定まらず、まともに記憶にアクセスできない。

清里《きよさと》さんは手に持つドリンクのカップをポンと叩《たた》いた。

「あ、よければご一緒してもいい？　邪魔じゃなかったら、だけど」

「えっ。あっ、え？」

「……、どうぞ。私たちもだらだら話してただけだし」

上野原は一瞬だけ迷ったように言葉を詰まらせたが、すぐこくんと頷《うなず》いて体を横に寄せる。

あれ、い、いいのか？　どうするつもりだ？

「お、ありがとう！　じゃあ失礼します！」

そう言って、清里さんは上野原が退いたスペースに座――らずに、なぜか俺の横へとやってきて、ちょいちょいと押し出すようなジェスチャーをした。

「長坂《ながさか》くん、もうちょっと奥に詰めてー」

「ふぁ、ほえ？」

「……ちょっと。なんでわざわざそっちに」

「ん？　こっちのが眺めがよさそうだから！」

な、ながめ？　別に窓の外とか見ても面白くないよ!?

俺は言われるがまま体を奥へと動かすと、横にストンと清里さんが滑り込んできた。ふわっと石鹸《せっけん》の香りがしたと思ったら、半袖《そで》の制服から覗《のぞ》く白い腕がちょんと俺の肩に当たる。

ち、近くない？　いつになく近くない？　いい匂いするよ!?　今ちょっと腕当たったよ!?

「……」

パニック全開の俺をよそに、上野原はじっと清里さんを眺めている。心なしか視線が厳しい気がするけど、もう俺の頭は真っ白を通り越して一面無の荒野なので、勘違いかもしれない。

清里さんは特に気にする様子もなく、いつも通りな調子でドリンクを一口飲み込んで「はー」と息をついた。

「なんか落ち着くところだねー。こんなとこあるなら教えてくれればよかったのに」

「教えるほどの場所じゃないでしょ。ただのチェーン店だし」

「そう？　学校からもちょっと距離あるし、知る人ぞ知る隠れ家、って感じで好きだけどなぁ。お財布にも優しいし！」

「マップ見ればすぐ出てくるのに、隠れ家も何もないってば」
上野原《うえのはら》はもう平静そのものな顔で、スラスラと受け答えしている。それを見ていたら少しだけ冷静さが戻ってきた。
「それで、結局二人はここへお茶しに来てたの？」
あ、そ、そうだ。こんな時のために〝友人遭遇緊急マニュアル〟を用意しておいたじゃない
か。それを思い出せ俺！
「そ、それはね！　この先のナノカドーに品揃《ぞろ》えのいい書店があって俺は好きで結構行くんだ
けど上野原が暇だって言うからじゃあオススメ布教するから付き合えっていう話になってその
帰りに暑いしちょい休憩してくかって流れで一番近くにあったこの店に入った感じ！」
「あはは、めっちゃ早口だね。長坂《ながさか》くんのオススメ本って当たり多いからなぁ。それで何の本
買ってきたの？」
「ん、ンン？　えっと……」
やべっ、下手に答えると見せてって言われた時に詰む！　くそ、そこも考えとかなきゃいけ
なかった……！
「ううん、結局何も買ってない。あんまりピンと来るのなかったから」
焦る俺が何かを言う前に上野原が割り込んできて、チョンチョン、とストローの口を指でつ
ついた。

はっ、それは『口を開くな』の〝コマンド〟！　ごめんなさい！

俺は誤魔化すようにアイスコーヒーを飲もうとして中身が空なことに気づき、ストローをスースーしてから戻す。

目を細めて『この大馬鹿野郎』的なメッセージを送ってきていた上野原は、すっと小さく息を吸ってから清里《きよさと》さんの方へ向き直す。

そしておもむろに話し始めた。

「芽衣《めい》こそ、なんでこんなとこに？　何か用事がなきゃ来ない方向じゃない？」

「うん？　部活早く終わったし、バスの時間までちょっと周りの散策でもしようかな、って」

「それにしちゃ遠くまで来たね。歩きでしょ？」

「あ、言ってなかったっけ？　私も自転車買ったの！　置きチャリ！」

え、嘘《うそ》？　それも俺の情報《データ》にないぞ!?

上野原が『聞いてないんだけど』という目線でこちらに訴えかけてきたので、俺はパチパチと瞬《まばた》き2回で『俺も知らない』的な否定の意を返す。

清里さんはぴんと人差し指を立てて話し始める。

「ほら、学校からどこかに遊びに行く時とか、いつも私だけ歩きでさ。申し訳ないなー、って思ってたから、お小遣い貯めて買った！　通学は今まで通りバスだけどね」

な、なるほど……しかしいつの間に。

俺が知らないってことは、だれにも言ってなかったんじゃなかろうか？

「自転車でうろうろしてたら喉渇《のどかわ》いちゃって、それで近くのお店に入った感じだよー」

……この辺って、学生が気軽に入れる店ここしかないからな。そもそもこっちに来る人が少ないから、今まで問題にならなかったんだが。

清里《きよさと》さんはニコニコと笑ったまま続けた。

「いやー、峡西《きようにし》の通学シールが貼《は》ってある自転車には気づいたけどさ、まさか知り合いとは思わなかったなぁ。運命的だね！」

「……そうだね」

上野原《うえのはら》は右手で肩に垂れかかった髪をぐしゃりと掴《つか》むと、ぱっと後ろに払った。

あ、あれ？　なんか一瞬空気がピリっとしたような気が……。

清里さんは特に気にした風でもなく飲み物を口に運び、上野原は残っていたアップルパイをサクサクと頬張《ほおば》っている。

そしてしばしの沈黙。

「――あ、そういえばさ。もうすぐ生徒会選挙だよね」

「……っえ!?」

唐突に紡《つむ》がれた清里さんの言葉に、心臓が口から飛び出そうになった。

や、やっぱり聞かれてたのか!?　やばい、どうしよう!!

「あぁ、うん。ちょうど耕平《こうへい》とその話してたとこ」

「うぅん⁉」

はぁ⁉　それ言っちゃうの⁉　なんで⁉

すぐにキッと上野原に睨《にら》まれて、俺は慌てて口のチャックを締め直す。

「……耕平、さっきから反応がキモいんだけど。芽衣《めい》が隣にいるからってデレデレしすぎ」

「そ、そういうわけじゃ……っ」

「そういうこと以外に何があるの？」

「あはは、まぁまぁ二人とも」

あ、いや、そうか。そういうことにしろ、ってことか……？

上野原は頬杖《ほおづえ》をつきながらトントン人差し指で頬を叩《たた》いている。『私に任せろ』の合図だ。

——わかった、わかったよ。もうほんと全面的に任せるぞ！　俺は状況を見守るだけの空気《モブ》になる！

そう覚悟を決めて、腕を組んで完全に沈黙した。

そんな俺の行動を肯定と受け取ったか、上野原は再び口を開く。

「そうだ、芽衣も何か知らない？　耕平の知り合い……日野春幸《ひのはるさち》先輩っていうんだけど。生徒会の中でも一番の有力候補だったのに、なんでか選挙には出ないんだって」

「……へぇ？」

「結構アクティブに活動してる人なんだよね。なのに会長になりたがらないっていうのは、もしかして何かトラブルでもあったんじゃないか、って心配してたの」

そう言って、上野原《うえのはら》は清里《きよさと》さんの目をじっと見つめた。

「知ってることはない？」

「……うーん、そっかぁ」

その視線を受けて、清里さんは困ったような顔で唸《うな》り声を上げる。どうしたものか、と悩んでいるようにも見える。

「実はね——私もおんなじこと聞こうと思ってたんだ」

は、同じこと、って……？

上野原も疑問を覚えたのか、僅《わず》かに首を傾《かし》げている。

「どういうこと？」

「幸《さち》先輩ね。私も仲良しなの」

嘘《うそ》だろっ!?　またしても新情報!?

上野原はぴくりと眉《まゆ》を動かして一瞬だけ沈黙し、それからゆっくりと話し始めた。

「……ふーん、意外。接点なさそうだけど、どこで知り合ったの？」

「部連の時だよ。そこで話してたらすごい気があって、それからちょくちょく会うようになった感じかなぁ」

部連——部活連合の会議か……！

確か、グラウンドの割り振り調整とか、共用備品の維持管理に関する打ち合わせをする会だ。生徒会側の担当と各部の部長・副部長が出席するのが普通だけど、議題によっては1年生の機材担当が参加することもある。

清里さんはまさに機材担当《ソレ》だから、その絡みで会に出てたってことだろう。直近だと地域清掃イベントのちょい前くらいにあったようだから、その時仲良くなったと見るのが妥当だ。

くそ、調査を疎《おろそ》かにしてるつもりはなかったのに……清里さんのコミュ力が高すぎて、交友関係の更新が間に合わなかったのか……。

上野原もその話を聞いて納得したのか、こくんと一度頷《うなず》いてから続けた。

「仲良しってことなら、芽衣《めい》の方で何か聞いてない？　耕平《こうへい》が聞いても何も答えてくれないらしくて」

「ううん、私も詳しい事情とかは全然で。でも先輩、色々悩んでるように見えたから……先輩にとって一番いい方法は何かなって、ずっと考えてたんだ」

そして清里さんは困り顔のまま呟《つぶや》いた。

「だから先輩と仲のいい人に色々聞いてみたくて。でも、そっか。長坂《ながさか》くんも何も知らないんだね……」

残念、と肩を落とす清里さん。

都合よく情報が出てきたりはしないか……自分たちで調べるしかないな……。

――ヴーン、ヴーン。

と、みんなして黙ったタイミングで、どこからともなくスマホが震える音が聞こえた。

「あ、ごめん、私！」

清里《きよさと》さんがはっとした顔になってスカートのポケットを探る。

「そろそろバスの時間みたい。先に出るね！」

タイマーでもかけておいたのか、画面を見るなりそう言って立ち上がった。

「それじゃ、お邪魔しました！　また何かあったら相談するね！」

そして最後にもう一度にこりと笑い、手を振りながら走り去っていった。

――。


――……。


「……帰った、かな？」

俺はちらちら出口の方を窺《うかが》いつつ小声で呟《つぶや》く。

遠くから「ありがとうございましたー」という店員さんの声と、退店のチャイムが聞こえたことを確認し、やっと俺は「ハァー」と気の抜けた声を漏らしながらテーブルに突っ伏した。

「……すまん。代わりに対応してくれてホント助かったわ」

「別に。あそこで芽衣《めい》が出てきた時点で、何一つ期待してないから大丈夫」

バッサリと上野原《うえのはら》。

いや確かに事実だけども、もうちょっと優しく言ってくれてもいいんじゃよ……。

「てか、なんで相席許したんだ？　体勢立て直す意味でも、店出た方がよかったんじゃ」

「あの子が来た瞬間に慌てて店出るとか、『不都合なことがあります』って言ってるようなものでしょ。聞かれて困ることは何もない、ってアピールする意味でもああする方がよかったの」

ああそうか、だから清里さんの提案を受け入れた、と。俺一人なら絶対逃げ出すことを最優先にしてたな……。

「でもなんでわざわざこっちから会議の内容まで……？　適当に誤魔化せば……」

「あのね、仮に話聞かれてたとしたら、嘘《うそ》ついた時点で怪しまれるじゃん。最初から全部聞かれてる可能性は低いと思ったけど、最後の方はわかんなかったから」

た、確かに……。つーか俺、出会ったばかりの時、上野原相手にココで嘘ついて失敗したじゃんか。学習しただろ、このお馬鹿。

「幸い〝計画〟の核心に触れるようなことは話してなかったしね。知り合いを心配して色々と話してたって体《てい》にすれば、真っ当な雑談扱いにできるでしょ」

「はー、なるほど……」

あの一瞬でそこまで考えてたのか。俺には高度すぎてまるでついていけん。黙っててほんとよかった。

「――まぁ聞かれてようが聞かれてなかろうが大差ないけど。元々今の流れに持ってくつもりだったんだろうし……」

と、上野原《うえのはら》は後ろ髪をぐしゃぐしゃと乱雑に梳《と》かしながら呟《つぶや》いた。

「え、どういう意味だ？」

「ん……偶然芽衣《めい》が現れた時点で、こうするしか他に選択肢がなかったって意味」

上野原はさっと髪を後ろに払ってから答えた。

あれ、それ微妙に論点がズレてないか……？

「とにかく、今日のことは忘れて大丈夫。どうせやることは変わんないし、耕平《こうへい》は予定通り日野春《ひのはる》先輩の調査に専念して。私は塩崎《しおざき》先輩周りの情報漁《あさ》ってみる」

「お、おう。まぁ上野原がそう言うなら……」

正直俺には何がなんだかわからないので、上野原の言葉に従うほかない。

俺はこほんと咳払《せきばら》いをしてから気を取り直す。

とにかく、先輩が悩んでるって情報は聞けたし、動き始めるしかないか。

「あと――」

ふと、上野原が辺りを見回して淡々と言った。

「もう〝M会議室《こ》〟は使えないかも。いつ今日みたいなイレギュラーが起こるかわかんないし」

「え」

その発言に心臓がきゅっとする。

使えない、って……もうここで会議できないってこと、だよな？

「そ、そうか？　今日のケースなんてイレギュラー中のイレギュラーだろうし、別にそこまでしなくても」

「万全を期した方がいいでしょ。不意な遭遇に怯《おび》えながら会議ってのも効率悪いし」

「それは……」

いや……でも、そうか。

上野原はともかく、俺が落ち着いて会議できない気がする。少なくとも定期的に周りの様子を確認するとか長居しないようにするとか、何かしらの対策が必要なのは間違いない。

「まぁ……そうかもな……」

言いながら、俺はぐるりと周りを見た。

照明が劣化して微妙に薄暗い席に、住宅ばかりで見通しの悪い窓の外。もうすっかり見慣れた景色がそこに広がっている。

時折聞こえてくるやる気なさげな店員さんの声や、気の抜けた揚げ物のタイマー音も、今はすっかり耳に馴染《なじ》んでしまった。

――かなりの頻度で使ってたし、落ち着く場所だったたんだけどな。

俺はちらと目線だけで上野原を見る。

上野原《うえのはら》は特段の感情を感じさせない顔で、シェイクの残りを啜《すす》っていた。


それに、何より――。

ここから、俺たちの関係が始まったわけだし。

そこが使えなくなるっていうのは、なんかこう……寂しい気がするのは、俺だけかな。


「……じゃあ、今度から別の場所にするか」

「……うん」

頷《うなず》いた時の上野原の顔に、やっぱり大きな感情は見えなかったけど――。

その声は、いつもよりか細く聞こえた。

それで、上野原も同じ気持ちでいるように感じられて、俺はホッとした。

◆

翌日の朝。足早に生徒会室へと向かう。

――とにかく今はとっかかりになりそうな情報が欲しい。現状じゃ、どこをどう掘ればいいのかすらわからないからな。

ひとまず先輩との雑談を通して、違和感がないか観察しよう。具体的な調査はそれからだ。

「失礼します」

俺はノックをしてから声をかけ、入り口の引き戸に手をかける。

カラカラと乾いた音を響かせながらドアを開けると、雑然とした室内が目に入った。

普段から資料や筆記用具、所狭しと重ねられたダンボール箱などで雑多な印象を感じさせる部屋だが、今日はいつにも増して散らかっているように見える。

「おはようございます」

「おはよ……って、長坂《ながさか》君？　ちょっと待ってね」

と、ダンボール箱を両手に抱《かか》えた日野春《ひのはる》先輩と目が合った。

先輩はそのままゆっくりとした動きで箱を運び、部屋の端にあるスチール製のオープンラックの中段へ仕舞い込む。

なんだ、掃除でもしてるのか？

「よっ、しょ……ふー」

箱はかなり重さがあるようで、棚板がぎしりと軋《きし》む音を立てた。

先輩は両手をプラプラと振ってからこちらに向き直し、ぱんぱんとYシャツのお腹の辺りについたホコリを払う。体を動かすからか、いつもきっちり着けている学校指定のネクタイは外されていた。

「あれ、今日って何か用事あったっけ？　仕事何も渡してなかったよね？」

「ああいえ、これといって用事があるわけじゃないんですが。いつもより早く登校しちゃったので、暇つぶしの散歩ついでに寄っただけです」

何かしら外注仕事絡みの理由を口実にしてもよかったけど、それだと結局いつものビジネストークで終わりそうだったからな。あえての気まぐれ扱いだ。

「へー、珍しい、いつも理由がない限り寄りつかないのに。それなら自習とかした方がいいと思うよ。時間は有効に使わなきゃね」

先輩は心底不思議そうな顔で首を傾《かし》げながら言う。

……うん、その通りなんだが、今はそういうことじゃないんだ。

「そりゃたまにはこういうこともありますって。機械じゃないんだし」

「機械よりキッチリしてると思うけどな。特に数字の扱いとか」

「それは当然でしょ。機械は計算はできても解釈まではしてくれないんで、人間が間違えたら機械も間違えるんです」

「ほら、やっぱりキッチリしてる」

苦笑して、先輩は再び荷物の整理に戻った。

俺は近くのパイプ椅子に腰を下ろして、先輩の様子を窺《うかが》うことにする。

ひとまず先輩の受け答えにおかしなところはないな……。

選挙活動が始まったからといって何かに思い悩んでる様子もないし、いつも通りにてきぱきと働いている。

先輩はガサガサと音を立てながら資料の束を取り出し、別の箱に移し替えていた。ちらっと見えた表紙には『定例会議事録』とか『部活動報告』なんてタイトルが書かれている。

「……引っ越しでもするんですか？」

「え、違う違う、会議で使った資料を保管箱に戻してるだけ。こうしてたまに整理しとかないとすぐにぐっちゃになっちゃうから」

あぁ、なるほど……。

しかし、整理なんてだれでもできるような雑用仕事だろうに。役職持ちの先輩が、しかもこんな朝早くから一人でやるような仕事だろうか。

いや、もしかして……面倒なことを押し付けられてるのか？

人間関係は悪くないって情報だが、実は目に見えないところで陰湿なやりとりがあったりとか。先輩がやらざるを得ない空気があるとか。

……ちと探り入れてみるか。

「てか、こういうのって入りたての1年生がやる仕事に思えますけど……まさか、ちゃんと仕事してくれないとか？」

「え、そんなことないよ？　お願いしたことはちゃんとやってくれるし」

あれ、違うのか？

「じゃあ、気軽にお願いできない雰囲気があったり」

「別にそんなこともないけど……」

ぬぅ……。

「そもそも、わざわざ人に頼むほどの仕事でもないでしょ？　気づいた人がさっとやればいいだけだもん。今は私の手が空いてるし、勝手にやってるだけだよ」

そういえば前に休日労働も自発的なものだ、とか言ってたか。

となるとやっぱり『実は対人関係が険悪でした』って線はナシだな……。

「ちなみに……この手の雑用が好きとか事務仕事楽しいとか、そういう趣味あったりします？」

「え、全然？　ていうか雑用で喜ぶ人とかいるの？」

「ですよねー」

まぁ、積極的だからって好きとは限らないか。個人情報《プロファイル》見ても、派手な動きする方が好きそうだし。

先輩は紙束をトントンと叩《たた》いてバラつきを整えながら口を開く。

「でも長坂《ながさか》君は好きそうだね、こういうの。整理だけじゃなくて、ラベル付けて日付順に並べてとか、すごいキチンとやりそう」

「よくご存じで。俺なら重要度ごとに分類して、参照頻度によって収納場所変えますね。テー

ブルの上には備品の発注先みたいな関係各所の連絡先一覧、オープンラックには議事録とか会計月次報告とか逐次更新されてく資料って感じで。もちろん使った資料は必ず元の場所に戻してもらいます。んで終業時に日直がチェック」

「わ、想像以上だ。それはそれで息が詰まりそう」

先輩は嫌そうに眉《まゆ》を顰《ひそ》めた。

情報《データ》分析の基本は整理整頓、当然の嗜《たしな》みだぞ。ていうか単純に理路整然《りろせいぜん》としてた方が気持ちいいじゃんか。

先輩は紙束でいっぱいになったダンボール箱の蓋《ふた》をぽすんと閉じて、流し目でこちらを見る。

そしてわざとらしくため息をついてから言った。

「……だれかさんが生徒会入ってくれれば、こういう仕事任せられるのになー」

「げふんげふん！」

思わぬ流れ弾を喰らって、俺は明後日《あさって》の方向を向く。

やけに根に持つなそれ……外注先としてちゃんと貢献してるんだし、それで許してほしい。

「ていうかさ。正直な話、長坂君の力が一番活かせるのって生徒会だと思うよ？　もっと有効活用しようよ、でなきゃもったいないよ」

「ですから、俺は俺でやらなきゃいけないことがあるんですって。そうお断りしたでしょ」

「そのやらなきゃいけないことって？　部活じゃないんだよね？」

ぬぅ、やっぱ追及されるか……。

先輩は正式な〝ヒロイン〟候補だ。番外扱いの勝沼《かつぬま》と違って、迂闊《うかつ》に〝計画〟を漏らしてしまうと今後の〝メインストーリー〟に影響が出かねない。

ただ、お茶を濁しても納得はしないだろうし……マイルドに伝えるしかないか。

「まぁ詳しいことは省きますが——俺には高校生活の理想像ってのがあって、その実現のために全力を注ぎたいんです」

「え、ならなおさら生徒会がいいよ！」

と、ここで先輩が、ずいっ、と前屈みになって急接近してきた。

「だって生徒会はね、学校生活をより素晴らしいものにするための組織なんだから！　日々の生活を彩るようなちっちゃな企画に始まって、学園祭みたいな学校——ううん、地域まで巻き込んだお祭りイベントまで自由に考えて実行できちゃうんだよ。そんなことができる場所なんて、他にないでしょ？」

先輩は目をキラキラ輝かせながら語る。

「何よりもさ。そうやって、学校を最高なものに作り替えてくこと自体が一番充実してるとは思わない!?」

「は、はぁ……」

勢いに圧されたままの俺が生返事を返すと、先輩はハッと我に返ったような顔になった。

そして元の態勢に戻り、こほんと咳払《せきばら》いしてから「ただまぁ……」と気まずげな顔で笑う。

「言うほどやりたい放題できる、ってわけでもないけどね。予算の問題はもちろん、昔のしがらみとか……あと関係各所との合意形成、とか。現実的に難しいことっていっぱいあるから」

む……。

「ただそれでも、学校をよりよいものにしてく、って意味で最適な環境なのは間違いないよ」

柔らかく笑う先輩を見ながら、俺はふぅと小さく息を吐く。

先輩の言わんとすることはわかる。確かに、イベントごとを企画し実行する上で、生徒会以上の場所はないいんだろう。

ただ――。

「本音を言うと……生徒会じゃ、理想の実現のためにできることが、、、少なすぎる、、、んですよ」

「え……生徒会で、できることが少ない？」

先輩は、はて、という顔で首を傾《かし》げる。

なぜなら、ラブコメの舞台は生徒会が全てじゃない。もちろんその手のジャンルもあるにはあるが、俺はそれだけじゃもの足りないのだ。

だって高校生活は一度きり。ならできるだけ多くを求めたくなるのが人の性《さが》だ。

「だから個人で動いてるんです。そっちのが断然自由は効きますからね」

「……でも、個人じゃできることなんて少ないでしょ？」

「ええ。だから、そんな不可能を覆《くつがえ》すためにずっと努力してきたんです。それこそ、浪人期間の全てを費やして」

俺の答えに、先輩は「ん……」と言葉を詰まらせた。

それからしばらく黙って、はぁ、と諦めたように息を吐く。

「……そっか。ま、もし気が変わったら遠慮なく言ってね。こっちはいつでも大丈夫だから」

そう言って柔らかく笑ってから、先輩は作業を再開した。

――ふぅ、やれやれ。なんとか乗り切れたか。

しかし、さっきの勢いからして、生徒会活動が嫌になったって線もなさそうだな。情熱は昔と変わらずしっかりと残ってるっぽい。

なのに会長に立候補しないっていうのは、どういうわけだ？　考えれば考えるほどわからなくなってくるな……。

俺が脳内メモに状況を記録していると、先輩は「よしょっ」という掛け声とともにダンボール箱を持ち上げた。

「と、と、と……」

先輩はふらつきながら、スチール棚の方へと歩いていく。

……危なっかしいな。そういや先輩って、運動はからきしなんだよな。なら力仕事まで自分でやることないのに。

「手伝いましょうか？」

「ううん、大丈夫。これは、契約にない、仕事だし……！」

契約って。別にこの程度のことまで気を使わなくてもいいと思うんだけど……。

先輩は棚の前に置かれたパイプ椅子に乗ると、ぷるぷる震えながら箱を持ち上げ、頭の高さほどの高さにある段に載せようとしている。

が、どうやら胸から上にあげられなかったようで、諦めて腰元にまで下ろしてしまった。

まぁ障害物ありますからね、そこ。○《ピー》野原さんにはない障害物が。

「よーし……」

ぐっ、と背中を曲げて力を溜める先輩。

え、まさか、勢いつけて一気に持ち上げるつもりか？　それはさすがに危なくない？

心配になった俺は思わず立ち上がって、先輩の近くに駆け寄った。

「ちょっと先輩、それは――」

「せーっ、のっ！」

俺が言い終わる前に、先輩は箱を思い切り頭上へと持ち上げた。

その勢いで、ガタン、とパイプ椅子が音を立て、ぐらりと先輩の体が揺れる。

――言わんこっちゃない！

俺は転びそうになる先輩を受け止めるべく、後ろで手を広げた。

その瞬間、俺は既視感に襲われる。

ハッ、まさか、この状況は――。


――転んできた〝ヒロイン《先輩》〟を、身を挺《てい》して庇《かば》う〝主人公《おれ》〟。

俺は「いてて……」と腰の痛みを感じながら呟《つぶや》き、続けて「怪我はないですか、先輩？」と声をかける。

先輩は「ご、ごめん、ありが……ひゃっ」と答える。

痛みが引くのと同時に、ふと両手に感じる柔らかな感触。

見れば、先輩を抱き抱《かか》えるようにした、俺の両手が――。


――これだっ！

先輩は俺が助ける《カモンラッキースケベ》！


「よっ、と」

「……アレ？」

なんて、思っていたのに。

ダンボール箱はどすんと音を立てて棚に載っかり、先輩は椅子の上で安定を取り戻すと、パ

ンパンと手を叩《たた》いた。

「これでおっけーと……え、何してるの君？」

「…………いえ、なんでもないっす」

腕を広げたままガックリ首を垂れる。

ああもう、なぜ俺にはことごとく王道展開《テンプレ》が起こらないのか……。

俺が項垂《うなだ》れたまま引き下がろうとしたところで、ふと床に落ちているものに気づいた。

「ん、なんだこれ……」

屈んで拾い上げてみると、白い小さなボタンのようだった。

んー？　何のボタンだ？

「どうしたの？　何か見つけ……っ！」

そう声をかけてきた先輩が、突然焦った様子で息を飲んだ。

反射的に顔を上げると、両手でシャツの胸元を掴《つか》んでいる先輩が視界に飛び込んでくる。

――はて？

どういう状況？

「…………えっと、それ。ウ、ウチの、かも」

「…………あ、はい」

俺はそっと手を伸ばして拾ったボタンを渡す。

先輩は片手でぎゅっと強く胸元を掴《つか》み直してからボタンを受け取り、すぐに振り返って部屋の奥の物陰へと走っていった。

──あ、そうか。

箱を持ち上げた時に引っかかって、ボタンが取れたのか。

はいはい。

なるほどー。

……。

え、ってことは、ガックリしてなければ目の前は〝サービスシーン〟だったってこと!?

チックショウ、2倍失敗した気分だーっ!!

◆

先輩のお裁縫をガン見するわけにもいかず、調査を続けられる雰囲気でもなくなってしまったので、俺は教室へ戻った。

とりあえず気になる点は見つかったし、後で上野原《うえのはら》と共有して次の方針を練ろう。

続々と現れるクラスメイトとちょくちょく会話を挟みながら、俺は予習で時間を潰《つぶ》す。

「よう、長坂《ながさか》」

と、そこへ鳥沢《とりさわ》がやってきた。

いつも通り気怠《けだる》げな様子で、着崩されたYシャツの襟元《えり》からは、シルバーのネックレスと、全体的な線の細さに反して男らしくゴツゴツとした鎖骨を惜しげなく覗《のぞ》かせている。

まったく、朝から色気のあるイケメンは目に毒だな……。あと女子勢の目線考えて？　みんなわりかしチラチラ見てるよ？

「おはよ――って、あれ、ギターは？」

「朝練してっからな。そのまま部室に置いてきた」

そか、学外バンドのライブが近いから自主練してるんだったな。放課後は部活があるから、朝や昼休みの時間を使ってるって話だ。

忙しくても部活サボらないあたりストイックだよな、相変わらず。

「あ、ちなみにさ。今度のライブ行きたいんだけど、前売りある？」

「ん、そうか。何枚だ？」

「実はみんなで行こうかって話になっててて。4枚とか大丈夫？」

これはこの前の〝帰宅イベント（Ⅻ）〟の時に鳥沢以外の〝友達グループ〟のメンバーに提案した企画だった。みんな乗り気だったので、今は〝イベント〟として成立させるべく準備中である。いやー、常葉《ときわ》の練習が午前で終わる日でよかった。

鳥沢は前髪をさっとかき上げながら考え、ふんと鼻を鳴らしてから頷《うなず》いた。

「まぁ、そんくらいならなんとかなるだろ。明日持ってくるわ」

「よっしゃ、サンキュ！」

よし、最大の問題クリア。

鳥沢の所属するバンドはプロのベーシストも所属している人気バンドで、市内のライブハウスぐらいの規模だと前売りだけで埋まってしまう。

最初は正規ルートで入手しようとしたけど、販売開始後5分も経たずに『SOLD OUT』になっちゃったからな。こればかりは友人特権を使わせてもらおう。

「ちなみにこの前のMVの曲やる？　鳥沢オリジナルのやつ」

「ラストにな。アンコールがありゃアレンジもやる」

「うおおお、あれほんと好きだから超期待！」

いやお世辞とかじゃなくてマジで好きなんだよな。それこそ音源もらって聴くレベルで。ガチガチにロックなんだけど、どことなくアニソンに通じる空気を感じるっていうか、オタクの魂に響くというか……穴山《あなやま》なんかMAD作るとか息巻いてたし。

鳥沢はそんな俺の褒め言葉にも動じることなく、いつもの余裕たっぷりな様子で言った。

「それより、あとでちょい顔貸してくれねーか。メシの時間でいい」

「え？　あ、うん、いいけど……？」

「悪ぃな。そんじゃ昼に部室前で」

それだけが用件だったのか、鳥沢《とりさわ》は他に何も言うことなく自席に戻っていった。なんだろう？　この場で内容を言わないってことは、大っぴらにしたくない用件なんだろうか。心当たりは何もないけど……。

いやまぁ、ちょうどいいか。ついでに日野春《ひのはる》先輩絡みの追加調査もしてみよう。

「すまん常葉《ときわ》。聞こえたと思うけど、今日は昼パスで」

「あいよー」

俺は隣に顔を向け、そう伝える。

常葉はノートでパタパタと顔を扇いでいた。教室にクーラーは入っているが、節電の関係で設定温度が高めなので、朝練上がりには暑いんだろう。

「でもさー、鳥沢から直々《じきじき》にお誘いなんて珍しいなー？　俺初めて見たかも」

「確かにそうだな……」

基本こっちから話しかけたり誘ったりがほとんどだし、向こうから呼び出されたケースはこれが初めてだ。そもそも鳥沢と二人きりになること自体そう多くないし、内緒話する時は大抵なんかコワイこと言われる時だし。

そう考えたらだんだん不安になってきたな……取って食われたりしないかしら。

「んー、耕平《こうへい》が鳥沢とデートなら俺は学食でも行くかー。穴山《あなやま》たちに交ぜてもらおっと」

「デート違うから。問題発言するのやめて」

そういうのは過激派に目をつけられちゃうんだってば。

「うわっ、ないわー。エイジとカケルならともかく、片方がセンパイってのがホントない」

「問題発言しかしない人も黙ってて」

「アァ!?　アタシのどこが問題なんだっつーの！」

とかなんとか、常葉の向こう側、窓の近くでグループメンバーと雑談していたはずの勝沼《ポンコツ》が急に口を挟んできた。なのでとりあえず雑な感じで切り捨てる。

ほんとコイツは、改心《ラブコメ》してからも未だに俺ディスだけは続けやがるんだから……。

「あのね、とりあえず俺下げから入るのやめーや。会話に交ざりたかったら普通に入ってこい」

「別に交ざりたいわけじゃねーし！　キモい話が聞こえたからジョーシキ的なツッコミ入れただけだし！」

「はいはい、そういうの交ざりたいっていうの。素直になりなさいっていつも言ってるでしょ」

「オカンかアンタは！　もういい！」

ぐぬぬ、と悔しげに顔を歪《ゆが》ませて、肩口で切りそろえた髪をプンスカ弾ませながら去っていく勝沼《かつぬま》。周りのクラスメイトたちは「またか」って顔で生温《なまあたた》かくその背を見ていた。

しかしあいつ、雑な扱いするとほんと輝くよな……あそこまでグヌり顔が似合う奴もそういないぞ。よきよき。

「すっかり仲良しだなー二人とも」

と、常葉《ときわ》がいつもの調子で言った。

「そうか？　むしろ前以上に面と向かって反発されるようになった気がするけど」

「いやいや、それだけ信頼してるってことだと思うぞー。ちょっとやそっとのことじゃ嫌われない、って思ってるから言いたいこと言えるんじゃないかなー？」

「む、むむ？」

そ、そういう感じなのか？　そう言われるとラブコメみあるな……。

俺がニヨニヨしながら頬《ほお》を掻《か》いていると、常葉はにへらと笑った。

「とにかく、めっちゃいいことだと思う！」

「お、おう。ならいい……のかな？」

「うんうん。それができれば一番なんだよなー」

と、声量を落として呟《つぶや》く常葉。

……あれ、なんだろう？

なんか、急に覇気がない声に聞こえたな。

「おはよー！　危ない危ない、遅刻するところだったー」

と、後ろから清里《きよさと》さんの声が聞こえ、俺の意識はそちらに奪われた。

それから3人でとりとめのない会話をして、朝のホームルームになった。

◆

俺は昼休み開始と同時に購買へ走る。

4組《うち》の教室は4階、購買は1階だから、のんびりしてると距離的に近い2、3年生に蹂躙《じゅうりん》されて選択の余地がなくなるのだ。

とりあえず最速で購買にたどり着き、先発集団に交じりながらお決まりのパンを買う。あらかじめピッタリで用意しておいた小銭をおばちゃんに渡し、その場を離脱。

よし、鳥沢《とりさわ》は先に向かっているはずだし、俺も早く行こう。

続々と校内から出てくる人波を横目に、俺は中庭を突っ切って芸術棟の方へと向かおうと歩き始める。

――と、そこで。

『――ガガガッ、えー、峡西生《きようにし》のみなさん、こんにちは』

急にバリバリと耳障りな電子音が聞こえて、思わず耳を塞《ふさ》いだ。

反射的に音の鳴った方を振り返る。

中庭の中央——天空像《てんくうぞう》と呼ばれる銅像の前で、拡声器を持った男子生徒が一人。

『お昼休み中、申し訳ありません。生徒会長に立候補しました、2年5組の塩崎大輝《しおざきだいき》です』

——あぁ、なるほど。

黒縁メガネに短髪、俺と同じくらいの身長ながらどこかどっしりとした出で立ちの人物——塩崎先輩の街頭演説だ。

周りにいた他の生徒も、何事かという顔でそちらに目を向けている。

うーん、公約は知ってるけど……一応どんなもんか様子を見ていくか。

俺はしばし悩んでから、近くの花壇の縁に腰かけた。すまん鳥沢《とりさわ》、もうちょい待っててくれ。

『僕が立候補した理由は、ひとえに、みなさんの明るい未来のためです』

塩崎先輩は滑舌に気を配る様子を見せながら、適度に言葉を区切りつつ話す。

『僕たちの時間は、限られています。大事な高校生活の3年間、今しかできないことに最大限力を注ぐべきです。そして生徒会は、その手助けに全力を尽くす義務があります』

そして時折、聴衆に語りかけるように周りに目を配っている。

一応、それっぽくはやってるな……。

ただまぁ、教科書通りというか、オーソドックスな演説で面白みはないが。

『ですが現状は、その時間を無駄にしてしまっていると思います。その最たるものが、学園祭の2日開催。それに伴う企画、出店、各種イベントなどの準備の長期化です。かつては後期開

始後に始まっていた準備期間が、今では夏休みにまで延び、勉強時間を圧迫しています』

いや全然無駄じゃないから、むしろ準備《そっち》のが本体《ラブコメ》に重要だったりするから。ていうか学祭の方が勉強より遥《はる》かに今しかできないことでしょーがよー。

こんな公約じゃ、みんなさぞ不満だろう。文句《ブーイング》の一つでもしていいんだぞ。

俺はそんなことを思いながら周囲の様子を観察する。

――が。

塩崎先輩を見ていたはずの聴衆は、もうどこにもいない。みんな各々の昼休みのため、行動を再開している。

……え、あれ、完全に無関心？　結構やばいこと言ってるぞ。

『学園祭は確かに大事です。ですが、2日開催と1日開催でその価値が変わるでしょうか？』

一瞬静かになったはずの昼休みの喧騒《けんそう》も気づけば元に戻っていて、先輩の拡声器越しの声が紛れるほどだ。これじゃもう演説内容なんてだれの耳にも入らず、ただうるさいだけの環境音にしか聞こえないだろう。

どうせ信任投票だし、みんな演説とかどうでもいいとか考えてるのかな……。

『――そして2日開催をやめることで浮く予算を、有名予備校の講師の招聘《しょうへい》に使います。現在の本校は、進学実績が低迷しており――』

先輩は淡々と演説を続けている。

状況が見えてない……ってことはないと思うが、現状をどう感じているんだろう。くそ、ここからじゃ表情まで見えないな。

『――この学校は、もっと良くできます。僕ならそれができます。どうか清き一票を、よろしくお願いします』

最後は『ご清聴ありがとうございました』とお決まりのセリフで締め、腰からキッチリと90度でお辞儀をする塩崎《しおざき》先輩。

そしてだれからも拍手を受けることもなく、その場を離れていった。

――こんな状況でも律儀《りちぎ》に最後までやり切った、か。

まるで聞かれていなくても演説をやり遂げたその姿に、俺は少しだけ好感を覚える。

選挙戦にさえなれば、もっと盛り上がるのかな……。

俺は何もなかったかのようにがやがやと騒がしい周囲を見てそんなことを思いつつ、鳥沢《とりさわ》のところへと向かった。

◆

軽音楽部の部室は芸術棟の2階にある。

ただ荷物だらけでのんびりできるようなスペースはないから、すぐ前の体育館横に集合する

ことになっていた。

……お、いたいた。

「おーい、鳥沢！」

体育館横の段差に腰かけ、ギターをいじっていた鳥沢に声をかける。メンテでもしてるのか、オイルやクロスといった用品が周りに置かれていた。

「悪い、待たせた」

「いいや、別に。ま、好きにメシ食っててくれ。こっちもメンテしながら話すわ」

俺は頷《うなず》いてからその横に腰かけ、買ってきたパンの封を開ける。

鳥沢はエレキギターのボディをクロスで磨きつつ、時折じっと目を凝らして傷や汚れがないかをチェックしていた。

つか、足組んでギター磨いてるだけなのにやたら絵になるな。ここだけなんか世界観違うぞ。背景キラキラさせたらラブコメってより少女漫画のワンシーンになるぞ。

隣でモソモソあんパンを頬張《ほおば》っている俺があまりに場違いに思えて、ちょっとだけ距離を開ける。あながち朝の勝沼《かつぬま》の指摘《ツッコミ》も間違ってないなこりゃ……。

まぁ、そんなことはいい。本題に入ろう。

「……それで、何の用？」

俺がそう尋ねると、鳥沢はギターに目を落としたまま口を開いた。

「幸さんが何を日和ってんのか、お前知ってるか?」

——いきなりの核心に、ピタとパンを食べる手が止まった。

「それって……生徒会選挙の話だよね?」

「あの人とよく絡んでるだろ? 何か知らねーか?」

……珍しい。鳥沢《とりさわ》が他人のことについて聞いてくるなんて。

俺は少し考えて、現状をそのまま伝えることにした。

「いや、実は俺もそれ調べてるんだ。本人に聞いても埒《らち》があかなくて」

「そうか。じゃあ常識人になった理由の方はどうだ?」

え? 常識人になった理由……?

俺が首を傾《かし》げていると、鳥沢はふっ、とヘッドに付いたゴミを吹き飛ばしてから口を開く。

「部の先輩から聞いたんだがな。昔は自己主張の一点張りだったのが、最近やけに空気が読めるようになったらしい」

ん……そういや、軽音楽部に日野春《ひのはる》先輩と同じ2年1組《クラス》の人がいた気がするな。その人から聞いた情報《ネタ》だろうな。

「空気が読めるように、か。つまり、元はそうじゃなかったと?」

「周りを顧みず突っ走るのと、持論の押し付けがひどかったたっつー話だな。まぁ、間違ったことも言ってなかったらしいが」

ああ、なるほど。初対面の時もそうだったし、データから見える先輩ってそんな感じかも。てかあれで大人しくなった方なのか……。

「それが1年の後半くらいから徐々に柔軟になって、今じゃかなり真っ当ないい子ちゃんだそうだ。おかげさまで男連中からも人気上昇中、だってよ」

言いながら鳥沢《とりさわ》はケースを開くと、ギターをゆっくりとそこへ収めた。それから、パチン、と蓋《ふた》を閉じて立ち上がる。

そして流し目でこちらを見ながら言った。

「探るなら、あの人がマトモになった理由を探ればいい。そうすりゃ日和見の原因も見えてくる。それが説得の鍵だな」

「……うん？」

「幸さんをぶん殴って会長やらせるつもりなんじゃねーのか。でなきゃこのタイミングで色々嗅《か》ぎ回ったりはしねーだろ？」

うわっ、完全に読まれてる。この前ちょろっと話聞いただけなのに……。

俺がヒクヒクと頬《ほお》を引きつらせていると、鳥沢はフッとニヒルに笑ってから肩を竦《すく》めた。

「お前がそのつもりなら、こっちもそれに乗っかってやろうって腹だ。必要なら手は貸す。な

んかやるなら派手に頼むわ」

　そんだけだ、と話を切って、鳥沢は部室へ向けて歩き始めた。

「あ、鳥沢！」

「あん？」

　俺はふと気になって、立ち去ろうとするその背を呼び止めた。

「鳥沢って、日野春《ひのはる》先輩と面識ないんだよな？　……なのになんで気にしてるんだ？」

　前に聞いた通りなら、直接話したことすらなかったはず。

　そもそも鳥沢自身、あんまり他人に興味を持つようなタイプじゃない。なのにどうして先輩の件だけ、こうして自分から動くことにしたんだろう？

　鳥沢は立ち止まって、半身だけ振り返る。

「正直、あの人自身にゃさして興味はねぇよ。ただな――」

　そして、珍しくその顔を、不快げに歪《ゆが》めて。

「その気になりゃ枠をスルーできる奴が、自分から囲われにいってんのがムカつくだけだ」

◆

次の日の放課後。

俺と上野原《うえのはら》は、封印された〝M会議室〟に代わって、DRAGON CAFEに集合した。

「とりあえずしばらくはここ――〝D会議室〟を本拠とする。ちょい遠いけど、ここなら絶対にバレないからな」

上野原以外だれにも教えてないし、ファストフード店やファミレスと違って高校生が気軽に利用するような場所でもない。安全性は格段に高いはずだ。

その分コストが増えるが、マスターと交渉して雑用を請け負う代わりに割引してもらう契約を結んだので多少はマシになった。多少時間は圧迫されるが、背に腹は代えられん。

「そんじゃ早速調査報告を始めよう。そっちはどんな感じだ?」

「ん、こっちはそんな調べられてないけど――」

上野原はスマホを取り出して、メモらしき画面を見ながら続ける。

「まず塩崎《しおざき》先輩の立候補は自主的なものだって。日野春《ひのはる》先輩がやらないってなった後で、なら自分が、って手を挙げたらしいよ」

「押し付けられたとか、だれかに担ぎ上げられたとかじゃなくてか?」

「そうみたい。ただみんな予想外だったみたいで、推薦人についてはちょっと揉《も》めたって話。演説会に出たくないって理由で」

まぁ公約の内容的にヘイト買いそうだしな……。

本気で推《お》したい、って人じゃなきゃやりたがらないだろう。

「となると、生徒会としては積極的に推したくない、ってことか。でも他にやろうって人もいないしやむをえず、と」

「自分が立候補するよりはマシだけど、積極的に推して他の生徒に叩《たた》かれるのも嫌、って感じなんだと思う。要は事なかれ主義なんでしょ」

峡西《きょうにし》の生徒会だってのに、そんな感じなのか……。だが言われてみれば、日野春先輩だけが目立ってて、他の人はラブコメ適性が低い地味な人が多いな。

「とりあえずそんなとこかな」

上野原はスマホをロックしてから「ふぅ」と息を吐いた。

「了解だ、助かった。しかし上野原もすっかり調査が板についてきたなぁ。昨日の今日でこれなら十二分だぞ」

「このくらいなら別に。人伝《ひとづて》に話聞いただけだし」

髪をくるんと指で巻いてから、ドーナツをもすもすと頬張《ほおば》り始める上野原。

そんなサラッとできるもんでもないと思うけど……〝早乙女衆《さおとめ》〟の力を使ってるわけでもないし。やっぱり友達多いんだろうな、上野原って。

「それで、そっちはどうなの？」

「……ん、おう」

俺は促されるまま、自分のスマホを取り出した。

「えーと、日野春《ひのはる》先輩だが……1年の後半から今年にかけて意識が変化——鳥沢《とりさわ》の言葉を借りるなら、空気が読めるようになったらしい」

俺はざっと整理したメモに目を通しながら続ける。

「先輩の周辺人物にも裏取りしてみたが、その認識は共通してる。ただ何でそうなったのか、って理由まで知ってる人はいなかったな。気づけばいい感じになってた、ってさ」

ごくん、とドーナツの最後のひとかけらを飲み込んで頷《うなず》く上野原《うえのはら》。つーか相変わらず甘いものが溶けるようになくなってくな。ドーナツは飲み物じゃないんだぞ。

「ついでに、深掘りしても友達や生徒会メンバーと険悪だって情報は出てこなかった。加えて、生徒会活動が嫌になったって可能性もナシ。むしろ生徒会に対する思い入れは想像以上に強そうだったな」

あれだけグイグイ押してくるくらいだし、少なくとも生徒会が先輩にとって重要な場所だ、ってことは間違いないだろう。

ふむ、と上野原はカフェラテをひと口飲んでから口を開いた。

「なのに立候補だけしない、と」

「そうなんだよな……」

ここまで、先輩の立候補を阻害する要因は見当たらない。むしろこの状況でなぜ立候補しな

いのか、という見方の方が強いくらいだ。

「――空気を読んだ結果が今の均衡状態とすれば、立候補しない理由になる、か。あとは先輩がどう思ってるか、だけど――」

上野原は思考モードでぶつぶつと呟《つぶや》いてから、顔を上げる。

「――これ以上周りを調べても無駄、かな。本人の中にしか答えはなさそう」

ぬ……。

「結局、先輩からどうにか聞き出すしかない、ってことか……ハードル高いなぁ」

少なくとも俺程度のスキルでどうこうできるものじゃない気がする。

上野原は思考ポーズのまましばし考えてから、ピンと人差し指を立てて言った。

「聞き出そうとするんじゃなくて、状況を作り出して揺さぶりをかけてみるのがいいんじゃない？　先輩の思考が窺《うかが》えるような」

「……ん、なるほど」

要は何かしらの〝イベント〟を組んで、その反応から先輩の真意を読み解く、ってことか。

「だが今度はリアタイで先輩の反応をチェックする必要が出てくるぞ。イベントの内容によっちゃ逐次記録もできないし、後で考察ってのも難しそうだ」

「まぁ、それは私がやるよ。そこであえて別々に動く必要ないし」

「あっ、そうか！　それなら希望が見える！」

上野原《うえのはら》なら違和感あれば見逃さないだろうし、必要ならうまく会話誘導もしてくれるだろう。そうすれば俺の方は行動観察みたいな見た目でわかる情報収集に注力できる。うん、いいぞ。実に効率的だ。

俺がうんうんと頷《うなず》いていると、上野原がぽつりと呟《つぶや》いた。

「それに今回は……色んな意味でそっちの方がいい気がする。また何か、イレギュラーを起こされてもいけないし」

「頼もしいなぁ。イレギュラーに関しちゃホント何もできないんで、どうかお助けくださいませ上野原様」

「はいはい」

上野原はくるくると髪を指で巻きながら、いつもの無感情な声で答えた。

よし、ひとまず方針は見えたな。

「さてっ。そうと決まれば、早速具体的な〝イベント〟プランを考えよう」

俺は腕を頭の後ろで組んで、ぐっぐっと左右に伸ばす。

──と、そんなことをしていると、階段のところにマスターが立っているのが見えた。

「あれ、マスター？　なんか用？」

俺がそう声をかけるなり、マスターはニッと笑いながらこちらへやってきて、手に持ったコーヒーとドーナツをテーブルに置いた。

「はいおかわり。頭使って疲れただろ」

「え？　頼んでないけど……？」

「サービスサービス。これから常連さんになってくれるって話だし」

それに、とマスターは白い歯を見せて笑う。

「すっかり二人の世界、って感じで熱中してんのが微笑ましくて。若さを分けてもらったから、そのお礼」

「「……はい？」」

「ははっ、すげーな、息までぴったりじゃん」

喜ぶマスターを二人してジト目で見上げる。

「ちょっ、まさか隠れて見てたの!?　趣味悪いぞマスター！」

「……同意です」

マスターはニヤニヤとしたまま続ける。

「いやだって、声かけたのにスルーするから。だから二人の世界入ってんなー、って」

「「え、嘘《うそ》？」」

「ぷっ。悪い、それは嘘」

引っ掛けかよ！　なんて性質《たち》の悪いオッサンだ！

俺と上野原が無言で睨《にら》んでいると、マスターは肩を竦《すく》めて言った。

「ごめんごめん。でもホントに仲良いんだな。以心伝心《いしんでんしん》って感じでめっちゃいいじゃん」

「そうだけど！」「そうでもないです」

「あっはっは！」

くそっ、〝D会議室《ここ》〟は〝D会議室《こここ》〟で別の意味で面倒だ……！

笑いながら去っていくマスターをグヌり顔で見送って、俺はため息をついた。

「ったく、あの人は……たまにああやってからかってくるんだよな。毎回いいようにしてやられる俺も俺だが」

「てか同じようにしてやられたのがめっちゃショックなんだけど。つまり私、いよいよこんなのと思考回路一緒になっちゃったってことでしょ……？」

「え、ちょっと、ガチで凹んでるっぽい顔しないで……？」

そんな親の仇《かたき》みたいに髪の毛ぐるんぐるんしなくてもいいじゃんかよぉ……。

第二章
最適解が最善解だとだれが決めた？

Who decided that I can't do romantic comedy in reality?

次の日の昼休み。

俺は再び、昨日鳥沢《とりさわ》と過ごした体育館横のスペースに向かっている。

が、今日は俺一人ではなかった。

「おー、いい天気ー！　やっぱ晴れって気分が良くなるよなー」

「んー、でもやっぱ暑いなぁ……。しかもこれからもっと暑くなるんだよね？　耐えられる自信がなくなってきたよ……」

「今日は風があるだけマシ。ホントにヤバい時は日陰でも肌がジリジリするから」

ともに渡り廊下を歩くのは常葉《ときわ》、清里《きよさと》さん、上野原《うえのはら》の３人。

今日はこれから〝友達グループ〟との〝昼食イベント〟——。

そして同時に、〝日野春《ひのはる》先輩深掘りイベント〟を実行する予定だった。

——上野原との議論の結果、まず『日野春先輩と他者との絡み』の中からヒントを見出《みい》だす方針にまとまった。集めた情報から、対人関係にまつわる何かが先輩の変化に影響した可能性が高いと踏んだからだ。

そこで〝友達グループ〟の面々との昼食の場に先輩を誘導し、その場で他のメンバーに対してどう振る舞うのか、観察するイベントを打つことになったのである。


「おっす鳥沢《とりさわ》、お待たせ」

「おう」

体育館横では、昨日と同じくギターを手に鳥沢が先待ちしていた。

ちなみに、鳥沢にだけ予《あらかじ》めRINE《ライン》で今日のイベントの趣旨について伝えている。そっちの方が誘いに乗ってくれる確率も上がるだろうし、もしかしたら気を利かせて何かしら先輩にアクションかけてくれるかもしれないしな。

そうなれば上野原《うえのはら》＋鳥沢のコンビで先輩を挟み撃ちにできるわけで、それほど心強いことはないだろう。ていうか正直エグい。俺は挟まれたくない、絶対。

「おーすげー、本物のギターだ！　俺、実物見たことなくってさー！」

と、常葉《ときわ》が目を輝かせながら駆け寄っていった。

鳥沢はふっと息を吐き、肩にかけていたストラップを外して常葉へギターを差し出す。

「何なら弾いてみるか？」

「えっ、俺マジで素人《しろうと》だよ？　触っていいの？」

「練習用のだし構わねーよ。ほれ」

「おっ、おお……！　思ったより重い！」

恐る恐る受け取った常葉は、なぜか捧げものをするかのように両手でギターを掲げている。それから裏返してみたり、斜めにしてみたりと落ち着かない様子だった。

「あはは、常葉くん、それじゃ弾けないってばー」

「ん、ストラップが腕に絡まってる。危ないよ」

笑う清里《きよさと》さんの横で、常葉の左腕に巻きついたストラップを解く上野原。それから常葉の前に立ち、背伸びしながらその肩にかけた。

「よいしょ、と。はい、これでＯＫ」

「えっ、あっ、ありがとう彩乃《あやの》ちゃん！」

常葉は頰《ほお》を僅《わず》かに赤らめながら、こくこく首を上げ下げしている。

……上野原さんさぁ、ほんと常葉相手にはナチュラルに距離近いよね。俺の時はナチュラルに距離取るくせにね。

なんとなく釈然としない気持ちを抱きつつも、俺は芸術棟の方を見やった。

生徒会室はすぐそこ、ここから目の届く範囲にある。ちゃんと入り口の扉は……うん、見えてるな。位置取りはバッチリだ。

調べによれば、日野春《ひのはる》先輩は今日が昼休み時間帯の当直だ。既に生徒会室に入ったことは鳥沢《スパイ》によって確認済みなので、後はどうにかここまで誘い出せば〝イベント〟が始められる。

俺は心中でイベント発動を宣言し、常葉《ときわ》の周りでわいわいしているみんなに向け声をかけた。

「ごめん、ちょい先に野暮用済ませてくるから、みんなは先に食べてて」

「ん、了解」

即座に上野原《うえのはら》の反応が返ってくる。

と、続けて両手をこちらに広げて見せてきた。

「ご飯預かっとこうか？」

「あ、悪い。頼んだ」

確かに、手が空いてた方が動きやすいな。ナイスサポート。

俺は持っていた購買パンを上野原の手の平にポンと乗せて、生徒会室に向けて歩き始める。

「──よし、じゃあ耕平《こうへい》が帰ってくる前にコレ山分けしよっか。私ブルーベリーパン貰《もら》うね」

そしたら後ろでそんな声が聞こえた。

……あの、単なる話のネタだよね？　ホントに食べないでね？

甘いものに関しちゃマジで信用できねーからな……。

◆

「日野春《ひのはる》先輩、いますかー？」

チラチラ横目で外の上野原を監視しつつ、生徒会室のドアを開く。

ただし、中には入らない。この場で待機だ。

「あ、長坂《ながさか》君。お昼に来るなんて珍しいね」

室内はリサーチ通り日野春先輩が一人だけ。いつもの席で和風な模様の巾着袋を開こうとしているところだった。いいぞ、ベストタイミング。

俺は用意しておいたＡ４の紙を取り出して、ペラペラと先輩に掲げてみせた。

「近くに来る用事があったので、そのついでです。これ、この前頼まれてた掲示用の報告書なんですけど、誤植があったので差し替え版持ってきました」

「え、ホント？　チェックした時には気づかなかったけどな……」

先輩は「あれぇ？」という顔で首を傾《かし》げている。

当然、嘘《うそ》だ。先輩に渡したデータに間違いなんてない。単なる口実である。

俺は入り口横の掲示板へ顔を向けた。そこには既に掲示されている報告書――朝方、俺が、差し替えた誤字付き資料が貼《は》られていた。このために事前に仕込んでおいたものだ。

それに手を伸ばしつつ、しれっと言う。

「大した修正じゃないので、今あるやつから貼り替えちゃってもいいです？」

「あ、ちょっと待って。どこが違うかだけ一応見せて」

と、先輩は立ち上がってこちらへとトコトコと小走りでやってきた。

よしっ、先輩ならそう言うと思ってた。これで目的である入り口への誘導は完了だ。

俺は体をずらして掲示板の前に立つと、気持ち大きめに咳払《せきばら》いをした。上野原《うえのはら》に対する『誘導成功』のメッセージである。

「どこかな？」

「えーと、ここですね……」

部屋から出てきた先輩が、俺の手元の資料を覗《のぞ》き込む。

さて、ここまではクリアだ。

お次の〝シナリオ〟は『上野原が昼食の誘いをかける』フェーズ――。

「あっ、幸《さち》先輩！　こんにちはー！」

へっ、あれ……？

思わず声の方に目をやると、清里《きよさと》さんが笑顔でこっちに手を振っている。上野原は動き出す寸前の姿勢で、横目に清里さんを見ていた。

その呼びかけに、日野春《ひのはる》先輩は振り返って首を傾《かし》げる。

「うん？　あれ、清里ちゃん……？　そこでお昼なの？」

「はーい！　あっ、幸先輩も一緒にどうですかー!?」

ちょいちょい、と手招きする清里さん。

あいや、ちょっと予想外だったけど、結果オーライか？

「え？　それは――」

「そ、それはいい案だ！　いやー、実は俺たちみんなでメシ食べるとこだったんですよー」

俺は先輩の言葉を遮《さえぎ》るように言った。

よし、ここから規定シナリオに繋《つな》げよう！

「先輩、一人ですよね？　ならちょうどいい、一緒に食べましょうよ」

「あ、うーんと……ほら、当直だし。お客さん来るかもしれないから」

「すぐ近くだから大丈夫ですって。だれか来れば見えるし」

「あー、まぁそうだけどね……」

曖昧《あいまい》に笑いながら頬《ほお》を掻《か》く先輩。

なんか迷ってる感じ、かな。人見知りするタイプじゃないけど……。

「あれですか、後輩の中に一人交ざるのは気まずい感じ？」

「あ、ううん、それはないよ」

キッパリ答えて首を横に振る先輩。

これには即答か。まぁ俺との初対面とか気にせずグイグイきてたしな。

となれば、単に気を使ってるだけ？

先輩は困り顔なまま、様子を窺《うかが》うように言った。

「でもほら、私はよくてもさ……他の子が気まずいかな、って。急に先輩が来たらウザったく思うものでしょ?」

あぁやっぱり。なんとも常識的な配慮だった。

ただ、先輩っぽいかっていうと……うーん、確かにちょっと違和感あるかも。

「そんなことないですよ。でなきゃ俺も清里《きよさと》さんも呼ばないですって」

「そうかなぁ……」

先輩はみんなの方をちらちらと落ち着かなげに見ながら呟《つぶや》く。

しかし、予想以上に粘るな……誘いのシナリオを甘く見積もりすぎたかも。

「こんにちは、日野春《ひのはる》先輩」

……と、そうこうしてるうちに上野原《うえのはら》がやってきた。たぶん状況を察してフォローに来てくれたんだろう。

日野春先輩は小首を傾《かし》げ、すぐに何かに思い至ったかのように言う。

「君、清掃活動の時の――上野原ちゃんだよね? なんだ、みんな友達だったんだ?」

「はい。先日はお世話になりました」

上野原は口元を小さく綻《ほころ》ばせる。お決まりの営業スマイルだ。

てか、二人ってマトモに会話したことあったんだな。清掃活動っつーと……あ、もしかし

て、他クラスのゴミ情報確認した生徒会関係者って日野春先輩だったのか？

「私も他の男子二人も全然オッケーなんで、ぜひぜひ」

そう言って上野原が振り向くと、常葉《ときわ》はこくこく首を縦に振り、鳥沢《とりさわ》は特に言うことなしという感じで肩を竦《すく》めた。

「それに生徒会のお話も聞いてみたいですし。この前のイベント面白かったんで」

「わ、ほんとに？」

「まぁ家の事情で入会はできないんですけど」

と、先んじて俺の失敗《にのまい》を回避する上野原。

「んんっ、みんなそう言うなぁ……」

先輩は出鼻を挫《くじ》かれたような顔で肩を落として、それから俺の方をじとっと睨《にら》んだ。ちょっと、流れ弾こっちにきてますよ。

上野原は気にした風もなく続ける。

「でも色々聞きたいのは本当なので、こっちでお話ししませんか？」

「んー……」

先輩は人差し指を頰《ほお》に押し当てながら唸《うな》る。

よし、もう一押しっぽい。俺も追従しよう。

「そうですよ。仲良くお話ししましょう」

「何ならこのパンあげますから」

「それはあなたのパンじゃないですよ。勝手にあげないでくださいね」

「何なら耕平《こいつ》ごとあげますから」

「俺《それ》もあなたのものじゃないですね！　勝手にあげないでくださいね！」

思わず交渉関係なくいつものノリでツッコんでしまったが、そのやりとりが琴線に触れたらしく、先輩はぷっと吹き出した。

「……うん。なんか楽しそうだし、お邪魔しちゃおうかな」

よ、よし！　やっと前提条件成立！

「今お弁当持ってくるね！　ちょっとだけ待ってて！」

吹っ切れたのか、一転してノリノリな様子でぱたぱたと部屋の中に戻っていく先輩。

その背を見送りながら上野原《うえのはら》が小声で呟《つぶや》いたので、俺も同じくらいの声量で答える。

「……確かに、空気読んでる感はあるかな」

「やっぱそう思うか？」

「ただちょっとぎこちない。てことは――」

と、先輩が弁当の袋を手に取り振り返ったので、上野原はそこで言葉を切った。

「細かいことは後。以降も予定通りで」

「……了解」

◆

そんなこんな、うまいこと先輩を誘導して〝昼食イベント〟を開始した。

体育館横のドアステップに清里《きよさと》さん、日野春《ひのはる》先輩、上野原の女子勢が腰かけ、その下の平らなコンクリートの地面に俺、常葉《ときわ》があぐらをかいて座っている。鳥沢《とりさわ》は少し外れた段差のところに移動してギターの練習を続けていた。

「おっ、幸《さち》先輩、おしゃれなお弁当袋だ！」

「うん？」

先輩が膝の上で弁当箱の入った袋を広げると、清里さんがそんな声を上げた。

それに反応した上野原が、横からひょいと顔を覗《のぞ》き込ませる。

「ん、巾着っていうのが可愛《かわい》いですね。色合いも落ち着いてて風情《ふぜい》あるし」

「わかるー！　この波っぽい模様がかっこいいよね！」

「えっ、ほんとにそう思う……？」

幸先輩が反応を窺《うかが》うようにそう呟いた。

「あはは、そんなとこで嘘《うそ》ついてどうするんですかー」

「それね。てかこの模様、なんとなく印伝っぽくない？」

「あっ、そう、そうなの！　上野原《うえのはら》ちゃん詳しいの⁉」

と、先輩は急にテンションを上げて上野原の方を向く。

「詳しいってほどじゃないですけど。うちにもいくつかあるので、それで」

「そうなんだ！　実はこれね、印伝屋《いんでんや》さんの巾着袋なんだけど、お爺ちゃんの知り合いが職人さんで――」

そして口早に語り始める先輩。

そういや先輩って、伝統工芸とか和風なものが好きなんだったな。うんうん、好きなものに関してつい語っちゃうのはわかりみが深いぞ。やりすぎると引かれちゃうけどな！

そんなこんな、弁当袋一つできゃいきゃいと盛り上がる女子勢。

いや、しかし、こうしてまじまじと見ると――。

「な、なんか俺ここにいていいの、って気がするなー……」

「常葉《ときわ》常葉、それ俺のセリフだから」

男二人、目の前の美少女たちを前に、思わずコソコソとそんなことを囁《ささや》き合ってみたり。

だってこの3人って『峡西可愛い子ランキング《きょうにしかわいい》』の上位勢だもんな。一人一人と会話してる時はそこまで感じないけど、こうやって並んでるとこ見ると、ものすごい豪華メンバーなんだと実感する。いやまぁ、ラブコメ適性ってそのためのものだし、当たり前なんだけどね。

「耕平《こうへい》ってめっちゃ可愛い子の知り合い多いよなー。穴山《あなやま》に借りた漫画の主人公みたいだー」

「お、おおぅ？　そんなことないヨォ？」

やっべ、人から主人公《それ》言われるとなんか嬉しいな。そうかそうか、ラブコメ主人公に見えちゃうかー、モテモテハーレムな恋愛原子核やっちゃってるかー。あ、だめだ、うっかりそんな世界に行ったら後々ジャンルがラブコメじゃなくなっちゃう。

「……」

ニヤニヤな俺にじろりと前から冷たい視線が届いた。はい、すみません、今は〝日野春《ひのはる》先輩深掘りイベント〟が本体でした。真面目にやります。

俺はこほんと咳払《せきばら》いをして気を引き締め直す。

——さて、ここから先がイベントの核となる〝雑談パート〟だ。

場のコントロールは上野原がやってくれるから、こちらは先輩の動きを注視しよう。

俺は昼食を食べながら、気づかれないように先輩の様子に気を配る。

「——それにしても幸《さち》先輩、何でも拘《こだわ》りますよねぇ。シャンプーも天然成分の椿オイルがどうのって話してたし」

清里《きよさと》さんが感心げに呟《つぶや》いた。

「うん、奥が深いよ。やっぱね、安いやつだと界面活性剤とかシリコンとか使っててよくなかったりするから。傷みが出ちゃう」

「はー、だからこんな綺麗《きれい》なのかぁ。すごいしっとりー」

「わ、ちょっと、くすぐったいってば」

さらっと手で先輩の髪を梳《す》く清里《きよさと》さんと、くすぐったそうに笑う先輩。

意気投合したとか言ってたけど、本当っぽいな。なんか姉妹みたいな感じだ。つーか美少女同士の絡みってとても目の保養。

「ていうかね、清里ちゃんはもっとちゃんと気を使うべきなんだよ。せっかくいい素材持ってるんだから、雑なケアじゃもったいないよ」

「んー、外で部活してるとどうしても限界があるんですよねー、日焼けしちゃうし。先輩の肌の白さが妬《ねた》ましい！」

「その分、座り仕事ばっかりで運動不足になっちゃうけどね……。ちゃんと意識的に動かないと太っちゃうし」

「あれ、でも全部ボリュームの方にいくって話では……？」

「ちょっと清里ちゃん！」

慌てた顔でぱしんと肩を叩《たた》く先輩と、悪戯《いたずら》っぽく舌をぺろりと出す清里さん。

いいね、すっごいイイ絡みだねっ！　ボリュームに関しては特によくチェックしなきゃ！

「はいはい、その辺で。男子いるんだから」

おいこら、余計なこと言うな上野原《ノンボリューム》！　せっかく〝サービスシーン〟な方面に話が進んでたのに！　そういう場のコントロールは求めてないよ！

「い、いやー！　先輩ってめっちゃ親しみやすいっすね！　俺、すげー大人なのかと思ってましたー！」

と、焦った様子で声を上げる常葉《ときわ》。どうやら自分が咎《とが》められたと思ったみたいだ。絶対俺一人に向けて言っただけだから、常葉は何も気にしなくていいぞ。

そんな常葉の発言を受け、日野春《ひのはる》先輩は我に返ったように顔を上げ、気まずそうに表情を曇らせた。

「……ごめん。初対面の子もいるのに、先に自己紹介するべきだったね」

そして、すぐに柔らかな笑みを浮かべてから常葉の方を向いた。

「改めて、2年1組の日野春幸《さち》です。生徒会で庶務兼会計監査やってます」

「あっ、ハイ！　俺は常葉英治《えいじ》、バスケ部っす！　よろしくお願いしゃす！」

弁当箱を地面に置いてから姿勢を正し、頭をばっと下げる常葉。

おー、先輩相手だからか礼儀正しいな。実に運動部的だ。

日野春先輩は優しく笑って頷《うなず》いた。

「うん、よろしくね常葉君。それで、そっちの彼は――」

お次に、先ほどからずっと黙って練習を続けていた鳥沢《とりさわ》の方へ目を向ける。

「あれ、君……？」

と、先輩はふと何かに気づいたように呟《つぶや》くなり、前のめりになって鳥沢の顔に目を凝らす。

え、なんだ？　まさか鳥沢のこと知ってる？

「もしかして、東中の子じゃない？　ほら、一昨年の音楽祭でバンドやってた。名前は、確か……鳥沢君、だっけ？」

「……へぇ」

その言葉で、鳥沢がやっと顔を上げた。

あぁ、そういうことか。鳥沢、先輩が作り替えたっていう音楽祭に参加してたんだな。ただ、名前まで覚えてるのはすごい。流石《さすが》に文系科目学年上位者は記憶力がダンチである。

と、幸先輩は顔をパッと輝かせてからポンと手を合わせた。

「あっ、やっぱりそうだ！　あの時の演奏、めっちゃ頑張ってくれてたから覚えてたの！」

「そりゃどーも」

「すごい、身長伸びたんだね！　パッと見わかんなかったよ！」

えっ、鳥沢って昔は身長低かったのか？　なんか意外だ。

でも元々線が細い系の美形だし、ショタ沢もどうせ美少年って感じだったんだろうな……。

日野春先輩はうんうんと得心げに頷きながら口を開く。

「そっかそっか、うちの高校来たんだね。軽音楽部、最近すごい頑張ってるし、いい選択したと思うよ。上下関係とか全くないし、自由にやりたいことできるからね」

鳥沢は肩を竦《すく》めると、先輩の目を見返した。

そして、時折見せる、真意を見定めるような鋭い目線で――。

「そういうあんたは、自由にやりたいことやってる、っつーことでいいんだな？」

「え……？」

心なしか、いつもより強い語気に乗せ放たれた言葉に、ピリ、と空気が緊張した。

と、鳥沢《とりさわ》？　急にどうした？

いやまさか……。

この場で、真っ向からやり合うつもりか……？

「……えっと。どういう、意味かな？」

先輩は突然の攻撃的な態度を受けて戸惑いがちに尋ねるが、鳥沢は構わず続ける。

「いいや、こっちもパッと見あんただって思えなかったからな。そっちこそ、見違えるほど成長したんじゃねーか」

そして口端を持ち上げ笑う鳥沢。その言葉には、明らかに先輩の現状を揶揄《やゆ》するニュアンスが含まれていた。

先ほどから挑戦的な鳥沢に思うところがあったのか、先輩はムッとした顔になる。

ど、どうするんだ？　これ割って入った方がいいんじゃ？

俺は判断に迷って上野原《うえのはら》の方を見る。しかし上野原は黙って事の成り行きを見守っているようで、何かするつもりはなさそうだった。

そうこうしているうちにも、二人の会話は加熱していく。

「それは……褒め言葉だよね？」

「言葉通りの意味でしかねーよ。解釈は自分でしてくれ」

「あのね！　そういう言い方は――」

反射的に先輩が声を荒らげる。

――まずい！　流石《さすが》に止めないと！

俺はそう判断して口を開こうとした――。

が。

「――んんっ」

先輩は出かかった言葉を打ち消すように喉《のど》を鳴らし。

「……なら、褒め言葉として受け取ることにする。ありがとうね」

それから、再び柔らかな笑みを浮かべた。

鳥沢はしばらくそんな先輩を黙って見ていたが、結局それ以上は何も言わずに、ギターに目を落として練習を再開した。

ざわざわ、と、遠くの喧騒《けんそう》の音だけが周囲に響く。

と、とりあえず収まった……か？

「こ、耕平《こうへい》、なんで今ちょい険悪な感じになったん……？」

常葉《ときわ》がコソコソと顔を寄せてきたので「俺もわからん」とだけ返す。

はぁ……ひとまずこの場で言い争いにはならなかったか。つーか鳥沢《とりさわ》、もうちょっとやり方考えて？　ほんと心臓に悪いから。

「——日野春《ひのはる》先輩、もしかして中学の時ヤバい人だったんですか？」

と、今度は様子見をしていた上野原《うえのはら》がそう切り込んだ。

「え、ヤバいって……？」

先輩はぎょっとした顔になって繰り返す。

ちょっ、どういうつもりだ？　混ぜ返すような真似して……。

上野原は先輩の顔を覗《のぞ》き込んでから、にっといたずらっぽく笑う。

「ほら、実はめっちゃグレてたとか。気に入らない上級生シメたり、裏で学校を操ってたり？」

あぁ……なるほど、あえて極端な言い方をして場を和ますことにしたのか。

「お、おー！　裏番ってやつだ！　すげー、かっこいいっす！」

上野原の意図を察したのか、常葉がそれに乗っかる形で声を上げた。

そんな二人を見て、先輩はホッとしたように双眸《そうぼう》を緩《ゆる》める。

「いやいや、まさか。悪いことなんて何もしてないってば」

「えー、ホントですか？　あの頃は若かったー、とかそういう系かと」

苦笑して、先輩は首を横に振る。

「でも……」

そして弁当箱に目を落として、きゅっと手を握る。

「確かに、今よりは——ずっと、子ども、だったかな」

◆

放課後。校内の〝密会スポット〟の一つ、白虎《びゃっこ》会館の非常階段。

コードネーム〝Bポイント〟と呼称しているそこで、俺は上野原と合流した。今日は珍しく上野原に予定があるらしく、校内で手早く情報共有するためである。

いつもならより安全な屋上を使うが、今は生徒会選挙で活動が活発化してるし、だれかが倉庫にやってこないとも限らないからな。念には念だ。

「それで、さっきので何か掴《つか》めたか？」

俺は踊り場の先にある階段に腰を下ろしてからそう尋ねた。

隣に座る上野原は、パックのコーヒー牛乳を一口飲んでから口を開く。

「ひとまず……空気を読もうとしてるのは間違いないけど、しっくりきてない感はあったかな。楽しいとつい話しすぎて我を忘れたり、衝動的に文句言いそうになったりしてたし」

「確かに……何かを言い淀《よど》んだり、言いかけて誤魔化したりってことが多かった気がする」

それがつまり、本音を出さないように我慢してる、ってことなんだろうか。

「先輩自身、ああいう振る舞いに納得してるわけじゃなくて、無理して取り繕ってるんだと思う。だから鳥沢《とりさわ》君も、あえて挑発的に振る舞って揺さぶりをかけてみたんでしょ」

「やっぱり、ちゃんと理由があったんだな……」

「やり方はかなり荒っぽいけど、それで鮮明に見えたのはあるね」

まぁ、その意図を的確に理解する上野原《うえのはら》も上野原だけど。やっぱ絶対に挟まれたくないわ。

「生徒会活動に対する意欲もそのままって話だし、内心じゃ会長に立候補したい、って思っても不思議じゃないかな」

「おお、それは朗報だな」

その可能性が見出《みい》だせただけでもありがたい。完全に脈なしの状態を説得するよりはずっとマシだ。

「ただ厄介《やっかい》なのは――」

喜ぶ俺をよそに、上野原が淡々と続けた。

「空気を読んで自重することが、問題を起こさないための解決策っぽい、ってこと」

……む。

「先輩がやりたいようにやると、何かしらの問題が起こる。その問題が具体的に何かはわからないけど――少なくとも先輩にとっては、それが嫌だったから自重することにした」

「……ってことは、あれか。何も問題がないのに立候補しない、じゃなくて――」

「そう。問題を起こさないために立候補しない、ってこと」

そう言って、上野原はコーヒー牛乳をもう一口啜《すす》る。

「先輩が自己主張を抑えてる今こそが均衡状態――ある種の最適解なんだと思う」

「……最適解？」

俺はそう聞き返した。

「でも、無理してるんだよな……？　だったら最適解とは言えないんじゃ」

「全て満たされてることが最適解、ってわけじゃないでしょ」

ぴしゃりと返された上野原の言葉に、俺は思わず沈黙する。

「あっちを立たせようとすればこっちが立たない。そうなった時は、自分が許容できるところを見つけて、折り合いをつける。それが当たり前じゃん？」

「それは確かに……そうかもだが」

現実的な判断、といえばそうだろう。何事も100%は難しいって話だ。

「実際、それで周りの人の評価は上がったみたいだし、少なくとも先輩の周囲でトラブルらしいトラブルは起こってない。その状態で『自重なんてせず好き勝手にやれ、会長になれ』って言ったところで、簡単には受け入れられないでしょ」

「……正論だ。正論だけど……」

それじゃ、どうやって先輩を説得したらいいんだ……？

俺が苦虫を噛《か》み潰《つぶ》したような顔でいると、上野原《うえのはら》はふぅと嘆息してから続ける。

「まぁ、問題の内容次第で、解決の目がないわけじゃないだろうけどね。ただそうやって取捨選択して、できる範囲でうまくやるのは、至って普、――」

――と。

上野原はハッと何かに気づいたように言葉を途中で切って、飲み終わったコーヒー牛乳のパックをぐしゃりと潰した。

うん……？

どうした、と問いかけようとしたところで、スマホのアラームが鳴る気配を感じた。

「……ごめん、そろそろ行くね。遅刻しちゃう」

そう言うなり、上野原はどこが鬱陶《うっとう》しげな様子で首を振って、さっと立ち上がった。

そのまま振り向くことなく階段を下り始めた上野原に、俺はふと気になって尋ねる。

「そういや……今日は何の予定なんだ？　夜までかかるって話だけど」

「ん……クラスの子にカラオケ誘われた」

上野原は立ち止まると、顔だけ半分こちらに向けて答えた。

「ずっと断ってたし、こっちの活動が本格化する前に一回顔出しとこうかな、って」

あぁ、友達との遊びの予定だったのか。そうかそうか。

「……そりゃいいな。つかずっと断ってたって、そんなしょっちゅう誘われてたのかよ。なんて羨《うらや》ましい」

上野原はぴくりと眉《まゆ》を動かして、後ろ髪をぱっと払う。

「……そっちだってこの前行ってたじゃん」

「ありゃ打ち上げだろ。日常的なイベントじゃないし、そもそも提案者は俺だ」

「そんな変わんないってば」

「いや変わるよ。勝手に〝イベント〟起こってる時点で雲泥の差だっつの」

俺がそれ起こすためにどんだけ苦労してると思ってんだ。

「つーか、そうやって普通に誘われて遊びに行けるなんてめっちゃ恵まれてんだぞ。日課の調査なんて俺一人でなんとでもなるし、友達は大事にしろよ？」

俺がそう伝えると、上野原は顔を完全にこちらに向ける。

そして、珍しくむっとした顔になって答えた。

「――そんな普通、あっても意味ないし」

「は？　いや、お前……」

意味ないって、じゃあなんで遊びになんて行くんだ――。

俺が尋ねる前に「じゃあね」とぶっきらぼうに吐き捨てて、上野原《うえのはら》は去っていってしまった。

◆

上野原と別れた俺は、すっきりとしない気持ちを抱《かか》えつつも日課の調査を進めていた。

「――って話で、今度同好会から格上げになるeスポーツ部に予算回すとかで新しいボールは見送り。ハンド部《うち》が弱小だからって舐《な》めてんの、ほんと腹立つ」

「小泉《こいずみ》さんが珍しい時間に校内にいるなと思ったらそれでか……とりあえずドンマイ」

と、途中で行き合った小泉さんからそんな小ネタを仕入れた。

なるほど、ここんとこ部連多いな、って思ってたらそれでか。各部との調整に時間がかかった、ってことだろう。

ちなみに峡西《きょうにし》で部を新設するのはかなりハードルが高い。まず同好会を組織した上で最低1年間継続的な活動を行い、活動実績報告書としてまとめ、さらに顧問の依頼、部室の確保、部費運用計画の作成を行った上で、学校、生徒会執行部、部連の全てから承認を得て、初めて

予算がつくという話だ。

同好会は生徒会執行部と生徒会顧問の承認さえあれば発足できるようだが、それだと部室もなければ予算もないので、好き勝手に自分たちで行動するのと何も変わらない。結果、部活設立までの繋《つな》ぎ目的でしか作られないとのこと。

まぁお遊びでポコポコ部活を作られたらたまったもんじゃないし、妥当っちゃ妥当なんだろうけどな。お金やら利害関係やらが絡むと現実は途端に厳しくなるのである。

「委員長、あんた生徒会に顔見知りいるんでしょ？　ちょっと一発ボールぶち当てて改心させてくんない？」

「暴力ダメ、ゼッタイ」

この戦闘民族め……先輩非力なんだから、そんなことしたら大事な記憶まで失っちゃうぞ。1週間しか記憶が持たなくなっちゃったらどうすんだ。

そんなこんなのやりとりを経て、俺は小泉さんと別れる。

今聞いた情報を手早くメモにまとめつつ最後のスポットを回り終え、巡回調査は完了だ。

俺は酷使した指と体とを伸ばしながら現状を思い出し、またもやっとした気持ちになる。

——なんか先行きがパッとしないんだよなぁ。

先輩が本音と建前の間で悩んでいるのはわかったけど……どうすればそれを解決できるのか、全然検討がつかない。

確かに、今が最も バランスよく保たれてる状態なのは理解できる。

でもそれが、本当に先輩にとっての最適解なんだろうか。他にもっといい選択肢はないんだろうか。

もうちょいシンプルにできればいいのにな……。

そんなことを思いながら、俺は廊下を歩く。

……とりあえず今日は、溜まってた通常業務を片付けてしまおう。できる限り雑務を潰《つぶ》しておけば、いざという時にまとめて時間取れるし。

そう決めて、俺は荷物を取りに教室へ入った。

——と、そこで。

「違う違う、そこの因数分解はこうでしょ」

「あ、そ、そっか。言われてみりゃそーかも」

夕暮れの教室で、勝沼《かつぬま》グループの面々——井出《いで》、勝沼、玉幡《たまはた》さんの3人が、ひと塊りになって勉強を教え合って……あ、いや、正しくはひと塊りで勝沼に教えてるだな、こりゃ。

もうすぐ期末だし、その勉強会ってところだろう。

勝沼の席の横に立つ井出が「はー」とわかりやすくため息をついた。

「あのね、言われなくても気づかなきゃテストやべーよ？ 俺にすら負けてて悔しくないの？」

「そんなのわかってるし！ つか、さっきから人が間違えるたびに哀れそうな顔すんのやめろ

っての！　ウザい！」

　あー、井出ってあれで数学はそこそこだからな。学年成績でいえば中の上くらいだけど、勝沼と比べれば雲泥の差だし。

　興が乗ったので、俺は３人に話しかけに行くことにした。

「よ、捗《はかど》ってるか？」

「おっ、委員長！　もー聞いてよ、あゆみがアホでさー」

「ちょ、余計なこと言うなってば！　あとアンタにだけはアホとか言われたくねーし！」

「いや勉強においちゃどう考えてもそっちのがアホでしょ。うっかり消しゴムかけるとこ間違えて一度問いた問題やりなおすなんてことしないよ俺？」

「いちいち説明すんなっつーの！」

　ニヤケ顔の井出の肩を掴《つか》み、わさわさと揺する勝沼。

　ぷっ、相変わらず愛すべきポンコツだなぁ。でもからかいたくなる気持ちはよーくわかるぞ、井出。

「まぁでも勉強してるだけ偉い偉い。赤点は回避できそう？」

　と、俺は隣にいた玉幡さんに尋ねる。

　すると玉幡さんは、ニヤリと笑ってから手を左右に振った。

「いやいや、赤点どころか、委員長倒すーって意気込んでるよ。ウケるよね」

「……え、マジで？」

「あっ、ひびきまで！　黙ってろって言ったじゃん……！」

井出《いで》をぽいと放り出して焦る勝沼《かつぬま》。

それはまた、不二山《ふじさん》並みに高い目標だな……。自分で言うのもなんだが、一応俺、学年でも上位だぞ？

勝沼から解放された井出は、やれやれといった顔で教科書を丸めて、肩をぽんぽんと叩《たた》く。

「で、お前数学教えろ、って言われたからこうしてんの。理系科目は俺が一番マシだからさぁ」

「そそ。私だとちょーっと厳しくてねー」

「そんな偉そうに頼んでない！　ちゃんとジュース奢《おご》ったし！」

「いやジュース1本の仕事量じゃねーってば。いいから早く次の問題やってよ、今日中に終わんないでしょー？」

「わ、わかってる……！」

呆《あき》れ声で指摘され、ぐぬぬと唸《うな》ってから問題集に向き直す勝沼。

俺はそんなやりとりを見て、ほっこりした気持ちになった。

いやぁ仲良いなぁ……。つか井出は部活あっただろうに、こんな時間まで付き合ってたのか。

ほんといい友達に恵まれたな、勝沼。

「――にしても頑張るのはいいが、なんで急にそんな高い目標掲げたんだ？」

気になって、俺は勝沼《かつぬま》に尋ねる。

赤点さえ回避できれば進級はできるし、元々勉強が好きなタイプじゃない。今から受験勉強に備える、ってキャラでもないし。

すると勝沼は、不機嫌そうに唇をとんがらせてそっぽを向いた。

それから落ち着かなげに耳のピアスをちょんちょんと触りながら、ボソッと呟《つぶや》く。

「……なんか、ずっとセンパイにいいようにやられてる気がして、めっちゃムカついて。次に勝負できるタイミングってテストくらいだし、アタシがいきなり勝ったらビビらせられるかな、って……」

――え。

つまり、負けっぱなしは悔しいから見返してやろうって、それだけの理由？　深い理由とか何もなくて、それだけで頑張るって話？

俺がぽかんと口を開けていると、勝沼はがーっと勢いよく捲《まく》し立てるように言った。

「ちっ、無謀でわりーかよ！　すぐ吠《ほ》え面《づら》かかせてやるからな、見とけ！」

そしてがっとペンを握り、勢い余って消しゴムを床に落として、慌ててそれを拾ってから問題集へと向き直した。

……ああもう、なんて愛しいポンコツなんだ。

相変わらず向こう見ずで愚直な思考回路に、俺は妙に嬉しくなってニヤケ面で応えた。

「おーおー、いい根性だ。できるもんなら、やっ・て・み・な！　ワッハッハ！」

「あークソっ、だからバレたくなかったのに！　そのちょーづいた《調子に乗った》態度が、一番ムカつくっつこん！」

そんなこんな、わちゃわちゃと二人して言い争う。

あぁ、みんなこう、勝沼みたいに単純《シンプル》ならいいのになぁ……。

「やっぱ愛だよね、愛」

「怪しいんだよなー。急に仲良くなりすぎじゃね？」

俺たちを見て、玉幡《たまはた》さんと井出《いで》がヒソヒソ囁《ささや》き合っている。

そんな姿もまたシンプルにラブコメっぽくて、俺は余計に嬉しくなった。

◆

『——全校生徒のみなさんこんにちは。会長に立候補しました、2年5組の塩崎大輝《しおざきだいき》です』

次の日の昼間。

飲み物を買いに1階の自販機まで来たところで、またこの前と同じ光景に出くわした。

『僕が立候補した理由は、みなさんの明るい未来のためです』

演説は前と何も変わらず同じトーンだ。

当然、周囲の反応も無関心か、むしろ「またか」って感じの冷ややかさすら感じる。

あれだけ反応が悪いと、やってもやらなくても変わらないんじゃないかって思いそうなものだけどな……。

だが塩崎《しおざき》先輩は、めげることなく淡々と演説を続けている。現状をどう思っているのか、やっぱり遠目に見てるだけじゃわからない。

……一度、直接話してみるか。

対面調査というほどではないが、演説が終わったら会話してみよう。もしかしたら、何か日《ひ》野春《のはる》先輩に繋《つな》がる情報が手に入るかもしれないし。

俺はそう決めると近くの柱にもたれかかり、缶コーヒーを飲みながら演説が終わるのを待つ。

『——峡西《きょうにし》の伝統は、しっかり守らなければなりません。ですが、変化を恐れてはいけません』

先輩は暗記したであろう原稿を一言一言丁寧に発声している。それだけでも実直さ、真面目さが伝わってくるようだ。

だがやっぱり、リーダーとして肝心な華がない。演説の仕方も地味で奇抜さのかけらもないから、話の内容がいかに急進的な改革ネタでも全くそう聞こえないのだ。見方によっては、ガワだけ派手に取り繕ったハリボテ公約のように見えてしまう。

しかし、そうまでして表に出たがる理由がわからないな……裏方の方が性に合ってそうなものだが。

『――ご清聴ありがとうございました』

そんなこんな、つらつら考えているうちに、塩崎先輩は昨日と全く同じフレーズで話を締める。そして深々と頭を下げて、拡声器の片付けを始めた。

――よし、行こう。

俺は先輩の元へ歩み寄り、その背に向けて声をかけた。

「こんにちは、先輩」

「……む。こんにちは」

先輩はピクッと肩を震わせて、ゆっくりこちらへと振り向いた。

その表情はむっつり仏頂面だ。上野原《うえのはら》と同じかそれ以上に変化に乏しいが、不思議と嫌な感じはしない。

とりあえず初対面だし。変な印象抱かれないように、愛想よくいこう。

俺はニコリと爽《さわ》やかに笑った。

「演説お疲れ様です。毎日頑張りますね」

「……聞いてくれてたのか。えーと、君は――」

「あ、1年4組の長坂《ながさか》です。初めまして」

そう言って俺が軽く会釈すると、先輩は立ち上がってこちらに向き直した。

身長は同じくらいだが、ガッチリした体格のせいで俺より大きく感じる。

「長坂《ながさか》……まさか、君があの、あの長坂君か？」

うん、たぶん浪人《あの》って意味だろうな。

俺の名前まで知ってる人は稀《まれ》だけど、生徒会役員じゃ知っててもおかしくないか。

「まぁお察しの通りです」

「そうか――いや、初対面なのにすまない。失礼な言い方だったかもしれない」

「あ、いえ、慣れてるんでお気になさらず」

先輩が急に頭を下げ始めたので、俺は慌てて手を振ってそれを制した。

「何にせよ、峡西《きようにし》へようこそ。別に敬語は使わなくても構わないよ」

先輩は幾分双眸《そうぼう》を緩《ゆる》めて言う。

うーむ、みんなそれ言うな……気を使ってくれてるんだろうけど。

「いえ、ややこしくなりそうなのでこのままで大丈夫です。周りの目もありますし」

「そうか。悪い、それも余計な気遣いだった」

そして再び頭を下げる先輩。

真面目だなぁ……実際話してみても見た目の印象通り、とにかく質実剛健《しつじつごうけん》、って感じだ。

「見ての通り口下手でな……演説もまともにできず、恥ずかしい限りだ」

「あぁ、いえ。キッチリできてたと思いますよ」

「キッチリなだけじゃダメだろう。もっと人目を引けるような華がないと」

む……それも客観視できてるんだな。

「かといって、徒《いたずら》に奇抜に振る舞えばいいというものでもない。僕は僕にできる範囲で、一歩一歩前に進んでいこうと思っている。峡西の伝統に恥じないようにな」

……なんか、予想以上にちゃんとしてるな。

ちょっと踏み込んでみるか。

「先輩、こう言ったら失礼かもですけど……」

「いいや、構わないよ。何だ？」

「伝統に恥じないようにしたい、っていうなら何であの公約なんですか？　僕には真逆に思えるんですが」

先輩はうんと頷《うなず》いてから腕を組んだ。

「伝統を守ることと、過去をそのまま踏襲することは違う……と、以前言われたことがあってね。僕なりに考えた、峡西の伝統を守るための案があれだ」

「……学祭日数を減らすことがですか？　お祭り学校って評判こそ峡西だと思うんですけど」

「お祭り学校だから、学祭は今まで通り2日開催じゃなきゃならない――というのは思考停止だ、と僕は思う」

先輩は淡々と事実のみを挙げるように話す。

「例年、準備期間中に、近隣の公園での自主練――ステージパフォーマンスの練習が問題に

なっている。夜間の騒音、治安や風紀の側面でな」

ぬ、流石《さすが》に生徒会内部にいるだけあって、その手のネガティブ情報は持ってるんだな……。

「なぜそうなるかといえば、やるべきことが多すぎるからだ。そのせいで時間外に学外でできることは学外で、というのが常態化してしまっている。今はいいが、このご時世だ。何かトラブルでも起これば学祭全体の存続に関わる。それならリスクの回避を優先して、浮いた予算を別のことに活用する方がいいだろう。外部講師の招待がその一つだ」

「だったら、その予算を他のイベントに振り分ければいいのでは？　そもそもそんなの頼まなくても、今だって予備校と提携して夏季講習やったりしてるじゃないですか」

「あれは希望者のみ、しかも有償だろう。学習機会を公平に与えるという意味で、学校への招聘《しょうへい》は意義があると考える」

それにだ、と先輩は続ける。

「峡西《きょうにし》が多くの無茶を許されているのも、進学実績あっての評価だ。『あの峡西だから』という理由でお目溢《めこぼ》しをもらってるシーンは予想以上に多い」

……くそ、キッチリ理は通ってるな。

やっぱりあの公約は上部《うわべ》だけじゃない、きちんと自分の考えに基づいて作られたものだ。正直、ちょっと見直したぞ。だからって受け入れられはしないけど。

こりゃ選挙戦になったとしても一筋縄にはいかないかもな……。

――キーンコーンカーンコーン。

と、ここでチャイムの音が響いた。昼休み終了の予鈴だ。

「時間か。生徒会長候補が授業に遅刻するのは笑えない。先に戻らせてもらうよ」

冗談のつもりなのだろうが、表情が仏頂面のままだからまるで笑えなかった。

「……正直なところ公約には全く賛成できないですけど、頑張ってください」

俺は後頭部をガシガシと掻《か》いてから、負け惜しみのように言った。

すると先輩は虚を突かれたように黙って、なぜかここにきて初めて笑い声を漏らした。

「はは、正直だな。そう思うなら君も立候補すればいい」

「いえ、僕よりふさわしい人がいると思ってるんで。それは遠慮しときます」

そんな俺の返しに、塩崎《しおざき》先輩は僅《わず》かに目を見開いた。

それからふっと目を細めて。


「――そうか。ならその人が、立候補するといいな」


それじゃ、と。

なぜだか先輩は、寂しげなトーンで言ってから、その場を立ち去った。

◆

『――なるほど、ね』

帰宅後、夜の電話会議。

俺は昼間のことを一通り話し終えた。

「正直、あそこまでしっかり自分を持ってる人だとは思わなかったわ。だからって前に出たがるタイプか、っていうとやっぱり違和感残るけど」

『自己主張が激しいわけじゃないけど、きちんと芯はあるって感じ？』

「まさにそんな感じ」

すん、と上野原《うえのはら》が鼻を鳴らす音が聞こえる。

『――立候補は、日野春《ひのはる》先輩の不出馬が決まった後。それが起因だとしたら、本来表に出るつもりはなかった？　表舞台は任せて内側から変えるつもりで準備だけしてたとすれば、一応筋は通るけど――』

いつもの思考整理タイムに入ったようで、独り言のようにブツブツと呟《つぶや》いている。

俺は上野原が結論を出すまで黙って待った。

『――日野春先輩と塩崎《しおざき》先輩の関係が気になるな。もうちょっと情報が欲しい』

「ん、なんか説得に使えそうか？」

『今の時点ではなんとも。ただ可能性はありそうだから、私の方で探り入れてみてもいい？』

また別行動になっちゃいそうだけど、と上野原は続けた。

俺はしばし考えてから頷《うなず》く。

「わかった、任せる。今はとにかく武器になりそうなものが欲しいからな……他は結局何の進捗《しんちょく》もなかったし」

今は木曜。立候補期限は来週金曜だから、もう残り1週間しかない。

そろそろ具体的に説得に向けた手を考えないと間に合わなくなりそうだ。

「俺の方は明後日《あさって》の〝イベント〟の準備をしなきゃだから、一旦そっちに回るな。あ、ちなみに集合は峡国《きょうごく》駅に13時で。移動にチャリ使おうと思ってるが大丈夫か？」

『ん、OK。自転車で行くようにする』

そんな感じで手早く共有事項だけ伝えて、その日は早めに会議を切り上げた。

さて、じゃあ風呂にでも入るかな──。

と、俺が部屋から出ようとした時。

『──ふぅ』

「……ん？」

ふと机の上に残したスマホから上野原の息遣いが聞こえた。

あれ、電話切ったつもりがスピーカーになってる。押し間違えたかな。

「おーい！　そっちから切ってくれー！」

『──』

そう声をかけるが、ガサガサと衣擦《きぬず》れらしき音が聞こえるだけで反応はない。

あぁ、上野原《うえのはら》も気づいてないな、これ。ポケットか何かに入れてそのまんまなんだろう。

俺は仕方なく部屋の中へと引き返す。

『──母さん、終わったからシャワー浴びる』

『はいはい……って、ちょっと彩乃《あやの》、あなたなんて格好で電話してたの？』

『いいじゃん別に。父さんいないし』

『相手は長坂《ながさか》君でしょ？　いくら暑いからって年頃の娘が──』

『うるさいな、電話じゃわかんないんだからいいの。とにかくお風呂入るから──』

聞いてはいけない会話を流し続けるスマホに駆け寄って、俺は慌てて終話ボタンを押した。

ど、どんな格好して会議してたんだ、あいつ……？

◆

──ジャアアアン！

『っセンキュー!!』

アンコール演奏が終了し。

直後、ライブハウス中に割れるような歓声が轟《とどろ》いた。

「すげ――――！　かっけ――――!!　鳥沢《とりさわ》――――!!」

「鳥沢ぁあああ、超イケメ――――ン!!　抱いて――――――!!」

黄色い声援が数多い中、肩を組みながらハイテンションで絶叫する常葉《ときわ》と俺。

何度も聞いた曲だけどやっぱライブの生演奏は最高だわー！　音が体全体に響く感じとか、何よりこの一体感がめっちゃアガるわ！

ステージ上の鳥沢は、両手で前髪をかき上げると、汗でぐっしょりになったTシャツで顔を拭《ぬぐ》う。ついでにさりげない腹筋チラと腹斜筋チラによってさらなる絶叫を稼いでいる。

――時は僅《わず》かに経ち週末、土曜日。

俺と〝友達グループ〟一行は、鳥沢のライブにやってきていた。

ライブハウスの中はぎっちぎちに満員だ。前の方にいた俺と常葉は完全にもみくちゃで、知

らぬ間にシャツの襟《えり》のところがヨレている。絶叫続きの喉《のど》はすっかりカラカラだった。

ステージ袖《そで》にはけるバンドメンバーを盛大な拍手で見送って、完全に姿が見えなくなったところでやっと周囲が落ち着き始めた。

「はー、めっちゃ興奮したー！　ライブってすげーんだなー！」

「ほんとそれ！　いい汗かいたなぁ」

いやー、ここのとこ悶々《もんもん》と悩むことが多かったし、いいストレス発散になったなぁ。

俺はスッキリとした気分でステージから離れ、出待ちに向かう人々の流れをかき分けながら最後尾へと向かった。

「おつかれー！　あはは、二人とも髪ぐっちゃぐちゃだねー！」

「よくやるね。はい飲み物」

と、後ろでは早々に退散していた上野原《うえのはら》と清里《きよさと》さんが待っていた。

うぅむ、女性陣は二人ともクールだな……てかイケメンにきゃーきゃー言ってたのが男二人って、なんか違くない？

そんなことを思いながら、上野原に預けていたスポーツドリンクのボトルを受け取る。

ぐびぐびとスポーツドリンクを流し込みながら、ちらと二人の様子を見る。

――しかし、何度見ても、清里さんの私服姿……イイわぁ。

今日は夏場になって初めての〝休日イベント〟だ。

PLD.

どんな私服が見られるのかと昨日の夜から色々予想してワクワクだったのだが、想定外のボーイッシュコーデだった。

しかし流石《さすが》の〝メインヒロイン〟、どんな格好であってもパーフェクトな可愛《かわい》らしさで、女の子っぽい一挙手一投足と、男っぽい格好とのアンマッチさがこれまた素晴らしい。

さらにさらに、動きやすく緩《ゆる》い服装ゆえ、袖《そで》口から時折覗《のぞ》く細腕とか、時折コンマ1秒くらい視界に過《よぎ》る生脇が著しく眼福で、何度時を止める能力に目覚めたいと思ったことか。お願いだから挿絵《どめえ》で見せてください。

なお、上野原《うえのはら》の方はゆるめのＴシャツにショートパンツスタイルだ。ＴＰＯ準拠のライブ仕様って感じで、こちらも相変わらずよく似合っていた。

「それでどうするー？　鳥沢《とりさわ》待つー？」

常葉《ときわ》がぱたぱたとシャツを膨《ふく》らませるように風を送り込みながら言った。

「んー。そうしたいとこだけど、あの感じじゃなぁ……」

ドアの向こうに見えるロビーでは、大量のファンがバンドメンバーを待ちわびている様子が見えた。ていうか明らかに中にいた人数よりも多い。ちゃっかりチケット持ってない奴も紛れ込んでるなあれ……。

「鳥沢先輩めっちゃかっこよかったー！」「ね、ね！　超イケメンになってた!!」「話しかけてこーよ！」「えー、恥ずいって！」

出入り口のすぐ横では中学生らしき女子集団がきゃいきゃいとしている。

ていうか鳥沢先輩とか言ってるし、東中の後輩かな？

「ほらほら、他の人の迷惑になるでしょー。話すなら外で！」

――と、その中で一番背の低い、ハネっ毛ショートカットの子が、両手を目一杯に広げて集団を押し出していた。

「ちょっ、美希《みき》押さないでー！」「ここで待ってなきゃ先輩が！」「大月《おおつき》、あんただって用事あるって言ってたじゃん!!」

「ダメだって。出待ちはご遠慮ください、って注意書きにも書いてあったでしょ！」

おぉ、真面目だなー。だれ一人そんなの守ってないのに。

「だから、全部終わって撤収するタイミングまで待とう！　そしてさりげなくお店の外で話しかけよう！　そっちのが時間取れるし、ルール上ＯＫだから！」

お、おぉ……ルール的にアリならいいのか。つかすげぇグイグイしたノリだな、あの子。

しかし、あの子らがいる以上、そうやすやすと鳥沢に話しかけるタイミングもなさそうだ。

この後の〝イベント〟もあることだし……ここは諦めどころか。

俺は３人の方へと向き直って告げる。

「差し入れは楽屋に回しといたし、RINE《ライン》だけ送って退散しようか。気を使わせても悪いし」

どうせこのあとバンドメンバーと打ち上げで、俺らの方に合流ってのも無理だろうしな。そ

もそも鳥沢《とりさわ》だし、声かけしなかったところで何も気にしないだろう。

「私は別になんでも」

「同じく！　というか暑いので早く出たいです！」

頷《うなず》く上野原《うえのはら》に、ぱっと手を挙げて答える清里《きよさと》さん。

「んー、逆に迷惑ってことなら仕方ないなー」

常葉《ときわ》だけ若干後ろ髪をひかれる様子を見せたが、最終的にはこくんと頷いた。

「それじゃ、さくっと駅まで戻っちゃおう」

全員の了承を得て、俺たちはライブハウスを後にする。

——さぁて、お次は〝お手軽に実行できるわりに青春してる感の高いラブコメイベント・ベスト100〟から一つピックアップして実行しちゃうぞ！

◆

みんなして自転車で駅まで戻り、そのまま駅ビルへ入った。

ここの最上階には、リーズナブルな価格でみんな大好きな某イタリアンファミレスがある。

ライブ後はそこで休憩、というのが次なる予定だった。

今は土曜の夕方。それなりに人のいる店内を見ながら、店員さんの案内で席へ向かう。

それでは、次なるイベント――〝ファミレスぐだぐだイベント〟の開幕だ！

ファミレスやコーヒーチェーンでだらだら友達と喋《しゃべ》る類《たぐ》いのイベントは、どんなラブコメにも必ずといっていいほど登場する定番中《テンプレ》の定番《テンプレ》。やることは完全に雑談で、時折ちょっとした深イイ話やら、楽しい楽しい恋愛トークやらをぐだぐだと喋りながら過ごすだけだが、そのわりに「あ、今青春してるな」と実感できちゃう素晴らしいイベントである。

それに〝友達グループ〟の面々とこうしてちゃんと店に入るのは、応援練習の〝打ち上げイベント〟以来のことだ。日々の〝帰宅イベント〟は帰り道を一緒するだけだし、〝寄り道イベント〟も大抵だれかの帰宅時間の兼ね合いで、コンビニや近くの駄菓子屋に寄る程度だった。

だが今日は、全員この後の予定がないことは予《あらかじ》めチェック済みで、明確な時間制限はない。まだまだ日も高いし、最低でも数時間は確保できる。

ドリンクバー一つで長話上等、夜ご飯の時間まで延々と居座っちゃうぞぉ！

気持ちを高ぶらせながら今日の会話ネタ１００選を思い返していた俺は、案内された４人がけの席の前でくるりと振り返り、後続の清里さんに声をかけた。

「ささ、奥の席へどうぞ」

「あ、私ドリンクバーめっちゃ行くから手前側でいい？」

「ん、そう？」

「なので長坂《ながさか》くんがお先にどうぞー」

と、ぐいっと背を押され、奥の席へと座らされた。

そしてそのまま、俺の横にするんと滑り込んでくる。

えっ嘘《うそ》、またお隣でいいの⁉　最近サービスよすぎじゃない神様⁉

「ふー、暑かったー」

ドギマギする俺をよそに、素知らぬ顔でぱたぱたと顔を扇いでいる清里《きよさと》さん。

いつの間に使ったのか、制汗剤らしき石鹸《せっけん》のいい匂いがふわふわと漂ってきて、なんだか落ち着かない。

「………………」

「えっと、彩乃《あやの》ちゃん、座らないの……？」

そんな一部始終を見ながら停止していた上野原《うえのはら》に、最後尾の常葉《ときわ》が戸惑いがちに尋ねる。

それから何かに気づいたようにハッとして、困り顔で頬《ほお》を掻《か》いた。

「あー、もし俺の横が嫌とかなら――」

「……あ、ううん。ごめんね、全然そういうんじゃないの。どこかのだれかが鼻の下伸ばしてるのが著しく不快だっただけ」

「伸ばしてないよ⁉」

やべっ、そんな顔になってた⁉　くそ、表情にまで意識が回ってなかった！

俺がぺたぺたと顔を触って確認していると、正面の席に上野原がやってきた。常葉はおっかなびっくり、という感じでその横に腰を下ろす。

――コホン。若干平静を失ったが、もう大丈夫だ。

とりあえず定番の辛味チキンをはじめ、腹ごしらえができそうなおかずをいくつかと、ドリンクバーを4人分注文する。ちなみに上野原はノータイムでプリンとティラミスクラシコの盛り合わせを頼みやがった。

それから各々好きな飲み物を取って席に戻り、やっとひと心地だ。

「ぷはー、生き返るー」

「だねー！」

常葉はコーラを、清里さんは無糖のアイスティーを一気に飲み干すと、早速おかわりへと向かっていった。

おぉ、すげーな。二人ともめっちゃ運動部っぽい。

「……耕平《こうへい》」

「ん？」

と、その隙に上野原が小声で話しかけてきた。

「いい？　反応に困ったら絶対に黙るように。余計なことは言わないで」

「ああ、もちろん。もしやばそうなシーンあればフォロー頼む。コマンドはパターンCだぞ」

「ん、わかってる」

なんか過剰に心配されてる感じだな……。

まぁ、とはいえ単なる〝日常イベント〟の一環だ。〝計画〟に重要な調査をするわけでもないし、クリティカルな〝ネタバレ〟さえしないように気をつければ大丈夫だろう。

俺は気楽に構えてアイスコーヒーを飲んでいると、二人が戻ってきた。

「よしょっと。やー、喉渇《のど》いた時にはやっぱドリンクバーに限るね。カフェの飲み物じゃ全然足りないもん」

「そうだよねー。俺はWぶどうオレンジコーラにしてみた！」

「おー、欲張りだ！　ただちょーっと色と味がアレそうな感じするけどねー」

常葉《ときわ》の持つ茶色の液体を見ながら苦笑する清里《きよさと》さん。

うんうん、めっちゃファミレスしてる感あってイイね！　ミックスは定番だからなー。

「常葉君、ミックスするのはいいけど、ちゃんと飲めるの？」

と、上野原《うえのはら》が普通のオレンジジュースを飲みながら横目に言った。

常葉はにへらと笑う。

「うん、飲めるよー。バスケ部の打ち上げで全種類ミックス一気飲みとかやるからさー」

「残しちゃダメだよ。遊ぶだけ遊んで捨てちゃったりはお店に悪いし」

「あ、はい！　もちろんっす！」

常葉はピシッと背を伸ばし、なぜか敬語で答えてから、ぐいーっと液体を飲み干した。

うん、極めて常識的な注意だ。いや甘いものへの冒涜《ぼうとく》は許さないスタイルか？　そっちの可能性のが高そうだな……。

「彩乃《あやの》ってわりかしそういうとこ真面目だよねー。注意するポイントがお母さんみたい」

似たようなことを思ったらしく、清里さんが苦笑いのままそう言った。

「真面目っていうか常識でしょ。あと流石《さすが》にお母さん扱いはやめて」

しれっとした顔で答える上野原に、俺は〝設定〟を意識しながら乗っかることにした。

「まぁお節介焼きってのは同意だな。昔から事あるごとにこんな感じだし」

「あはは、じゃあ長坂《ながさか》くんのママだね！」

「心底エグいから金輪際その表現はナシで」

「ちょ、いくらなんでも〝ツンデレ〟が過ぎない……？」

え、演技だよな？　なんかそう見えないくらい嫌そうなんだけど……？

そんなこんな、雑談に花を咲かせていく。

――今度の期末の話。

「んー、俺はさー。やっぱ英語が一番キツイかなー。部活のせいで暗記時間あんま取れなくて」

「まぁバスケ部はな……」

「同じ運動部でもテニス部《ぶ》と比《くら》べちゃいけないよねー」

「そのくせテストの結果悪いとめっちゃ怒られるんだよー？　いろいろ無理じゃねー？」

「そうすると隙間時間を工夫するしかないな、もう」

「私、中学で部活やってた時はぺらぺら紙でめくる単語帳使ってたよ。隙間時間用に」

「お、彩乃《あやの》マメだねー。私はそういうの苦手だなぁ」

「単なる暗記なら俺も同じことやってるな。作るの面倒だけど、なんだかんだ一番効率いいよ。スマホ使えない場所でも使えるし、ポケットに入れとけばすぐに取り出せるし……と、ほら、これこれ」

「えっ、耕平《こうへい》すげー！　てか待ち合わせの時に見てたのそれかー！」

「長坂《ながさか》くん真面目か！」

「さすがにちょっと引くそれ」

「なんで!?」


——最近読んだ漫画の話。

「——って感じで、マジ泣けるから。でもお琴だよお琴？　全然馴染《なじ》みないのにめっちゃ感動するとか逆にすごくない？　とにかく部活やってる全人類は読むべき」

「うおお、めっちゃ気になる！　貸して貸して！」

「構わんが、20巻以上あるから覚悟して読むように。そして読み終わったらともに感想を語り合おうじゃないか」

「それテスト前にやることじゃないから」

「んー私はジャンル違いかな……そういう青春部活系はちょっと」

「あー、確かに清里《きよさと》さん向きじゃないかもね。媒体は少年誌だけど、雰囲気は完全に少女漫画だし」

「おー少女漫画っぽいのかー。俺も最近いろいろ読むけど、そっち系は全然だなー」

「正直、向き不向きがあると思う。共感できなきゃダレるだけだし」

「えっ？　まさかだけど、彩乃って少女漫画とか読むの!?　なんかすごい意外！」

「……意外って何。まぁ特別好きなわけじゃないし、話題になったやつ人に借りて読むくらいしかしないけど」

「まぁ一番よく見るアニメが日曜18時30分の人だもんな……あまりにサブカルに疎《うと》すぎる」

「あっはは、でもあの辺は見てるんだ！　それも意外！」

「いいじゃん別に。てか私より父さんが好きなの。『俺はもうこれ見ても辛くならないぞー』とかいつも喜んでる」

「その楽しみ方はなんか違わないか……？」

──とりあえずアホな動画の話。

「あははっ、あはっ、なにこの動き、なにこの顔!?　めっちゃ面白い!」

「でしょ!?　古いバラエティの動画だけどウケるよね!?」

「……ごめん。全く面白さがわかんない」

「ブルンッて感じだなー。こうブルンッ」

「うぷっ!　やばっ、常葉《ときわ》くんやばい、めっちゃ似てる!　あはははっ」

「え、芽衣《めい》はなんでそんなツボ入ってんの……?」

「あーまー上野原《うえのはら》はお笑いにゃ無縁だもんな……」

「彩乃《あやの》ちゃん、M-1とか見ないんだー?　お笑い番組も?」

「……笑点くらいしか」

「ぷふぅっ。しょ、笑点て!　お茶の間のじいちゃんばあちゃんかーい!」

「さっきから芽衣のそのノリはなんなの?」


──とかなんとか。

「はー、笑った笑った……でも彩乃、そんな律儀《りちぎ》に突っ込んでて疲れない?」

「そう思うならボケるのやめてくれる?」

ぐったりとした感じでアイスティー(ガムシロップ3倍増し)をぐびりと飲む上野原。

まぁ、ツッコミは俺で慣れてるとはいえ、今日は3人分あるしな……。俺のネタ、清里《きよさと》さんのボケ、常葉の天然……うん、大変そうだ。どんまい。

「でも彩乃って、なんか色々庶民的だよね。ちょっと新鮮だったかも」

「だって庶民だし。何だと思ってたの？」

「ほら、ご両親が大学教授に凄腕のプログラマーなんでしょ？　そういう家《うち》って他に知らないから、もっと独特な環境なのかなーって」

うちなんて普通のサラリーマン家庭だもん、と両手の上に顎《あご》を乗せながら話す清里さん。

「……プログラマーじゃなくてシステムエンジニアね」

上野原は無表情のまま、そんなところだけ訂正した。

まぁ容姿とか能力（あと味覚）を除けば、あの親にしてこの子あり……とはならないよなぁ。親父さんは面識ないけど、上野原先生の方は大概フリーダムだし。いや逆に、だからこそ真っ当になったとか？

俺はとりあえず当たり障りなく反応する。

「まぁでもよくよく考えりゃ、一番特殊っちゃ特殊か。うちの両親も会社員だしな」

「なのに世間知らずで非常識なんだよね、どっかのだれかって」

「い、田舎者だからかナー！」

おい、ちょっと際どいぞ！　俺がせっかく配慮したのに！

「あはは、変わり者よりよっぽどいいと思うけどね。ねぇ常葉《ときわ》くん？」

と、しばらく黙ったままでいる常葉に話が向けられた。

「あ、うん。俺は……ちょっとだけ、安心したかも」

「……安心？」

「あ、ごめん、悪い意味じゃないんだ！」

首を傾《かし》げる上野原《うえのはら》に、慌てて手をブンブンと左右に振る常葉。

「ほら、彩乃《あやの》ちゃんてさ。すげー美人だし頭いいし、運動もできるんだよね？　なんか、とにかく完璧《かんぺき》！　ってイメージ強くて」

まぁ、完璧超人を地でいってるからな……。

いや、というよりは、弱点らしい弱点がないんだよな、上野原って。なんでもそつなくこなせる分、隙がなく見えるっていうか。

「だから……はは、俺みたいなのが仲良くしてていいのかなー、とかも、ちょっとだけ思ったりもしたから」

「そんなこと――」

上野原が口を開きかけるが、常葉が制するように、にへらと笑って続ける。

「だから、すげー親近感湧いたんだ。そりゃそうだよなー、彩乃ちゃんだって、普通の高校生なんだもんね」

「……ん、えっと……」

と、そこで上野原は、なぜだかピタリと動きを止めて言い淀《よど》んだ。

──うん？

あれ、珍しく反応に困ってる……？

予想外な上野原に俺が困惑していると、常葉がパンと目の前で手を合わせた。

「なんか勝手に距離とってたみたいで、マジでごめんっ！　俺ホントそういうの苦手で……」

「う、ううん。大丈夫、全然、気にしてないから」

上野原は戸惑い半分に答えると、誤魔化すように髪をぱっと後ろに払った。

やっぱり何かいつもと違うな……常葉に対しちゃわりとサラッと応対してるのに。

そこで、ふと一つの可能性に思い至る。

いや、まさかとは思うけど──。

認められて照れてる、とかじゃないよな？

「……常葉くん、さては酔ってるな!?　さっきからなんか恥ずかしいセリフ多いぞ！」

と、そこでパチンと指を鳴らし、清里《きよさと》さんが話に割り込んだ。

「えっ、そ、そう？　ご、ごめん！　俺はただ思ったことを言っただけで──」

「素直か！　もう常葉くんったらー、罰としてコーラ一気だね！」

「ら、ラジャー！　いきます！」

言われるがまま、ぐびっぐびっとドリンクバーを一気し始める常葉《ときわ》。

その横で、上野原《うえのはら》は落ち着かなげな顔のまま、後ろ髪をぐしゃりと握っている。

その様子が上野原らしく見えなくて、俺はなんだかいたたまれない気持ちになった。

◆

店を出た時、外はすっかり真っ暗だった。

峡国駅《きょうごく》からの交通手段はみんなバラバラだ。清里《きよさと》さんはバス、俺は電車、常葉はチャリ。上野原は出口まで違うから、既に店の前で別れている。

「じゃ、二人ともおつかれー！　また学校でー！」

バスロータリーに差し掛かったところで、常葉は上機嫌な顔で手を振りながら駐輪場へ走っていった。一人だけ部活してからの参戦だってのに、最後まで一番元気だったな。

隣の清里さんはそんな常葉を笑顔で見送って、それからこちらに向き直す。

「長坂《ながさか》くん、わざわざ送ってくれてありがとね」

「いやいや、そんな大袈裟な。駅前のバス停だよここ」

俺は苦笑した。

「でも休日なのに人少ないいんだねー。平日の方が多いくらい」

「まぁ、うちの県の駅前はどこもこんなものだよ」

流石《さすが》に人通りが皆無ってことはないが、お隣の大都会と比べれば雲泥の差だ。なんせ向こうじゃ僻地《へきち》扱いの、某八の付く駅のが遥《はる》かに発展してるからな。

バス停の利用者も清里さんだけのようで、周りにはだれもいなかった。

「んーっ、でも楽しかったね！　ついつい夜まで話し込んじゃった」

清里さんは両指を組んでぐっと前に伸ばし、そのまま頭上に持ち上げて背伸びをした。

てか袖《そで》、袖に気をつけなってば。いっぱい見ちゃうぞ！　あ、でも地味に暗いせいで見えにくい！　電灯の整備くらいちゃんとしとけ！　利用者少ないからって舐《な》めてんのか！

「長坂くんはどうだった？　楽しくなかった？」

俺が〝サービスシーン〟の目撃に躍起になっていると、清里さんがそんなことを尋ねてきた。

ゲフンと咳《せき》で邪念を飛ばしてから真面目に答える。

「まさか、めっちゃ楽しかったよ。つっても8割くだらない話だったけどね」

「それね！　でもそれがいいんじゃない？　ドリンクバー一つで目的もなく話して、めっちゃくだらないことで笑って、ちょっとだけ深いっぽい話して……まさに、これぞ青春！　って感じしない？」

「わかる！　すっごいわかる！」

っと、やばい、つい食い気味に答えちまったな。

でも清里《きよさと》さんから珍しく青春なんて単語が出てきたから、嬉しくなってしまった。

「中学の頃もね、よく学校近くのお店でだらだらしたんだよ。でもこっちと比べると店が狭いし、常に大混雑だからさ。4人がけの席なのに6人でみっちみちに詰めて座ったりとか」

「あー、向こうってそんな感じなんだ。なんか想像できないな……」

清里さん出身の赤川《あかがわ》学園て、日本中だれでも知ってる超大都市の真っ只中にあるもんな。無理もなさそうだ。

「でね、大柄な男の子とかいると入りきれなくて、通路越しで話したりするの。それで店員さんにしょっちゅう怒られる。他のお客様のご迷惑になりますのでー、って半ギレな感じで」

「あ、それはこっちでもあるね。一人だけ別の席になっちゃったりとか」

「えー、それはかわいそうだよ。だれかそっちの席行ってあげればいいのにー」

「んで、隔離された方はちらちら様子窺《うかが》いながら話題に入るタイミング探すの。でもどうやってもワンタイム遅れるから、耐えきれずに子ども用の椅子持ってきてそれに座ったりとか」

「えっ、あのちっちゃい椅子に!?　お尻つっかえちゃうってば！」

「実際ドリンクバー行く時に椅子も一緒についてってたよ」

「うぷっ！　あっはは、その図想像するとめっちゃウケる！」

今日はやけにツボが浅いようで、清里さんはお腹を抱えながら笑った。

ちなみにこれは俺の話じゃなくて、そういう光景を見たってだけです。念のため。

「はぁ、こういうのがずっと続くといいなぁ……」

笑いすぎて涙が出たのか、清里さんは顔を上げるなり目元を指で拭《ぬぐ》い、とても優しげに聞こえるトーンで呟《つぶや》く。

その言葉は通り過ぎていくバスの音でかき消されてしまったが――すぐ横の俺には、しっかりと届いた。

――やっぱいいなぁ、清里さん。

どこか根本的な部分でシンパシーを感じるっていうか、その感性がすごいしっくりくる。

思えば、ラブコメ適性がカンストするのって、こういう感覚の一致性にこそあるのかもしれない。俺がよしとするラブコメ的な性格とか行動とか、その根源となる曖昧《あいまい》な概念が、そのまま清里さんに備わってるというか何というか。

清里さんは顔を上げ、遠くを見るように目を細めている。

俺は同じように空を見上げた。

――これから夏休み、学園祭、体育祭、ハロウィン、クリスマス、お正月、バレンタイン。

そういう、ラブコメ的なビッグイベントが待っている。

今日のような〝日常回〟の枠を超え、さらに充実した高校生活が、楽しさに溢《あふ》れた青春が、この先に盛りだくさんなのだ。

自然と鼓動が速まる胸に、走り出したくなるようなソワソワとした気持ちを抱えながら、俺はハッキリと言った。

「——これからは、きっと。今日よりも、もっともっと楽しいことがあるよ」

「そうかな。このくらいが、ちょうどいいよ」

——。

え……あれ……？

即座に感覚とズレた回答が返ってきて、そのギャップに思考が一時停止した。

「長坂《ながさか》くんは、これだけじゃ不満なんだ？」

清里《きよさと》さんは顔を下げ、にこり、といつもの天使の笑顔を浮かべながら、俺の方を見た。

「あ、いや……不満、っていうわけじゃない、けどさ。でも、他にも色々あるじゃん？　ほら、学祭とかさ」

——なんだろう。

なんだか、胸騒ぎがする。

言いようのないプレッシャーのような感覚を感じながら、俺は躊躇《ため》いがちに返した。

「私はね。こういう時間が一番大事だな、って思うよ。毎日学校で会って、みんなでわいわい

お昼食べて、休日にちょっと遊びに行って……それでまた明日ね、って笑って別れるの」

清里さんは、ずっと笑ったまま。

ただ、周囲が暗いから、だろうか。

その顔が……どうにも、いつになく、陰って見える。

「そういう何気ない日常がさ。みんなが共通して幸せだな、って思えるものなんだよ。だって、これ以上とか、より楽しくとか——そういうのって、望み始めたらキリがないと思わない？」

「そう——」

投げかけられた正論に気圧されるまま、なぁなぁな相槌《こたえ》を返そうとしたが……。

俺は、なんとかそこで、踏みとどまった。


——それでも。

それでも、俺は——もっと楽しいラブコメ《もの》を、たくさん知っていて。

その先にこそ、最高の〝ハッピーエンド〟が待っているんだと、確信してるから。

「俺は……理想は、どこまでも高く持つべき、だと思う」

「……」

清里さんはすぐには答えず。

顔を、背け。

そして右耳に、髪をかけながら――。

「――うん。

そんなのはね、全部知ってるんだよ」

――ゾクリ、と。

俺は。

いつもの、優しい声で呟《つぶや》かれる、清里《きよさと》さんの言葉を。

どうしてか――。

怖い、と。

そう、感じた。

「……そうだね。長坂《ながさか》くんなら、理想を目指せると思うよ。今までずっと見てきたけど、本当にまっすぐで、純粋な人だもん」

「い、いやいや……そんなことないって」

そんな感覚はほんの一瞬だけだったが、心臓はドクドクと鼓動を速めている。

俺はこの雰囲気を取り払いたくて、話題を変えるべく口を開く。

「あ、それよりもさ、今度の期末テストの――」

「でも」

ぴしゃり。

鋭く遮《さえぎ》られて、言葉に詰まる。

清里さんは一歩、前に進んでからこちらに振り返った。

電灯の光が弱まっているバス停は、陰になる部分に入るととても暗い。

駅前の眩《まぶ》しいくらいの照明も、街並みに灯るたくさんの光も、ここまでは届かない。

「――長坂くんじゃない人たちは、どうなんだろうね？」

だから、その時の顔は――今の俺には、見えなかった。

舞台裏 〝共犯者〟の失態

Who decided that I can't do romantic comedy in reality?

鳥沢《とりさわ》君のライブの、前日。金曜の放課後のこと。
私は北館1階の廊下で、床に散らばったプリントを拾い集めていた。

「すまない、前方不注意だった」

ともに屈んでプリントを拾うのは、ターゲットの塩崎《しおざき》先輩。

「いえ、こちらこそ。急に飛び出してしまって……」

「それより、二人とも怪我がなくてよかったね」

そして、もう一人のターゲット——日野春《ひのはる》先輩が、安堵《あんど》の息とともにそう呟《つぶや》いた。


——今は、校内の施錠確認の時間。

この巡回は生徒会役員が担当することになっていて、今日の担当がこの二人だ。

巡回ルートは予《あらかじ》め決まっており、北館、南館を手分けして回った後、合流地点であるこの場所で落ち合い、生徒会室に戻る流れ——と〝友達ノート〟に書いてあった。

そこで私は、タイミングを見計って視界の悪い角から飛び出し、先輩と衝突するのと同時に

持っていたプリントを床に散らばらせた。

当然、こうして二人が一緒にいる場面で、話すきっかけを作るための作戦である。

近くのプリントを手早く拾って、私は膝を叩《たた》いて立ち上がる。

そして素知らぬ顔で、未だ屈んだままの塩崎先輩の方を見た。

「手伝っていただいてありがとうございます。えっと……」

「2年の塩崎だ」

先輩は顔だけ上げ、仏頂面でこくんと頷《うなず》いた。

情報《データ》通り、実直な人、って感じ。ただ目元が優しげだからか、予想よりも威圧感はないな。

「塩崎先輩――あ、もしかして、会長に立候補した塩崎先輩ですか？」

「ん、よく知ってるな……初対面で僕のことを知っていたのは君で二人目だ」

たぶん、この一人目っていうのは耕平《こうへい》だろう。まぁ生徒会選挙の認知度なんてその程度だ。

私も耕平に言われるまではスケジュールすら頭に入ってなかったくらいだし。

生徒会の人には悪いけど……実際、会長がだれだろうが、公約がどんなものだろうがどうでもいい、と思っている人が大半だろう。

なぜなら、どんなに聞こえのいい公約も革新的な改革案も、本質的に自分たちには無関係だからだ。

特に大規模な改革であればあるほど、変えますといってもすぐには変えられない。年単位で見ても「実現に一歩近づきました」程度の進捗《しんちょく》が関の山で、完全に改革が終わる頃には、自分たちは卒業している。

それをみんな察しているからこそ、根本的に興味がない。それよりも次のテストなり部活なり、直接自分たちに関係することに精を出した方がよっぽど有意義だ。

そう考えるのが普通――。

「……そういえば。選挙、日野春《ひのはる》先輩は立候補しないんですね」

私は頭に浮かびそうになった言葉を無理やり考えないようにして、作戦を継続する。

「……うん。私は出ないよ」

若干、間を置いてから返事をする先輩。浮かべた笑みは、この前の昼休みに見た時と同じ、大人びたものだ。

――思うところありあり、って感じ。

でも求めてる反応はナシだ。やっぱ日野春先輩の方は、特段意識してるわけじゃないと見ていいかな。

「でも大丈夫。塩崎《しおざき》君はね、すごいしっかり者なんだよ。真面目だし、仕事もちゃんとやってくれるし……うん、とにかくちゃんとしてる人なの。少なくとも私よりはね」

「……」

日野春先輩はそのままの表情で、集めたプリントを整えている塩崎先輩の肩をポンと叩《たた》いた。

塩崎先輩の方も変わらず仏頂面のまま無言。

——表情から思惑は読み取りにくいかな。だったら……。

私は残念そうな顔を作って答えた。

「そうですか……耕平《こうへい》——長坂《ながさか》君が残念がってたので。日野春先輩が立候補するなら面白いのに、って」

私は視界の端で塩崎先輩の様子を窺《うかが》いながら、あえてあいつの名前を出す。

さて、今度はどうだろう？

塩崎先輩はプリントを抱えて立ち上がると「ふむ」と唸《うな》った。

「……君は、長坂君の知り合いなのか」

「あ、はい。幼馴染《おさななじみ》なんです。なんだ、塩崎先輩もあいつのことご存知なんですね」

塩崎先輩はこくん、と無表情のまま頷《うなず》いた。

それから一歩前に進み、プリント束を差し出してくる。

私がお礼を言ってそれを受け取ると、先輩はぽつりと小声で呟《つぶや》いた。

「……そうか。彼の言っていた『自分よりふさわしい人』というのは——」

そして後ろの日野春先輩に一瞬だけ視線を向けた。

——その反応、決まりだな。

思った通り、塩崎《しおざき》先輩の方は日野春《ひのはる》先輩の不出馬に思うところがあるらしい。自分が立候補することにした裏には、何かしらの日野春先輩絡みの理由があると見ていいだろう。

その繋《つな》がりをたどっていけば——一つの鍵《かぎ》になるかもしれない。

「へぇ、塩崎君も長坂《ながさか》君と知り合いだったんだね」

私が手応えを感じていると、日野春先輩が驚いた様子で口を開く。今の塩崎先輩の発言は聞こえなかったみたいだ。

「ああ。一度、話した程度だが」

「どこにでも知り合いがいるなー、彼。もう学校中の人と友達なのかな、ってくらい」

はー、と感嘆した風に言う日野春先輩。

まぁ大抵が情報ソースとしての知り合いで、友達ってわけじゃないんだけどね。

「なんでか顔広いですからね、あいつ。東の果ての住人なのに」

「本当すごい人だよね、長坂君！　うーん、やっぱり生徒会入ってほしいなぁ……」

と、心底残念そうに語る先輩を見て、私はふと疑問に思う。

……ずっと勧誘されてるって話は聞いてたけど、思ったより本気みたいだな。

でも表の耕平《こうへい》って、そんなに評価されるようなところあったっけ？

4組じゃ私の幼馴染騒動《アレ》と勝沼《かつぬま》さんの一件で目立ってたけど、それくらいだし。関係の薄いうちのクラスに至っては「なんか浪人した人」くらいの印象しかない。

調査にかこつけて生徒会の手伝いしてるようだし、その成果で評価されてるんだろうか。

……ちょっと聞いてみるかな。

「てか先輩、やけに耕平のこと買ってるんですね」

「うん！　だって彼、めっちゃすごい能力持ってるもん！」

ぱっと顔を輝かせ、我が事のように嬉しそうに言う先輩。

……間髪容れず答えたな。あいつ、どこまで力見せてるんだろう。

「数字の扱いがとにかく凄《すさ》まじくてね。機械かってくらい正確で速くて、なのに応用力もあって柔軟で……何より積極的なのがいいよね！　やるからには全力でやろう、って感じがすごく伝わってくるの」

「はぁ、そうですか」

「それも全部、自分の理想を叶《かな》えるために努力した結果だ、っていうんだからさ。それを認めないわけがないよ」

まぁ、その理想の内容はラブコメとかいう意味不明なものだけどね……。

心の中でそんなツッコミを入れながら、どう返そうか考える。

――耕平が先輩に目を付けられる羽目になったのは、一応私の責任でもある。

あんま勧誘されすぎても面倒だろうし、ちょっとくらいフォローしといてやるか。

そう決めると、私は〝幼馴染《おさななじみ》〟の顔で苦笑した。

「買い被りですってば。そんな大それたやつじゃないですよ。基本ポンコツだし、絡みがめんどくさいし。何より大馬鹿だし」

「え、そうかな。ウチは全然違うと思うけど」

——と。

日野春《ひのはる》先輩は、急にむっとした顔になって否定した。

あれ……?

え、もしかして、判断ミスった?

まずい、と感じた私が取り繕う前に、先輩はずいっと前に歩み出て目を覗《のぞ》き込んできた。

若干青みがかって見える瞳はとても真っ直ぐで、気圧された私は言葉に詰まる。

「彼はね、ちゃんと尊敬できる人だよ。たとえ受験に失敗したとしても挫《くじ》けずに、理想を見つめて歩いてきた人だもん。それを馬鹿とか言っちゃダメ」

「あ、いえ、それは……」

「少なくとも私はそういう彼を知ってるから。すごいな、って認めてる。……上野原《うえのはら》ちゃんは昔から近くにいるから、わからないのかもだけど」

とにかく一方的な物言いに、頭にカッと血が上った。

——私が、あいつを、わかってない?

あいつが理想に忠実なのも、努力を怠《おこた》らない奴なのも全部知っている。

そもそも今のは〝幼馴染《おさななじみ》〟の設定通りに振る舞っただけで本心じゃない。私だって、あいつのことは、ちゃんと認めている。

……ていうか、そもそも。

なんで、この人は。

自分だけが特別に、あいつを認めてる……みたいな顔してんの？


「――やだな先輩。急にマジにならないでくださいよ」


――次の瞬間、無意識に。

私は、そんな言葉を口走っていた。


「ん……あ」

先輩はハッと我に返り。

同時に、私は自分の発言を後悔した。

「――なんて、ね。ちょっと言いすぎたよね、ごめんね」

「……いえ」

先輩は、あの諦めたような大人びた笑いを浮かべている。

その顔を見て、私はますます失敗したと自責の念に駆られた。

――私は、日野春《ひのはる》先輩を相手に。

よりにもよって『空気を読め』なんて。

普通の人たちと、全く同じ圧力を……。

「――日野春。さっきの仕事が早い、っていうのはどういう意味だ？」

そこまで黙って聞いていた塩崎《しおざき》先輩が、輪をかけて重々しいトーンでそんな言葉を漏らした。

「えっ？　……あっ！」

しまった、という顔で口を塞《ふさ》ぐ日野春先輩。

無言で腕を組む塩崎先輩を前に、目をきょろきょろと泳がせて言う。

「な、なんだろうね……あ！　閉め忘れてた窓思い出した！　ちょっと行ってくるね！」

日野春先輩はそんな苦しい言い訳を残して、さっさとその場から走り去っていってしまった。

……耕平《こうへい》の委託仕事って、非公式だったのか。

私が密かに胸を撫《な》で下ろしていると、残った塩崎先輩は「はぁ」とため息をついた。

「日野春の言葉で気分を害したらすまない。彼女は昔から、正直すぎるところがある」

「あ、いえ……」

あぁ、やっぱり、今のは助け舟だったのか。余計な気を使わせちゃったな……。

てか衝動的に行動なんて……ホントらしくない。いつも冷静沈着で的確なサポートが求められる〝共犯者〟にあるまじき対応だ。

塩崎先輩は「そうか」と答えると、僅《わず》かに相貌《そうぼう》を柔らかくする。

「彼女は、自分の中の正しさに純粋なだけで、そこに悪気はない。勝手だと思うだろうが……そこはわかってやってほしい」

そう語る先輩は、遠くを見るように目を細めていた。

……せめて、ここから挽回しないと。

「塩崎先輩は――今もそうだと思いますか?」

「うん?」

「今でも日野春先輩が、その正しさを貫いてるように見えますか?」

私の問いかけに、塩崎先輩は僅かに黙って。

それから、やっぱり顔色を変えずに答えた。

「――そうなら僕はこうしていなかった。
僕が会長に立候補したのは、彼女の正しさを取り戻すため、だからな」

第三章　欲しいものが目の前にあればだれだって手を伸ばす……とだれが決めた？

Who decided that I can't do romantic comedy in reality?

吹奏楽部の練習音がそこかしこから響いてくる、放課後の学校。

俺はそんなＢＧＭを聞き流しながら、北館の廊下を歩いていた。

──今日は月曜日。

立候補までの猶予は、あと５日。

一昨日は〝イベント〟を満喫しちゃったからな……今日からまた本腰入れて動かなければ。

『長坂《ながさか》くんじゃない人たちは、どうなんだろうね？』

そんなことを思っていたら、ふと去り際の清里《きよさと》さんの言葉が脳裏に過《よぎ》った。

──あれからすぐにバスが来て、清里さんと別れた。

勝沼《いっか》の時みたく怒らせてしまったんじゃないかと気が気じゃなかったが、バスに乗り込む時にはいつもの清里さんで、俺が感じた暗い印象は一瞬にして消えてしまっていた。

思えば……清里さんは時折、ああいう意味深な振る舞いをする。

最初に思ったのは、桜並木に案内した時だ。唐突に寄り道に誘われたかと思えば、そこで謎の問いを投げかけられた。

あれも情報《データ》からは予測できなかったイレギュラーな反応で、その根底にあった彼女の想いは判然としないままである。

言われた言葉の意味も色々考えたけど……『俺じゃない人は理想の学校生活を送れない』とでも伝えたかったんだろうか？

そんなまさか、と思う。

そもそも、俺の現実が理想《ラブコメ》に程遠いからこれだけ頑張らなきゃいけないんだ。俺よりも条件の整っている人――それこそ清里さんなんて、比べ物にならないくらい理想に近い位置にいる。

勝沼《かつぬま》の時もそうだったけど、なんだか清里さんは、俺のことを妙な目で見ている気がする。過剰評価というか、思い違いというか、なんだか俺自身を捉え違えているような。

……もしかすると、清里さんも。

先輩みたいに、俺《データ》からは見えていない、秘された想いがあるってことなんだろうか――。

――プアーン！　プアーン！

急に、窓の外からトランペットの音が飛び込んできて、俺は我に返った。

……いかん。今はそれを考えてる場合じゃない。

先輩の一件は喫緊《きっきん》の課題であり、悠長に構えていていい状況は過ぎている。とにかくそこに注力せねば。

俺はパンパンと頰《ほお》を叩《たた》いて気持ちを切り替える。

さて——上野原《うえのはら》から上がってきた情報だと、塩崎《しおざき》先輩が日野春《ひのはる》先輩に対し、何かしらの思い入れがあるのは確定とのこと。

説得材料にも使えそうだという話なので、あいつは今そちらの方を深追いしている。

俺は日野春先輩と接触を続け、何かしらのヒントが得られないか探るつもりだった。具体的な方策があるわけじゃないが、だからといって何もしないという選択肢はないからな。

現在、先輩は生徒会室にいる。とりあえずいつもの学食レポのネタを口実に、早速コンタクトを図ろう。

——ん、あれ？

なんてことを思いながら歩いていると、廊下の突き当たりの窓越しに、芸術棟から出てくる日野春先輩の姿が見えた。肩には通学バッグをかけていて、どうにも一時的な外出という出立ちではない。

え、まさかもう帰るつもりか？　早速イレギュラーパターンだぞ……？

俺は近くにあった時計台を仰ぎ見ると、時刻は16時を少し回ったところだった。先輩にしては早すぎる帰宅時間だ。

先輩は渡り廊下を経由して、校舎《こちら》に向かってきている。靴を取りに昇降口に行くつもりだろうから、このままここにいればちょうど鉢合わせすることになる。

ならそこで話しかけて、状況を探るか……？

しかしそんな俺の思惑は、先輩がスマホを耳に当てたことですぐさま瓦解した。

くそ、通話か。それじゃ行き合っても声かけなんてできないし、会釈だけされてスルーってのが濃厚だ。

――仕方ない。終わり際を見計らって声をかけよう。

俺はそう決めると、一旦近くの柱の陰に身を隠す。

先輩の足音が段々と近づいてくると同時に、その話し声が耳に届き始めた。

「――うん、うん、今から行くね。梅町通《うめまちどお》りだよね？　いつもの三枝《さえぐさ》さんとこの前の」

梅町通り……？　どこのことだ？

「七夕だんごよろしくね！　え、里吉《さとよし》のおじちゃんいないの？　また腰？　あー、じゃあ大変だ。うん、すぐ行くから、それまで――」

あ、もしかして。

俺はピンと思い当たることがあって、スマホのブラウザを立ち上げ検索をかける。

――あぁやっぱり。

ちょうど今、商店街の七夕祭りだったたな。

先輩が幼少期に育ったという商店街――峡国《きょうごく》市中央商店街では、七夕前後の1週間がお祭り期間という扱いになっている。

一応祭りが付くイベントということで何かに使えないかチェックしていたのだが、時期がなんとも中途半端なのと、アーケードに出店が出る程度の小規模な祭りということでスルーすることにしたものだった。花火が打ち上げられるわけでもないし。

しかし、ふむ……。

俺は遠ざかる先輩の背を見送りながら考える。

話しぶりからすると、先輩は今からそのお祭りに向かうつもりらしい。マップ上に梅町通りという名前の通りも見つかった。

全く想定外の状況ではあるけど――これは、校外での先輩を見られるチャンスかもしれない。

特に行き詰まっている今、それは何かのきっかけになるかも。

――よし、行ってみるか。上野原《うえのはら》には後で説明しよう。

俺はそう決心すると、急ぎ荷物を取りに教室へと向かった。

◆

自転車を峡国駅《きょうこくえき》に止めて、そこから歩くこと約10分。

「おお……」

いつもは閑散としている商店街が、活気に沸いていた。

歩行者天国状態の道路を埋め尽くすほどの人に、鳴り響く太鼓やお囃子《はやし》の音。

通りの両サイドには出店が所狭しと並んでいて、定番の焼きそば、たこ焼き、わたあめをはじめ、酒饅頭《まんじゆう》、くろ玉、あわびの煮貝みたいなご当地モノを扱った店まで結構な数だ。

昔ながらのアーケードは、色とりどりの飾り付けがなされている。天井に括《くく》られたカラフルなくす玉と吹き流しが風に揺れ、提灯の光をキラキラと反射させていた。

はー……なんてか、予想より遥《はる》かに豪華だな。商店街の祭りっていうから、もっとしょぼいものかと思ってたけど、ちょっと舐《な》めてたな。

俺は人混みに足を踏み入れる前にもう一度スマホの地図を開き、目的の場所を確認する。

先輩の漏らした『三枝さんの前』というのは……恐らく、この先にある和菓子屋さんのことだ。ちょうど梅町通り沿いに1か所、それらしいところがある。

先輩が原付で学校から出るのは確認したし、そこが目的地ならもうとっくに着いているはず。

俺は目印になりそうな看板を確認してからスマホをしまった。この人混みだ、ぼんやり地図を見ながら歩いてる余裕はないだろう。

喧騒《けんそう》の中に身を投じ、目的の場所に向け歩き始めた。


——がやがや、ブルルルル。

雑踏の音と、出店のエンジン音がひっきりなしに響いている。

いつもなら小煩《こうるさ》く思うはずの雑音が、こういう場だと気分を盛り上げてくれるから不思議なものだ。そして四方八方から漂ってくる甘い香りやら香ばしい匂いやらのせいで、どんどんお腹が空いてくる。

——しかし、浴衣《ゆかた》の人が結構いるなぁ。

行き交う人を見ながら思う。この時期のお祭りで、かつ平日の夕方にしては結構な割合だ。そして浴衣を着ているのは、大学生くらいの若い人がほとんど。たぶん近くの峡国《きようごく》大学や峡国学院の生徒なのだろうが、地域のお祭りにしては年齢層が低い気がする。

花火大会ってわけでもないし、わざわざ浴衣着て来るほどのものとは思えないけど……。

あ、もしかして、商店街の着物屋さんとかでレンタルやってるのかな？　やりようによっちゃ稼げるだろうし、きちんと宣伝すりゃこのくらい集まってもおかしくないか。

ん……待てよ？

そうすると、もしかして。

日野春《ひのはる》先輩も……浴衣着てたり、するんじゃない？

まさかのこのタイミングで〝浴衣回〟……あるんじゃない!?

「ンフー！」

その奇跡の発想に思い至った俺は、つい興奮して息を荒らげる。周りの人がぎょっとした顔でこちらを見たので、慌ててゲホゲホと咳《せき》をして咽《む》せたフリをする。

い、いやいや落ち着け。そうそう簡単にそんなオイシイ〝イベント〟が起こってたまるか。期待して裏切られるのが基本なんだから、余計なことは考えたらダメだ。

あーでも、浴衣いいなぁ……先輩、和美人って感じだから絶対似合うよなぁ……。

いやだからダメだってば、これ絶対死亡フラグになるから！　思考を無にしろ俺！

俺は全意識を彼方へと吹き飛ばし、ひたすらに目印を探して目を凝らす。


――あっ、あの看板！　あそこだ！


俺は胸をドキド――違う、土器の出土年代に想いを馳《は》せながら、早歩きで現場に向かう。

和菓子屋の店の前、出店ののれんには『焼きそば・串だんご』の文字。

そして、その中に目を向けると――。


「――そっちかーい!!」

「えっ？」

――そこには、日野春《ひのはる》先輩が。

いかにもーな、お祭りハッピ姿で焼きそばを焼いていた。

「うわっ、長坂《ながさか》君だ⁉　来てたんだね！」

ぱっと顔を輝かせる日野春先輩。

その両手には焼きそば用のコテ。長い黒髪は頭上でお団子にまとめ、額には『峡国《きょうごく》中央商店街』と書かれたハチマキ。

青地に白の波模様、背中に大きく『祭』の文字が描かれたハッピの下は、全身学校の指定ジャージという、もうなんていうか完全にお祭り仕様な出で立ちだった。

あー、そうよね、出店側のお手伝いなら普通そうなるよねー……くっそ、ふざけんな！　せめてハッピならハッピで下はサラシ巻くとか、そういう方向にしろや！　もっと〝読者サービス〟を意識して！

「――長坂君？　おーい、聞こえてるー？」

「はっ、失礼、つい意識を土器に飛ばしすぎました」

「何それ？」

変なの、と先輩は眉根《まゆね》を寄せて笑った。

……ごほん。まぁいい。

国中央商店街
御祭礼
御祭礼

「えー、先輩、まさかまさかの奇遇な遭遇ですね。出店のお手伝いですか?」

「うん! 実はこの辺りのお店、昔からの知り合いが多くて! ずっとお世話になってるから、こういう時にはお手伝いしてるの!」

言いながら、先輩はしゃんしゃん音を立てて焼きそばをかき混ぜる。手慣れた様子だし、本当っぽいな。

「へー、そうなんですね。で、焼きそばを作ってると」

「そそ。あっ、お一ついかが?」

「是非是非。もう匂いだけでお腹減っちゃって」

「あいよー!」

先輩は元気よく返事を返し、器用にコテを操りながら、透明パックに焼きそばを盛り付けていく。

にしても先輩、さっきからめっちゃハキハキしてんな。周りがうるさいからってのもあるかもだけど、声量がいつもの比じゃないし。お祭りハッピがすごく馴染《なじ》んで見える。

「はいお待ち! 男の子だし、ちょっと多めにしたよ! 紅生姜《しょうが》と青のりはお好みで!」

「あ、はい、ありがとうございます」

俺はビニール袋を受け取って、代わりに用意しておいた小銭を先輩の手のひらの上に置く。少しだけ触れた先輩の手はほんのり熱くて、ちょっと汗ばんでいた。

「毎度あり！　あ、つい持ち帰り用にしちゃったけど、ここで食べてく？」

そりゃ願ってもない提案だ。先輩の様子もよくよく観察できるだろうしな。

「え、いいんですか？」

「もちろん！　後ろの空きスペース使っていいよー」

先輩は満面の笑みで答えると、近くに置かれていた瓶ビール用の大ケースを持ち出し、ドンと置いた。これを椅子にしろ、ってことだろう。

「ありがとうございます、じゃあ遠慮なく」

「はいどうぞー！」

俺はビールケースを受け取って、雑踏から離れ裏手へと回った。

屋台裏の開けたスペースはコインパーキングだったようだ。たぶんお祭りの間は一時的に閉鎖して、そこを荷物置き場にしているんだろう。

周囲にはガスのボンベや製麺所のカゴ、食材のダンボール箱などが積み重なっている。周りに明かりが少ないせいで薄暗いが、その分、表よりは静かに感じた。

俺はキャベツともやしの空き箱の間にちょうどいい空間を見つけ、よいせと腰かける。働く先輩の背中が見える位置どりだ。

ふう、これでちょっと落ち着ける。人混みを歩くのって結構体力使うよな。

俺はほかほかの焼きそばでエネルギー補給しつつ、先輩の様子を窺《うかが》うことにした。

――しばらくして。

「さっちゃんさっちゃん、ちょっとこっち来てくりょー！」

先輩のいる出店の横、『七夕祭り執行部』という札の吊るされたテントの方から、しわがれた声が響いた。見れば、白髪のおじいさんが先輩を手招きしている。

「ん、なにー？」

先輩は周囲にお客さんがいないことを確認し、コテを置いてそちらへ向かった。

「青沼さんとこ、七夕飾りの紙が間に合ってないって言ってたじゃんけ。どうしざー？」

「それならウチが集会場に予備の紙用意しといたから、それ使えばいいよ。鍵《かぎ》はおじいちゃん持ってるよね？」

「集会場か……車でいかんとなぁ」

「何言ってるの、たった10分でしょ。歩く！　健康になろう！」

そう言ってぽんと背中を叩《たた》く先輩。

さらに今度は別のおじさんが現れた。

「さっちゃーん！　アーケードで流す音源どれでぇ？」

「奥によっちゃばれロックのCD用意しといたからそれ使ってー」

「あー、ほーけ。けんども、できりゃあ普通のやつのが……」

「若い人にはそっちの方がウケるから！　てかせっかくリニューアルのPRしてるんだから、

新しいことやんなきゃ！」

さらにさらに、今度は腰の曲がったおじいさんが。

「さっちゃん、これ明日の福引きで配る賞品の領収書」

「はいはーい。……ん、これ頼んでたのと違くない？　一点物の水晶細工にしようって言ったよね？」

「いやぁ……あれはちっくと値段が」

「だめだめ、目玉賞品なんだから。何のためにＳＮＳへの写真アップを参加条件にしたと思ってるの。広告費上乗せって考えれば安い安い」

そんなこんな、ひっきりなしに訪れる人々と、それにテキパキと答えていく先輩。もはやお手伝いっていうか、先輩中心に回ってる、って感じだ。

先輩は額に汗をかきながらも、何一つ嫌な顔をせず指示を出し、時には自ら体を動かし、止まることなく働き続けている。

でもその顔は、すごく生き生きとしていて――。

何より、心の底から楽しそうだった。

「ありゃ、あんたぁこの前の」

――と、呼びかけられた気がして、俺は顔を横に向ける。

そこには和服に身を包むおばあさんが立っていた。

「この前来《めえ》たさっちゃんのお友達ずら？」

「……あっ。先日はどうも」

俺はハッと心当たりに気づいて頭を下げた。

薄暗くてだれだかわからなかったが、前に色々話してくれた着物屋の女将さんだ。そりゃ先輩の知り合いがやってる出店だもんな、調査した人が交じってて当たり前だ。

女将さんはかっかと笑いながら先輩の方を見た。

「さっちゃんが来るとみんなよーく働くだ。昔っから元気をくれる子だっつこん」

「先ぱ……幸《さち》さんって、ここだとずっとあんな感じなんですか？」

「ほーだねぇ。小《ち》っくい頃はもっと危なかっしい子だったけんども、ああやってみんなぁ引っ張ってくとこはいっさら変わらん」

そして女将は通りの方へ向き直し、俺をちょいちょいと手招きする。

促されるままに近づくと、女将さんは辺りの若者たちを指差した。

「ほれ浴衣《ゆかた》、ぜぇんぶうちのレンタルだ。さっちゃんがインターネットで、若いお客さん集めてくれたっつこん」

ありがたいこんだよ、と和やかに笑う女将。

あぁ、やっぱりそういう仕組みか。あれも先輩の仕込みだったんだな……発想が俺と一緒だ。

「年寄りにゃ、今でのやり方はいっさらわからんから。まさかこんな増えるとは思わんかった

けんど」

「……でも大変じゃないです？　新しいことやったりするの」

俺はふと気になって尋ねた。

女将さんは苦笑しながら答える。

「そりゃー、年寄りにはけったりぃ大変《よ》らに」

……心の中じゃ面倒だと思ってるのかな。

俺がそう残念に思った矢先に「けんども」と女将さんは続ける。

「けったりぃから、そのまんまぁだと何もやらん。ああやって、引っ叩《ぱた》かれて働かされるくらいがちょうどいいこんもあるじゃんね」

——あ、そっか。

面倒なことだからこそ、無理やりに引っ張りまわすのが大事なこともあるのか。

「——あ、里吉《さとよし》のおばちゃん！　着付けの依頼来てるよ！　早く早く！」

「ほれ、噂《うわさ》をすれば。はいはい〜」

先輩に声をかけられ、女将さんはやれやれと肩を竦《すく》めて裏手へと向かっていく。

入れ違いで戻ってきた先輩は、片手で額のハチマキを外しながら「はふぅ」と息を漏らす。

もう片方の手には串だんごが握られていた。

「疲れたー。ちょっと休憩ー」

隣にもう一つビールケースを置いて、そこに腰かける先輩。

「……先輩」

「うん？」

隣でハムハムと団子を頬張《ほおば》る先輩に声をかけた。

「活気があっていいですね、ここ。商店街のお祭りがこんな感じだとは思いませんでした」

「あっ、でしょ!? 毎年ここのお祭りは盛り上がるんだよ！　もう50年は続いてて伝統あるし、最終日にはお神輿《みこし》もやるし！　太鼓のついてるでっかいやつね！」

「あと、思ったよりアットホームっていうか。手作り感もあって、なんか落ち着きます」

「だよねだよね！　お祭り飾りとかね、みんなで集会場に集まって作るんだよ。中央のおっきな笹も、近くの山の地主さんが毎年いいの切り出して持ってきてくれるの！」

「へぇ、いいですね。てかこういう雰囲気だってわかれば普段から来たくなりますね。なんとなく古い商店街って一見《いちげん》さんお断りって雰囲気あるし」

「そう、そうなの！　普段からもっと若い人にも利用してほしいんだけど、調べても情報出てこないし入りにくいんだよね。そもそも若い人向けのお店が少ないっていうのもあるけど、私としては逆にそこを売りにすべきだと思うの」

つらつらと饒舌《じょうぜつ》に、先輩は持論を語る。

「逆にこの昭和レトロな感じを利用したらどうかな、っていうか。和モダンとか流行ってるし、ウチそういうの大好きだし。だからSNSとかうまく使って、PRの方向を模索してる感じ！」

「お、それ面白そうっすね！　バズればイケると思いますよ」

「ほんと!?　わ、やったっ、わかる人がいたっ！」

「にしても……先輩、本当に楽しそうですね」

「うんっ、めちゃくちゃ楽しい！」

ぱぁっ、と子どものように口を開けて笑う先輩。

――あ。

先輩って……八重歯、あったんだな。

ここにきて初めて、そんなことに気づいた俺は――。

この顔が、先輩の本当の笑顔なんだ、と、そう実感した。

――夜空に開く花火みたいな、はじける笑顔。

澄んだ空を思わせる瞳は、お祭りの色とりどりの光を映し、その七色の輝きに胸がときめく。

今の先輩は――とても、魅力的で。

とても〝ヒロイン〟らしく思えて。

俺は——。

「だから——学校でもそれ、やってくださいよ」

——思わず、核心を突いてしまった。


その発言に、先輩はぴくりと体を震わせる。

「俺は今の先輩、すげーいいと思います。生き生きとしてて、心底楽しそうで。めっちゃ先輩らしいっていうか」

「え……」

先輩は驚いたようにこちらを見上げた。

「本当に、そう思ってる?」

「本当ですって。お世辞が得意なタイプに見えますか?」

「……ううん、見えない」

先輩は首を横に振って否定する。

「だから学校でもその先輩、見せてくださいよ。それで最高の学校生活を見せてくださいよ」

「……」

「そうできる場所が生徒会じゃなかったんですか？　それを成し遂げるのに最もふさわしい役職が……生徒会長じゃないんですか？」

黙って俯《うつむ》く先輩。

ふっと通り抜ける風で提灯の明かりが揺れて、先輩の顔をちらちらと赤く照らす。

しばらくそうしてから、先輩は口を開いた。

「……ありがとう。長坂《ながさか》君がそう言ってくれるのは、素直に嬉しいよ」

えへへ、とはにかみながら笑う先輩。

俺はすかさず口を開いた。

「だったら――」

「でも」

――だが。

「でもね。私がそうすることをさ、みんなが望んでないから」

そう言って、先輩は。

似合わない大人びた笑みを浮かべて――否定した。

「みんなが、望んでない……」

つまり、それが——先輩が避けようとした問題の内容、なのか。

「うん。クラスの人も生徒会の人も、私が会長をやること——ううん。私が何かしようとすることを、望んでないの」

「そう言われたんですか？」

「……ううん、ハッキリと言われたわけじゃないよ。でもそうしなかったら、うまくいくようになったから」

……やっぱり、上野原《うえのはら》の言ってた通り。

空気を読んで自重することが、先輩なりに考えて行き着いた最適解ってことなのか。

先輩はお祭りの雑踏を眺めながら、ぽつぽつと話し始める。

「私はね。『これが一番だ』って思うことをやってきただけなの。ちっちゃい時から、ずっと」

時折、楽しそうに笑う人々の声が少し遠くから聞こえてくる。

「商店街のおじちゃんおばちゃんたちも、小学校の友達も、中学の生徒会のみんなも……そんな私を認めてくれて、必要としてくれた」

先輩は視線を落として、両手を膝の上でぎゅっと握る。

「でも、峡西《きようにし》に入って、それって当たり前じゃないんだ、って気づいたの。昔から私を知ってるから、受け入れてくれてただけなんだ、って」

……そうか。言われてみれば、同じクラスに東中出身者はいなかったな。

東中は普通の公立中だし、小学校からの持ち上がりも多い。近くに知人が一人もいない環境ってのは、峡西が初めてだったんだろう。

「でも……はっきりと拒絶されたわけじゃないんですよね？」

そして先輩は、疲れたような顔で薄く笑った。

「みんな、いいとも悪いとも言ってくれないんだよ。私が何を言ってもなぁなぁな感じで『まあそれならそれでいいんじゃない？』って笑って誤魔化すだけで」

――あぁ。

なんて、大人な対応だ。

「でもだからって、思った通りに進めようとするとね。今度はみんな面倒そうにするの」

「……」

先輩のやろうとすることは、発想が常識外れで実現に苦労が伴ったり、各人の努力が前提にあったりする。でも意見自体は的を射てることが多く、直接文句は言うのは憚《はばか》られる。

そこで暗に態度で示して、不満を抱いていることを察しろと圧力をかける――それが、先輩の周囲の人たちの意思表明だったんだろう。

「そのうち、どうやってもうまくいかない気がして。それで、大人しく流れに任せるようにしてたら――」

「うまく回るようになった、ってことですか」

先輩はこくんと無言で頷《うなず》いた。

「何か言って反応が悪ければ、すぐに妥協する。じゃあやめとこっか、って話をうやむやにして、後は流れに任せる」

「……」

「しばらくそうしてたら、ね。仲良くなった友達に『おしとやかにしてると本当に美人だね』とかも言われたっけ」

そう言って先輩は、嬉しくもなさそうにいつもの柔らかな笑みを見せる。

その顔を見て、かつて似たようなことを思っていた俺は密かに罪悪感を覚えた。

どう考えてもさっきまでの無邪気な先輩の方がいいじゃないか……周りの連中はそれを知った上で否定してんのか……？

「つまりさ。それが、みんなが私に求めてる姿ってことでしょ？　ならその期待に応えなきゃ」

——みんなの期待に応える。

言ってることは理解できるし、それらしく聞こえる言葉だけど……。

俺は、なにかが違う、と感じた。

「だからね、これでいいの。大丈夫、やりたいことは目立たないとこでさりげなーくやってるから！　それで綺麗《きれい》に回ってるんだもん、十分だよ」

そして先輩は勢いよく立ち上がった。

「休憩終わり！　じゃー、焼きそば焼くね！」

ハチマキを結び直しながらぱっと顔を明るくし、屋台の方へと歩いていく。

「……先輩！」

その背中が辛そうに見えて、俺はたまらず声をかけた。

「それで、本当にいいんですか？」

「……」

確かに……周りの人はそれでいいのかもしれない。

その方が滞りなく、学校生活を送れるのかもしれない。

でも、先輩は――。

それじゃずっと、諦め続けなきゃならない。

ずっと、自分が最高だと思う選択肢を捨て続けなきゃならない。

その結果、行き着くのはせいぜい〝ノーマルエンド〟止まりだ。いつだって選択肢を間違え続けたら〝ハッピーエンド〟にたどり着くことは、絶対にない。


――だからそれは、ラ、ブ、コ、メ、じ、ゃ、な、い。

「そんなのが……先輩にとって一番いい方法なんですか⁉」

思わず声を荒らげ投げかけた、俺の問いかけに――。

先輩は、大人びた顔で、諦めたように笑って。

「――仕方ないよ。そうやって周りに合わせるのが、普通のこと、なんだから」

◆

――ガタン、ゴトン。ガタン、ゴトン。

俺は帰りの電車の中で、過ぎ去っていく夜景をぼんやり眺めながら考える。

……どうするのが、先輩にとっての一番なんだろう。

お祭りで見たあの先輩は、今まで見てきた中で最も生き生きとして楽しそうだった。ああやって人を引っ張っていく力強い在り方こそ、先輩の一番の持ち味だと思う。

でもそれは、学校じゃ受け入れられない。

周りのみんなが、そんな先輩を求めていないから。

「……みんなが求めてない、か」

人から受け入れられたい、ってのはわかる。

だれだってハブられたくなんてないし、周りから総スカンされるのがどれだけキツいかは、身をもって体験した。

でも……そこで諦めてしまっては、絶対にダメだ。

自分を貫くことを、やめたらダメだ。

俺はそのせいで、浪人《しっぱい》したんだから。


——ゴォッ、と。電車がトンネルに入る音で、思考が中断される。


……ダメだな。今これ以上考えても、答えが見つかる気がしない。

とにかく忘れないうちに、今日の記録と所感をまとめてしまおう。それから上野原《うえのはら》と相談して、今後の対策を練るんだ。

そう決めてスマホを取り出したところで、ふとRINE《ライン》の未読通知に気づいた。

——鳥沢《とりさわ》？

そこには珍しい人物の名前が表示されていた。

中を見ると『明日の放課後時間取れるか？　時間と場所は下』という本文と、続いて集合時

間、集合場所らしき地図のＵＲＬが貼《は》り付けられている。

……ここ、ファミレスか？

しかも峡国駅《きょうごく》の隣駅、市立図書館よりもさらに東にある店だ。峡西《きょうにし》からだと自転車でも30分はかかる距離である。

こんな遠くに集合って、いったいどういう理由で……？

メッセージを見返すが事情などは書かれておらず、詳しいことはわからない。

とはいえ、鳥沢《とりさわ》が意味もなくこんなところに呼び出すはずもないからな……状況的に考えれば日野春《ひのはる》先輩絡みの何かだろうし。

元々、特定の予定があるわけじゃなかったので、俺は二つ返事で返した。


——電車がトンネルを抜ける。

田舎の区間に入ったことで、線路の周囲は真っ暗だ。

遠くに見える家々の明かりが、暗闇にポツポツと浮かんでいた。

◆

——生徒会選挙、立候補期限まで、あと４日。

翌日、鳥沢との約束まで少し時間があったので、俺は日課の調査を済ませてしまった。

天気は今日も快晴で、ただ歩いているだけでも汗ばむほどだ。

——喉《のど》渇いたし、学校出る前に飲み物でも飲んでから行くか。

俺はそう決めて、1階の渡り廊下に向かう。

と、そこで——。

「ん、よう、勝沼《かつぬま》」

「……んだよ、センパイか」

自販機にもたれかかり、ぐったりとした顔でいちごオレを飲んでいる勝沼と出会った。

今日も机にかじりついてたからな。糖分補給の休憩ってとこだろう。

「毎日頑張るな。感心感心」

「うっさい。テスト前だってのに、余裕ぶっこいて学校うろちょろしてる不審者に言われたくねーし」

ふん、と鼻を鳴らす勝沼。

余裕なんてかけらもないんだがな……先輩の説得が難航してる分、勉強時間はギリギリだ。

正直テストはちょっと怖い。

ただそれを勝沼に言うのはなんか負けた気がするので、俺は虚勢を張って答える。

「勉強は別にやってるからいいの。学校じゃ他に色々やることがあるんだよ」

「……まさか、またアタシん時みたいにだれかのストーカーしてんの？」

「その不名誉な言い方はやめろ」

俺は勝沼《かつぬま》の隣の自販機に小銭を入れて、アイスコーヒーを買う。

がこん、と落下してきた缶を屈んで拾い、勝沼の隣に並んで背を預けた。

勝沼は一瞬嫌そうに眉《まゆ》を顰《ひそ》めたが、それ以上何かを言うつもりはないのか、黙って片手をスカートのポケットに突っ込んで飲み物を口に運ぶ。

自販機の周辺に人通りは少なく、体育館や校庭から届く部活の音だけが響いていた。

「で、そっちの調子はどうだ？　順調か？」

「……」

勝沼は無言でプイと顔を背ける。

その感じだと微妙そうだな……。

「まぁ、そんな急にうまくいきゃ苦労はないか。ただ大事なのは積み重ねと反復練習だぞ。特に不得意分野はな」

「わかってっし。だからこうしててんじゃん」

ちゅーとストローを啜《すす》る勝沼。

……そっか、そうだな。勝沼がこの程度の苦境で諦めるわけもないか。

今までどんだけうまくいかなくても、諦めることだけはしなかった奴だし。

「……なぁ勝沼」

俺はコーヒーの蓋《ふた》をカシュンと開けてから話し始める。

「お前さ。周りのみんなからこう振る舞ってほしい、って求められたとして。それが全然素の自分と違う、ってなった時どうする？」

「はぁ？　急に何だよ？」

勝沼は怪訝《けげん》な顔でこちらを見る。

「色々やってるって言ったろ。その絡みだ」

「……ふーん」

「お前に置き換えるなら、そうだな……クラスのみんなから〝お淑やかで気品ある良家のお嬢様キャラ〟になれって無茶振りされたと考えろ。できなきゃハブだ」

「ぶん殴るぞ」

勝沼は流し目でこちらを見て、特に考えるそぶりもなく答える。

「そんなん、無視するに決まってんじゃん。できるわけねーし」

「まぁ、そうだよな……」

勝沼ならそう言うと思った。

「つか、そもそもさー。周りが求める通りに振る舞う、ってのがおかしいだろ」

「……うん？」

勝沼《かつぬま》は飲み物のパックを目の前でふるふると振ってから続けた。

「アタシは、アタシが思うアタシにしかなれねーもん。そのアタシをみんなが認めるかどうか、ってのが筋じゃねーの？」


そんな自分を、みんなが認めるかどうか――。

その言葉を聞いて、俺は何かがピンと繋《つな》がる気がした。

「――そっか。うん、やっぱその順番だよな」

こくこくと頷《うなず》いてから、俺はコーヒーをぐいっと一気にあおった。

「あんがとな、参考になったわ」

「……ホント意味わかんねー」

勝沼は耳のピアスをちょいちょいと触ってから、飲み終わったらしい紙パックをゴミ箱に放り込む。

そして身を起こし、校舎の方へと向き直した。

「もう戻る。あんま遅くなるとひびきに怒られるから」

「おう。勉強頑張れよ」

「……あと、センパイ」

「ん？」

勝沼は2、3歩進んでから立ち止まり、半身だけこちらに振り返った。

「今度は人ん家《ち》までストーキングとかすんなよ」

「だからやめーや。つかあれはお前が学校来なかったせいだっつーの」

勝沼はふん、と鼻を鳴らすと、こちらから僅《わず》かに視線を外して。

「あんな仕打ち……アタシの心が広いから、許されてるだけだかんね。そこ勘違いすんなよ」

そう嫌味っぽく言ってから、べっと舌を出し、再び前を向いて歩き始めた。

◆

勝沼と別れた俺は、鳥沢《とりさわ》から指定されたファミレスへと向かった。

ピロピロン、という来店音の後、やってきた店員さんに待ち合わせであることを伝える。

夕方の店内はそこそこ混雑しているが、まだ夕食の時間には早いので、それなりに落ち着いた雰囲気だった。

「鳥沢」

「よう」

と、入り口から少し入ったテーブル席に鳥沢《とりさわ》を見つけ、声をかける。

それと、その正面に――。

え、女の子？

「……えっと？」

「あっ、こんにちは！」

その子は俺に気づくなり、高く可愛《かわい》らしい声で挨拶《あいさつ》し、立ち上がってぺこんと頭を下げた。

髪型は毛先に遊びがあるショートヘアで、片側に可愛いらしい花形の髪留めをつけている。

身長はかなり低く、鳥沢と比べると際立って小さく見えた。格好は制服だが、うちのものとは違うセーラー服だ。

え、だれ――ん、待った、どっかで見たことあるぞ、この子？

「わざわざこんなとこまで悪ぃな。コイツの事情でよ」

「ごめんなさい！　私があんまり遠くに行けないので、鳥沢先輩にお願いして学校の近くにしてもらったんです！」

……あっ、そうだ、思い出した！

「君、この前ライブにいた……？」

「えっ？　あっ、はい、いました！」

ぱっと顔を上げて答える少女。

あぁ、やっぱりそうだ！　鳥沢《とりさわ》のライブにいた中学生だ！

「初めまして、長坂《ながさか》先輩！　私、大月美希《おおつきみき》っていいます！　東中3年、生徒会長やってます！」

真面目な顔で、ハキハキ話す大月さん。

その目はくりくりと丸っこくて、鼻はちょんと小さい。仮に『ヒロインタイプ』に当てはめると『子犬系後輩』ってのがピッタリなタイプだ。

俺は軽く自己紹介を済ませると、鳥沢の横に腰かけた。

「えーと、それで。いまいち状況がわかんないんだけど……」

とりあえずドリンクバーを頼んでから、鳥沢に目線をやる。

鳥沢はソファの背に片腕を乗せた格好で、ざっくばらんに話し始める。

「この前のライブで声かけられてな。面白そうだったんで、顔を繋《つな》いどくことにした」

うん、面白そう？　どういう意味だ……？

「ちょっと、そんな言い方じゃ何もわかんないですってば！　鳥沢先輩、雑すぎません？」

俺が首を傾《かし》げていると、大月さんが眉《まゆ》をキッと釣り上げて鳥沢に食ってかかった。

お、おお……？

「どうせお前が説明するんだろ？　だったら余計なこと言う必要あるか？」

「そういう問題じゃないです。ほんと、コミュ障な人なんだから……」

「ハッ、わりぃわりぃ」

呆《あき》れたように額を押さえる大月さんと、ディスられてるのに楽しげな鳥沢。

はー、年上の先輩、しかも鳥沢相手にこの態度取れるってすげーな。大物だぞ、この子。

俺が密かに尊敬の念を抱いていると、大月さんは「こほん」と咳払《せきばら》いしてから姿勢を正し、こちらへと向き直した。

「えっと、改めて。今日はわざわざ来てくださって、ありがとうございます。早速なんですけど、ちょっと長坂先輩にお願いしたいことがありまして」

「お願い？」

「はい。実は――幸《さち》先輩に、取り次いでほしいことがあるんです」

む、ここでその名前が出てくるのか。

大月さんはそのままの姿勢で説明を始める。

「実は、今度うちの学校でやる音楽祭なんですけど……何か新しい試みをしよう、って話になってて。OBの先輩方を招いて特別ステージを開くのはどうか、って案が出てるんです」

音楽祭――あれか、先輩が作り替えたっていうあの音楽祭か。そういや、開催日は夏休み直後くらいだった気がするな。今はその準備期間ってところだろう。

「それで、その特別ステージへの参加を鳥沢先輩にお願いしたくて、この前のライブの時にお声かけしたんです」

するとた大月さんは、鳥沢の方へ目をやってからつんと唇を尖《とが》らせた。

「そしたらこの人、『参加してやってもいいが、もっと派手にしろ』とか言い始めて」

大月《おおつき》さんの非難がましい顔をどこ吹く風とスルーして、鳥沢《とりさわ》はアイスコーヒーを啜《すす》っている。

流石《さすが》鳥沢、色々お構いなしだ……。

まぁそれだけ実力があるのも確かだし、話題性だって抜群だからな。妥当な要求といえばそうなのかもしれんが。

「でもそこまで予算があるわけじゃないし、体育館の機材にも限界があって……どうにか工夫できないかな、って思ってて。今度、生徒会でプレリハーサルをやって色々検証してみよう、って話になったんです」

大月さんは再びこちらを見た。

「それで……そのプレリハを幸《さち》先輩に見てもらって、コメントもらえたらなー、って。今の音楽祭の基礎を作ったのは先輩だし、何かいいアイデアがあるかも、と」

なるほど、そう繋《つな》がるのか。

「鳥沢先輩が『幸先輩に依頼するならまず長坂《ながさか》先輩に話通すのがいい』って教えてくれたので、失礼を承知で、こうしてお願いすることにしたんです」

そこまで語って、大月さんは「突然すみませんでした」ともう一度頭を下げた。

——ふむ、そっか。なんとなく読めたぞ。

鳥沢はこの子の話を聞いて、日野春《ひのはる》先輩の説得に使えるんじゃないかと踏んだ。

それで、本来なら俺が入る余地なんてないところを、あえて絡めるように取り計らってくれた、ってところだろう。ほんとナチュラルに〝有能イケメンキャラ〟だなぁ、鳥沢。

「……どうでしょう？　先輩からお願いしていただけないですか？」

大月さんは顔を上げ、不安そうにこちらの目を見つめている。

しかし、この子も大概行動力あるな。使えるものは何でも使おうとする姿勢とか、初対面の相手にでも臆《おく》せず要求しちゃうところとか……なんか、どことなく日野春先輩っぽい。

「ちなみにだけど……それっていつの話？」

「あ、はい。今週末の日曜です！」

日曜──って、それ立候補補期限の後じゃんか。それじゃ先輩の説得には使えないぞ？

俺はチラと鳥沢の方を見るが、先と変わらぬ姿勢でスマホをいじっていて、特に言うことはないって顔だ。

そのプレリハを使え、って話じゃないのか？　スケジュールを知らなかったってわけもなかろうし……。

それとも他に何か理由がある、ってことだろうか。

「……いくつか聞かせてもらってもいい？」

「はい！　なんなりと！」

ぴしっ、と再び姿勢を正して、俺の言葉を待つ大月さん。

「大月《おおつき》さんは、日野春《ひのはる》先輩と知り合いなの？」

「あ、いえ、違います。私、先輩が引退してから生徒会に入ったので」

まぁ、そりゃそうか。顔見知りなら直接依頼するもんな。

「ただ、先輩が会長やってた時にお話ししたことはあります！　ほんと会長やってる時の幸先《さち》輩ってすごいかっこよかったんですよ！」

そう目を爛々《らんらん》と輝かせて語る大月さん。

おお、アイドルのおっかけみたいなノリだな。となると調査情報《デ ー タ》にあった『先輩を推《お》す会』のグループの一人かな？　後輩の女の子が多かったって話だし。

ただ普通のファンにしちゃ色々キャラ被ってるな……。

「実は私も幸先輩みたいになりたくて……どうやれば近づけるかな、って考えた時、じゃあまずは同じことをやってみよう、って思って。それで生徒会に入ることにしたんです」

あぁ、そういうことね。日野春先輩に憧れて、あの振る舞いを参考に行動してるってことか。

道理で挙動が先輩そっくりだと――。

「……ん？　会長やってた頃の先輩に、なりたかった？」

「はい！」

――そうだ。かつての先輩に憧れた、ってことは。

大月さんは、素顔の先輩を認めてる人、ってことだ。

「……ちなみにさ。なんでそう思ったの？　理由とかきっかけとかあったりする？」

俺は続けてそう尋ねた。

もし明確な理由があるとすれば――。

それは、先輩の説得の、鍵《かぎ》になるかもしれない。

「あ、はい！　えっと、実は私、中1までずっといじめられてて」

「……え？」

ちょっ、サラッと言う話かそれ……？

ぎょっとする俺をよそに、さして気にした風もなく大月さんは続ける。

「私昔からこんな感じで、思ったことそのまま言っちゃったり、勢いで突っ走っちゃったりするので。それがウザい、ってずっとハブられてて」

「う、うん」

「だから、少しは大人しくしなきゃ、我慢しなきゃってずっと思ってたんです。空気読んで、話合わせて、叩かれないようにしよう……って」

それは――今の先輩の判断と同じ、だな。

「それで、頑張って我慢するようにしたらハブられることはなくなったんですけど……なんか、こうじゃないよな、ってずっと思ってて。確かに悪いことはなくなったけど、それで満足かっていうとそうじゃない気がして」

大月《おおつき》さんは髪飾りをちょんと触った。

「そんな時に、職員室で先生に怒られてる幸《さち》先輩を見つけたんです」

俺は黙って話に耳を傾ける。

「ちょうど音楽祭の企画の話をしてたみたいなんですけど……その時の生徒会の顧問が、めっちゃ怖い体育の先生で。外にも聞こえるくらいの怒鳴り声で『いい加減にしろ！』とか『内申がどうなってもいいのか！』みたいなこと言ってるんです」

無関係なのに手が震えちゃいました、と大月さんは恥ずかしそうに笑う。

「でも幸先輩、全然怯《ひる》まないんですよ。ずっと『正式な手順に則《のっと》って申請してる』とか『常によりよい企画にすべく動くのが当たり前』とか。それだけじゃなくて『先生のは反論じゃなくて単にめんどくさがってるだけ』みたいに反撃までしてて」

「……」

「私、なんでそこまでして企画を通したいのか、全然わかんなくって。だから、部屋から出た後で聞いたんです。『そんな怒られてまでやる意味あるんですか』って」

もっともな質問だと思う。教師にそこまで反対されてもやり通すには、何かしら深い理由でもあるんじゃないか、と考えるのが自然だろう。

と、大月さんは、そこで「ぷっ」と思い出し笑いをこぼして。

「そしたら先輩、『だってどう考えてもそっちの方が楽しいでしょ？』って。不思議そうな顔

して言うんですよ」

そっちの方が、楽しい……？

「私が『それだけですか』って聞いたら『え、それ以外の理由って必要？』とか返されて。何がわからないのかわからない、みたいな顔で」

大月さんは目を輝かせながら続ける。

「先輩って、どうしたらもっと楽しくなるか、ってことしか考えてなかったみたいなんです。でもよくよく考えたら、それってめちゃくちゃすごいな、って思って」

だって、と。

大月さんは、その顔を真っ直ぐにこちらに向けて――。

「楽しいことが嫌いな人なんていないんです。

だから、それだけをずっと求め続ければ――それが、自分も含めたみんなで幸せになれる、最短ルートになるはずだな、って」


――あ、そうか。

そうだ。

それが、先輩説得の――一番の鍵だ。

「だから私、先輩みたいにやってみよう、って思ったんです。自分が楽しいなって思うことに正直になって、みんなが楽しいなって思えることを考えて——ただ顔色を見て合わせるんじゃなくて、自分がこうしたい、って気持ちを曲げずに貫いてみようって」

だから今はそんな心構えで頑張ってます、と。

大月《おおつき》さんはぐっと両拳《こぶし》を握り、意思の強さを感じさせる声で、ハッキリと言った。

その小さな体に溢《あふ》れる力を感じ、俺は続けて尋ねる。

「……ちなみにさ。言いにくいことかもしれないけど——」

——そして俺は、その先についていくつか質問した。

大月さんは時に悲しげに、時に恥ずかしげに語りながら。

でも最後には、しっかり笑って答えた。

「——うん、ありがとう。事情はよくわかった」

俺は深く頷《うなず》く。

——この子の言葉は、きっと。

日野春《ひのはる》先輩が、失ってしまったものを取り戻すため——いや。

新しく手に入れるための、力になる。

俺はそう確信した。

「えっと、それじゃ……？」

「うん、俺の方で話通しておくよ。予定があるかは聞いてみないとだけど、ちょっとやそっとの野暮用ならそっちをキャンセルしてもらう」

「わ、ホントですか!?　ありがとうございます！」

ぱっと胸の前で手を合わせ、顔を明るくする大月さん。

俺は頭の中で次なる〝イベント〟の流れを考えながら続ける。

「その代わり、ちょっとこっちの野暮用のお手伝いお願いすることになるかも。そんな難しいことは頼まないと思うけど、協力してくれる？」

「もちろんです！」

そう快諾を得て、俺は深く頷いた。

——鳥沢《とりさわ》は、この話を知ってたから俺を呼んだのかな。

だとすれば本当に有能すぎる。もう上野原級《きょうはんしゃ》のファインプレーだ。もう俺がヒロインだったら間違いなく攻略されてるね。

とかなんとか、俺が概念的なキュンキュン視線を隣に向けていると。

「さすが、あの日野春《ひのはる》先輩とお付き合いしてる人ですね！　めっちゃ頼りにしてます！」

――。

……。

「ごめん。もう一回言ってもらっていい？」

すると大月《おおつき》さんは、きょとん、と目を丸くして言った。

「え、だって、長坂《ながさか》先輩って幸先輩の彼氏さん……なんですよね？」

「トリサワサーン？」

「クッ」

顔を背けてくつくつ笑う鳥沢《とりさわ》。

なるほどねぇー、だーから俺が間に入ることをすんなり受け入れてたのかぁー。

めっちゃラブコメテンプレな追い討ちまでセットとは、本当に最高《ふざけんな》だぜ！　本人は絶対に面白がってやっただけだろうけどね！

◆

「――以上がここ数日の経緯と、俺なりに考えた日野春先輩の説得プランだ。どう思う？」

帰宅後、電話会議。

上野原《うえのはら》に一通りの説明を終えてコメントを求めた。

『……なんか、一気に進展したね。それに珍しくマトモな案だし』

上野原は意外そうな声で呟《つぶや》く。

おぉ、感覚的な気づきから独自構築した案を褒められたのは嬉しいな。ちょっとはレベル上がったかな？

『その後輩の子と一緒に塩崎《しおざき》先輩にも協力してもらえば、説得の可能性はさらに高まるかな』

「ってことは、そっちも手応えアリか？」

『……、一応ね』

上野原はなぜだか一瞬言葉を詰まらせてから続けた。

『順を追って説明する。まず先輩二人の関係性だけど……塩崎先輩は、かつての日野春先輩に影響を受けて持論を変えたって経緯があるみたい』

「持論を変えた……？」

『うん。塩崎先輩、昔は完全な過去踏襲派って感じで、今までの峡西《きょうにし》の伝統をそのまま続けるべきっていう考えだったんだって』

余計な改革はせず現状維持——ガチな保守派ってことだな。要は他の生徒会の面々と同じ事なかれ主義だ。

『それが日野春《ひのはる》先輩の話を聞くうちに、それじゃダメだと思ったみたいで。悪いと思うところを積極的に変えていく路線にシフトした。ただそれを表に出すことはなかったみたいだけど』

「ん、なんでだ?」

『内部からじっくり変えていくつもりだったんじゃない? 日野春先輩みたく派手に動くタイプでもないし』

キャラ的にもそっちのが合ってるしね、と上野原《うえのはら》。

なるほど……いや、しかし。

「ってことは、元々塩崎《しおざき》先輩は会長やるつもりなんてなかった、ってことだよな。どうして急に自分が立候補することにしたんだ?」

『本人の言葉を借りると、日野春先輩の正しさを取り戻すため、だって』

「……正しさ?」

『たぶんだけど、自分の意見を声高に主張するのは間違いじゃない、って伝えたいんだと思う』

——あぁ、そうか。

つまり。

「日野春先輩に自重なんてするな、って言いたいんだな?」

『恐らくはね』

……口下手にも程があるぞ、まったく。

たぶん自分が口で言っても伝わらない、って考えての行動だろうけど……いかんせんわかりにくい。少なくとも今のままじゃ、日野春先輩には届かないだろう。

その意図を正確に伝えるには、もう少しシンプルな〝イベント〟が必要だ。

『何にせよ、今の日野春先輩に不満があるのは間違いないだろうし、やり方によっては協力できるかも』

「わかった。なら明日、俺の方から塩崎先輩にコンタクト取ってみる。その結果次第で具体的な〝日野春幸《さち》説得イベント〟を組もう」

『ん、了解』

あとは……そうだ。

「それと、今後日野春先輩を説得する時だけど……基本対面でのやりとりになるし、上野原も同行頼む。俺だけじゃちょい不安だ」

いくら事前に〝シナリオ〟を用意して臨むとはいえ、イレギュラーが起こった時に対応できないからな。上野原さえいれば格段に成功率が上がるだろう。

なんて思っていたら──。

『──ごめん。ちょっと、日野春先輩と直接話す役目は、私を外して』

「えっ……？」

まさか断られるとは思っておらず、俺はぽかんと口を開けてフリーズしてしまった。

「…………え、なんでだ？」

俺は再起動するなり、電話の向こうに問いかける。

上野原《うえのはら》が〝計画〟絡みの協力要請を断るなんて珍しいぞ。いや、つーかこれが初めてじゃないか……？

上野原は言いにくい事情でもあるのか、すぐには答えずに『ん……』と言葉を濁した。

『その、なんとなく……今回は私がいない方がうまくいきそうな気がして。なるべくリスクは減らしたいから』

リスク……？　上野原がいた方がよっぽどリスク減らせる気がするんだが……？

『もちろん、それ以外のところで協力はするから。何かあれば遠慮なく言って』

「あ、ああ……」

なんだか話を深められない空気を感じて、俺はなぁなぁな感じで答えた。

『ところでさ。その後輩の子なんだけど――』

上野原はそこで早々に話を切って、議題は次に移ってしまった。


――生徒会選挙、立候補期限まで、あと3日。

◆

『――ご清聴、ありがとうございました』

もう何度目かになるそのフレーズを聴き終えてから、俺は塩崎先輩《ターゲット》の元へと歩み寄った。

「先輩、お疲れ様です」

「……ああ、また君か。ありがとう」

相変わらずの仏頂面で答えて、機材の片付けを始める先輩。

さて、時間もない。さくさく本題に入ろう。

「えーと、今日はですね。一つ、先輩にご提案がありまして」

「提案？」

「はい。ちょっとこれ見ていただけます？」

そう言って、俺はあれから即興で準備したＡ４のプリント冊子を先輩に差し出す。

先輩は怪訝《けげん》な様子で俺を見上げ、それからプリントのタイトルを黙読した。

直後、はっとした様子でそれを手に取り、ぺらぺらと中身をめくり始める。

「……これは、どういうつもりだ？」

しばらくして、先輩は顔を上げるなりそう尋ねてきた。

「興味持っていただけました？　その『日野春幸説得の手引き』に」

「――」

先輩は黙ってプリントを脇に挟むと、機材の入ったケースを手に持ち立ち上がった。

「……片付けながら話してもいいか？」

「ええ、もちろんです」

俺は頷《うなず》いて、歩き始めた先輩の後を追った。

◆

カラカラ、と後ろ手に生徒会室の扉を閉める。

昼休みも終わりに近い時間帯だからか、既に当直の生徒会員の姿はなく、中は無人だった。

塩崎《しおざき》先輩は奥のスチールラックに拡声器のケースを片付けながら話し始める。

「色々と気になる点はあるが……必要なことだけ、端的に確認しよう」

「はい、どうぞ」

「君は日野春《ひのはる》に、会長選に立候補してほしいと思っている。そうだな？」

「はい」

「そして日野春が、自分の意志を偽っていることを知っている」

「ええ」

「そんな日野春に……どうにか変わってほしいと、そう願っている」

「そうです」

「ならいい。僕にできることなら手伝おう」

振り返るなり、こくんと頷く先輩。

おお、即決か。一応説得シナリオも用意してきたけど、必要なかったな。

「ありがとうございます。話が早くて助かります」

「この前、君の幼馴染《おさななじみ》という子と偶然会ってな。少しだけ話をしたんだが……それを聞いてきたんだろう？」

ん、そうか。上野原《うえのはら》の方で事前に〝伏線〟の仕込みまでしといてくれたのか……流石《さすが》の名アシストだな。

俺は頷いて続ける。

「ええ、その通りです。先輩も日野春先輩の現状を不満に思ってる、って聞いたので。なら協力できないかな、と思いまして」

「そうか……」

先輩はゆっくりと部屋の中央まで戻ると、自分の席らしい場所で立ち止まる。

「まさか僕の他にも、今の彼女を好ましくないと思ってる人がいるとはな……」

「……やっぱり、少数派ですか？」

「今言った通りだ」

一人だけ、ってことか。

俺は肩を竦《すく》める。

「活動が活発って評判の峡西《きょうにし》生徒会なのに、内部じゃ本当にそんな感じなんですね……」

「今に始まったことじゃない。歴史が長いというのは、それだけ身動きが取りにくいという面もある。自分たちが余計なことをして伝統を台無しにしたらどうしよう、と思う人も多いんだ」

僕がそうだった、と塩崎《しおざき》先輩は重々しく語る。

「その点、日野春《ひのはる》は、常に自分の理想とするものがあって、その実現にひたむきだった。そしてその理想は、どれも理が通っていて正しかった」

だが、と塩崎先輩は続ける。

「その急進的すぎるやり方のせいで、一人だけ浮いてしまったのは間違いない。結局、彼女の方が周りにペースを合わせるようになってしまった」

先輩はそう言いながら、おもむろに机の引き出しを開ける。

「日野春が、今の自分に納得しているのならいい。だが――」

そこから一枚の用紙を取り出すと、こちらに差し出してきた。

「これは……？」

「ゴミ箱に捨てられていたものだ。資料の類《たぐ》いは全てシュレッダーにかけなければいけない決まりだからな。気づいた僕が回収した」

俺はそれを受け取って、中を見る。

そこには——。

『生徒会選挙　会長立候補届　2年1組　日野春幸《さち》』

先輩の本音を知る、明確な根拠が、ハッキリと書かれていた。

「日野春が廃棄ルールを知らないはずがない。だから僕は、本音《これ》をだれかに気づいてほしかったんじゃないか、と。そう判断した」

「……そうですか」

先輩……やっぱり、会長やる気あったんじゃないか。

俺はシワ一つないその立候補用紙に目を落としながら歯噛《が》みした。

「立候補用紙《それ》を彼女に見せ、立候補を促すこともできたが……それでは意味がないと、僕は思った。いや、その時やっと気づいた、か」

「……？　どうしてです？」

「何も変わらないからだ。彼女一人が、ずっと孤立し続けることに」

――あぁ。

そうか、だから……。

「僕が彼女から学んだのは、自分の正しさを貫く在り方だ。変化を恐れずに最善に向けて努力する強さだ。そしてそれをできる者が他にいなかったから、彼女が合わせるしかなかったんだ」

語られる言葉は、いつも通りの淡々としたトーンだ。

だが、その内に込められている熱を、俺は確かに感じていた。

「日野春《ひのはる》にとって本当に必要なのは――ともに確固たる理想を持ち、対等な立場で議論を交わせる相手だと考えた。だから僕は、そうなるつもりでこうしている」

――塩崎《しおざき》先輩は。

日野春先輩と並び立つ、よき〝対戦相手《ライバル》〟になるつもりで、表舞台に立つことにしたんだな。

言葉少なながら、日野春先輩を真に想った塩崎先輩の行動に、俺は心から尊敬の念を抱いた。

――だが、しかし。

塩崎先輩は、僅《わず》かに俯《うつむ》いて悔しげに口を開く。

「……と、偉そうなことを言っても、当の本人にはまるで伝わっていないようだがな。彼女

は最初から、僕に何一つ期待していない。持論を固めるのに時間をかけすぎたんだ」

そして、ぐっと拳《こぶし》を強く握りしめるのが見えた。

——そんなことには、させない。

「塩崎先輩。だから俺はここに来たんです」

「む……？」

俺は一歩前に進み出て、先輩を正面から見返した。

「今のお話と、それに付随する具体的な〝過去エピソード〟——それ、使っちゃいませんか？」

「……どういうことだ？」

意味を測りかねている様子の先輩に、俺は考えていた〝イベント〟の概要を伝えた。

一通り聞き終わってから、先輩は「ふむ」と鼻を鳴らして口を開く。

「それで本当にうまくいくのか？　僕としては一挙両得な話だが……」

「一つの鍵にはなると思ってます。ただまぁ、少なからず恥ずかしい想いをするのは我慢してもらわなきゃですけど……」

「それは構わない。会長に立候補した時点で、恥は全て受け入れる覚悟だ」

こくん、と頷《うなず》く先輩。その力強さが頼もしい。

「それに、あの日野春に認められるくらいだからな、君は。でなければ彼女は、自分の仕事を人に任せたりはしない。信用するよ」

「……ありがとうございます」

なんともむずがゆい評価を受けて、俺は頬《ほお》を掻《か》きながら目を逸《そ》らした。

とにかく、これで交渉は成立だ。

それからいくつか今後に向けた擦《す》り合わせをして、塩崎《しおざき》先輩はそれを了承した。

――さて、それじゃ、そろそろ戻るかな。

全ての話が終わって、俺が生徒会室を出ようとしたところ。

「しかし……そもそも君は、彼女とどういう関係なんだ?」

不意に先輩が、仏頂面のまま声をかけてきた。

「まさか、恋人か?」

おっ、おう?

なんか塩崎先輩からそんな言葉が出てくるとすごい反応に困るな……しかも冗談かどうか判別できないトーンなのが余計に。

俺は手を振って否定する。

「違います、そういうんじゃないですよ」

「じゃあ古くからの友達か? ここまで気にかけるくらいだ、単なる先輩後輩というわけではないんだろう?」

「えーと、そうですね――」

俺はしばらく考えて、それから答えた。

「……関係っていわれると、正直、宙ぶらりんでよくわかんないですね。暫定状態が続いてるというか」

「ふむ……？」

「ただ、俺があの人とどういう関係になりたいか、ってところだと――」

――ふと。

お祭りの日の、あの笑顔が脳裏を過《よぎ》った。

「一緒に楽しく笑い合えるような、そんな〝カップリング《かんけい》〟――って感じですか」

にっ、と口角を上げて笑いながら、そう答えた。

すると塩崎先輩は、そのカチコチな眉間《みけん》にシワを寄せるという劇的な変化を浮かべて。

「……キザなことを言う男だな、君は。聞いてるこっちが恥ずかしくなる」

「先輩も大概だと思いますけどね……。それにこの程度、まだまだ序の口ですよ」

この手のかっこいい《キザな》セリフは、ラブコメの〝主人公〟にとっちゃ日常茶飯事だからな？

――生徒会選挙、立候補期限まで、あと2日。

◆

〝イベントシナリオ〟の作成、各種事務的な手続き、関係者のスケジュール調整、イベントを円滑に進めるための裏工作、本番に向けた事前練習。

残された時間をフルに使い、それらの準備を完了させて――。

時は、生徒会選挙――立候補期限。

その、最終日。


「――よし。それじゃ〝日野春幸《ひのはるさち》説得イベント〟の最終確認といくぞ」

朝、SHR開始前。俺と上野原《うえのはら》は〝Bポイント〟に集合し、最後の話し合いを行っていた。

「今回のイベントは、説得に必要な『2つの鍵《かぎ》』――塩崎《しおざき》先輩による『対戦相手《ライバル》の鍵』と大《おお》月《つき》さんによる『理想像の鍵』を、段階的にぶつけていく」

諸々のスケジュールの兼ね合いで、塩崎先輩は昼休み、大月さんは放課後に協力を依頼している。本当は同時に投下するのが一番なのだが、これればかりは仕方ない。

「まず『対戦相手《ライバル》の鍵』。これは日野春先輩の『素の自分なんてだれにも求められていない』

という思い込みを崩すのに使う」

　あのお祭りの日、先輩は語った。『自分が何を言ってもいいとも悪いとも言ってくれない』のだと。『周りの人は自分が何かすることなど望んでいない』のだと。

　だからそれを、塩崎先輩によって否定してもらう。日野春先輩のやり方、その在り方に影響を受けた人がいて、今まさに競い合い、言葉を交わし合える〝対戦相手《ライバル》〟として、ありのままの先輩を求めているんだと。

「次に『理想像の鍵』。こちらで『先輩にとっての一番の在り方』に対する答えを提示する」

　かつての先輩は、ただシンプルに楽しさだけを求めていた。

　その在り方に感銘を受けた大月さんは、先輩の思想を受け継いで行動し、そしてそれが、きちんと通用していることを、ここで示す。

「この2つを、先輩の抱えた問題に対する解答として示し、再び会長選への立候補を促す。以上、問題ないな？」

「――ん、ＯＫ」

　こくり、と黙って聞いていた上野原が頷《うなず》いた。

「よし、じゃあまずは昼の分担を頼むな。音量だけ割れないように気をつけてくれ」

「了解。……そっちは、イレギュラーに充分気をつけて」

　最後にそういつも以上に念押しされてから、俺たちは〝Ｂポイント〟を後にした。

——ふぅ。しかし間に合ってよかったな。

本当はここまでギリギリにするつもりはなかったのだが、関係各所との調整が難航したのが想定外だった。まったく、いくら前例がないからって検討もせず却下しようとしないでほしい。

そんなことを思いながら教室に入ろうとしたところで——。

「やっほ、長坂《ながさか》くん」

「ん、清里《きよさと》さん。おはよ」

と、ちょうど部屋から出ようとしていた清里さんと行き合った。

清里さんはにこりと笑って挨拶《あいさつ》を返すが、すぐにその顔を曇らせる。

「今日って、確か生徒会選挙の立候補期限だよね？　幸《さち》先輩、結局どうするつもりなのか聞いてる……？」

ん……そうか。清里さんもずっと気にかけてたんだな。

「公示内容は変わってなかったけど……結局、立候補はしないつもりなのかなぁ」

心配げな顔の清里さんに、俺は少しだけ内実を伝えることにした。

「今日次第じゃないかな。昼にちょっとしたイベントもあるみたいだし」

「うん？　何があるの？」

「演説のようなもの……かな？」

俺はそうボカして伝える。

別に、ディティールを伝えたところで問題はないんだが……なんとなくだ。

清里さんは不思議そうな顔で首を捻《ひね》り、それからおもむろに呟《つぶや》いた。

「先輩がどう決めてもいいように、私もできる限りのことはしたつもりなんだけど……」

「え？」

あれ、もしかして、清里さんは清里さんで何か動いてたのか？

「もしかして日野春《ひのはる》先輩と話したりしてた？」

「あ、ううん。幸先輩忙しそうだったし、直接お話はできてなくって」

む、違ったか。

「ただ、色んな人と話してるとね。みんな生徒会とか選挙のこととか何も考えてなくて、それはちょっとなぁ、って思ったから。だからもう少しちゃんと考えよ、って伝えて回ってたんだ」

と、清里さんは眉《まゆ》を寄せ、珍しく不快げな様子を滲《にじ》ませながら言った。

おぉ、流石《さすが》清里さんだ。説得に直接の影響はないけど、今後の先輩たちの援護になる。

「もし先輩が、会長に立候補することにしたのなら……なるべく多くの人に話を聞いてもらいたいから、ね。その時にみんな、無関心なのはよくないと思って」

「そうだね、その通りだと思う」

俺は深く頷《うなず》く。

昼休みの一手──。

いい機会だし、ちゃんと生徒全員に、熱が届いてくれるといいんだがな。

◆

――そして昼休み。生徒会室。

「――というわけでして。休みの日になっちゃいますけど、お手伝いお願いできますか？」

俺は〝イベント〟の前に、大月《おおつき》さんからの依頼を先輩に伝えていた。音楽祭のプレリハは今回のイベントとは無関係だが、ちょうどいいので先輩を呼び出す口実に使った格好だ。

ちなみに本来なら当直の人が他にいるはずだが、そこは事前に急用が入るように買収《おねがい》しておいたので、室内は日野春《ひのはる》先輩一人だけ。部外者がいたら〝イベント〟に集中できないしな、当然の処置だ。

「うん、そっか……」

日野春先輩は、ぼんやりパソコンの画面を眺めながら頷《うなず》く。

が、頷いただけで、肝心の答えはいつになっても返ってこない。

「それで、どうします？　他に予定とかありませんか？」

「あ……ううん、予定は何もない、かな。喜んで行きます、って伝えておいてくれる？」

先輩はハッと我に返り、笑って了承するが、やはりどこかぎこちない。心ここにあらず、って感じだ。

……立候補期限が差し迫ったことで迷いが出たのかな。

俺はそうであってほしいと思いながら時計を確認する。

昼休み開始からちょうど半分。そろそろ〝イベント〟開始時間だ。

準備を始めるとするか。

「しかし、暑いですねー、今日。暑い暑い」

ぱたぱたとYシャツの胸元を持ち上げながらアピールする俺。

「ちょっと窓開けてもいいです？　さっき風が気持ちよかったんですよねー」

「あ、もしあれならクーラーの温度を――」

「いえいえ、節電しましょう節電。自然の風に当たりましょう」

俺は急いで窓に近づくと、パチンと鍵《かぎ》を下ろして開け放つ。

さっと乾いた風が室内に入りこむのと同時に、校舎から届く喧騒《けんそう》の音量が上がった。

――よし、ＯＫ。

「長坂《ながさか》君、何もそんな全開にしなくても――」

戸惑う先輩の声は、すぐさま響いた大音量でかき消された。

『ガガッ……えー、峡西生《きょうにし》のみなさん。お昼休み中に申し訳ありません。僕は生徒会長に立候補した、2年5組、塩崎大輝《しおざきだいき》です』


──音量良好、音割れナシ。

よしっ、完璧《かんぺき》な校内放送だ！


「えっ、嘘《うそ》、街頭演説……？　校内放送で？」

視界の端で、驚いて顔を上げる日野春《ひのはる》先輩。

校内放送まで使って演説した前例なんてないからな。無理もない。

『今日は、みなさんにお話ししたいことがあり、こうしてこの場を借りています。しばらくお付き合いいただけますと幸いです』

滑らかな発音と、聞き取りやすいアクセント。

元々落ち着いた塩崎先輩の声が、ちょっとした発声の工夫によってするりと耳に心地よく入り込んできた。

うん、ばっちり、ちゃんと練習の成果も出ている。〝共犯者《うえのはら》〟の指導は本当に的確だ。

ただ練習場所がないからって、まさか塩崎先輩とカラオケに行くことになるとは思わなかったけどな……。

『僕が立候補した理由は、ひとえに、みなさんの明るい未来のためです』

「先輩、今まで塩崎先輩の演説って聞きました？」

定型句の合間に、俺はそんな質問を投げかけた。

「……まぁ、ちょっとだけ」

日野春先輩は俺から目を背けつつ、複雑そうな顔でごにょごにょと返す。色々思うところがありそうな反応だ。

「そうですか。じゃあちょうどよかったですね」

俺は笑った。

「今日のが、本当の演説です」

そして――。


『――と、いうのは。いささか語弊がありました』

いつも通りに始まったはずの演説は、そこで色を変えた。


――さて。

それでは〝日野春幸《さち》説得イベント〟――第1段階を、始めよう。

『僕が立候補した理由の一番は――

僕に、明るい未来の描き方を教えてくれた、ある人のようになりたかったからです』

その予想外の話の展開に、心なしか校舎の喧騒《けんそう》がその色を変えたように思う。

――連日の中庭での街頭演説。

だれもが聞き飽きたであろう定型句から始め、直後にそれを否定してみせることで、聴衆の興味を引く。

『僕は以前、峡西《きょうにし》の伝統を守ることが第一だと考えていました。創立100周年を超える古い歴史、県下トップレベルの進学率、そして学園祭をはじめとした多種多様の学校イベント――そんなたくさんの魅力がある学校です。それをなるべく変えずに、守っていくことが一番大事なんだ、と』

そしてとにかく大事なのは、自らの〝過去エピソード〟。

見ず知らずの人物《キャラクター》を知ってもらうには、それが最も印象に残りやすいからだ。

『そして生徒会に入り、今までと同じ方針で、同じ予算を組み、同じイベントを同じように実行するために全力で働いてきました』

塩崎《しおざき》先輩は、一言一言丁寧に、言葉を紡《つむ》ぎ続ける。

『ですが……そんな時、ある人に言われました。「伝統を守ることと、変えないことは違う。それはただの怠慢だ」と』

「……あ」

日野春《ひのはる》先輩が、それでふと何かに思い至ったように目を見開いた。

……そのある人がだれか、気づいたな。

『それまで生徒会活動に尽力していたつもりの僕は、思わずカッとなりました。そして「何でも変えればいいわけじゃない」と反論しました。ですがその人は「変えようとしない限り、今いい、以上のものには絶対にならない」と返しました』

日野春先輩は目を泳がせて、落ち着かなげに手を組んでいる。

――いい感じですよ、塩崎先輩。

ちゃんと先輩の言葉、届いてますよ。

『そこでハッとしました。僕は確かに、伝統を守るために全力でした。ですが、その伝統を上回るものを作ろうとは、一度も考えなかったからです』

さっと風が入り、カーテンを揺らす。

『そして、常に前だけを見て、より明るい未来を作ろうとしていた、その人の在り方を――とても強く、眩《まぶ》しく。そして羨《うらや》ましく思いました。僕もそうなりたい、と心の底から憧れました』

その言葉を聞いた日野春先輩は、きゅっと唇を結んで俯《うつむ》いた。

『それから僕は考えました。僕にとっての峡西《きょうにし》とは、僕にとっての伝統とは何かということを。そしてその伝統を、今以上に誇れるものにするにはどうすればいいかと……。そして見つけた答えが、今の公約です』

　校内放送は続く。

『みなさんご存知かと思いますが、僕はこの通り、面白みのない人間です。演説の一つも聞く気にならないような、そんな地味で目立たない男です』

「……」

『ですが、この学校をより良いものにしたいという気持ちは、それを成し遂げるためにはどんなことでもするという決意は、全校生徒９５４名の中で一番だと自負しています。それこそ、僕に未来の描き方を教えてくれた、あの人よりも』

「…………」

『僕の意見に反論がある方、自分ならより良い未来を描けると思われる方がいれば、正々堂々、選挙で戦いましょう。僕は逃げも隠れもしませんし、誤魔化して妥協するような真似は絶対にしません。正面から受けて立ちます』

「…………っ」

『――以上です。ご清聴、ありがとうございました』

　マイクに向かって頭を下げていたのか、しばらく無音の間を置いてから、プツン、と電源が

落とされた。

すっかり静かになっていた学校の喧騒《けんそう》が、再び音量を上げていく。

「……長坂《ながさか》君。これって、まさか、全部君が……」

「いえいえ、俺は大したことはしてませんよ。ただ、塩崎《しおざき》先輩の想いが正しく伝わるようにお手伝いしただけです」

――これが〝日野春幸《ひのはるさち》説得イベント〟、第1段階の全容だ。

今回の演説内容は、塩崎先輩と日野春先輩の間にあった〝過去エピソード〟を基に、上野原《うえのはら》が素案を作成し、俺がラブコメ知識を使ってより映えるよう装飾したものである。

今まで選挙をスルーしていた生徒たちに、塩崎先輩の熱い想いを伝えるのと同時に。

かつての日野春先輩を、認めて受け入れてくれる人がいるんだという事実を伝えるために。

俺は日野春先輩の前に歩み寄る。

先輩は俺を見上げ、しかしすぐにその瞳を逸《そ》らしてしまう。

「先輩、この前言ってましたよね。だれも素の自分なんて求めてない、って」

「それ、は……」

「あそこに、それを望んでいる人がいましたよ。それでも同じことが言えますか？」

「……」

先輩は、顔を伏せたまま。

「しかも、塩崎先輩《あの人》は……先輩が、堂々と意見を主張できる場まで用意してくれたんです。自分にとっての一番は何か、気兼ねなくぶつけ合える場を。だから『自分には華がない』とか『口下手だ』とか言いながらも会長に立候補したんですよ」

「…………」

「それはすぐ手の届くところにあるんです。それでもまだ、手を伸ばさないつもりですか？」

俺はポケットの中に手を入れて、塩崎《しおざき》先輩から譲り受けた先輩の立候補用紙をきゅっと握る。

長い間黙ったままだった、日野春《ひのはる》先輩は――。

「――ごめん。

それでも、やっぱり私は……他のみんなに、迷惑かけたくないから」

――他のみんなを理由に、拒絶した。

……やっぱりこれだけじゃ、届かないのか。

俺は先輩に聞こえない程度に小さくため息をついて、ポケットから手を出した。

「――先輩。今日の放課後、少しだけお時間いいですか」

「……」

「それでわかってもらえるはずです。先輩にとっての一番のやり方が、どういうものかってことが」

先輩は無言で俯《うつむ》いて答えない。

あまりにらしくない、煮え切らない態度を続ける先輩に、俺の気持ちは急《せ》いていく。

「少なくともそれは、周りのみんなの顔色を見て決めることじゃない。だって先輩は……今、本当に楽しいんですか？」

「っ……！」

――いや、待て。落ち着け。

この場で、これ以上何を言ってもダメだ。

俺は逸《はや》る気持ちをぐっと抑えて、入り口の方へと向き直す。

「……放課後、生徒会室《ここ》に迎えにきますから。待っててください」

最後にそう声をかけて、生徒会室を後にした。

――ここまでは想定の範囲内だ。

大丈夫、日野春先輩にきちんとメッセージは届いてる。

後は、残る問題に対する解決策を示すだけ。それで先輩が、頑なに立候補を拒否する理由はなくなるはずだ。

俺はスマホを取り出して、今回の関係者全員に『予定通り』とメッセージを送る。

そして一歩一歩、床を踏みしめるように歩きだした。


——だが。

この〝イベント〟が——。

致命的な欠陥を抱えていること。

それに、俺は、全く気づいていなかった。

派生作　ひとりぼっち

Who decided that I can't do romantic comedy in reality?

ウチは、小さい頃から、楽しいことが大好きだった。

新しいことに挑戦するのは新鮮な気分になれて楽しいし、難しいことを達成するのは気持ちよくて楽しいし、ちょっと危ないこともドキドキして楽しい。

特に商店街のお祭りはウチにとって楽しいことだらけで、昔はこのくらいの時期になるとずっとワクワクして夜も眠れないほどだった。

家ではお父さんもお母さんも、あれはダメこれはダメって口煩《うるさ》く言うから、ああしようこうしよう、ってみんなでできることを考えながら作り上げてくお祭りは、本当に楽しく思えた。

――そして、それと同じ楽しさを。

おじいちゃんに連れられて訪れた、峡西の学園祭で見つけた。

牛乳パックで作られた大壁画。机を並べて作った出店。段ボールを張り合わせて作った教室のお化け屋敷。会場にいる全員が一体になって盛り上がるステージパフォーマンス――。

身近な場所の学校が、勉強する場所だと教えられていた学校が、こんなにもきらびやかで、楽しい場所になるんだ、ってこと。それをウチは、峡西《ここ》で初めて知った。

――ウチもこんな風に、学校を楽しい場所にしたい。

毎日を過ごす学校でずっと楽しくいられるなら、それは世界全てが楽しくなるようなものだ。

その理想を追い求めて、成し遂げていく楽しさを考えたら、それだけで鳥肌が立った。

だから、ウチは——。

全力で、そうしてやろう、と思った。


『さっちゃん、すごいね！』『体育がすごい面白い！』『次も負けないぞー！』

——小学校の時。

ウチの考えた授業を楽しくする方法に、みんなは興奮して乗ってくれた。

当然すごい楽しくて、毎日が最高で、いつまでもずっとこの時間が続けばいいいと思った。

『幸《さち》、やばくない!?　あの先生説得するとか！』『今から盛り上がるー！』『うちの親戚、楽器屋やってるから手伝い頼めるよ！』『マジかよ!?　やベー、これ歴史に残っちゃうんじゃん!?』

——中学生の時。

まるで面白みのない学校行事を作り替えるために、ウチは戦った。

時には悪口を言われたり、先生から嫌な顔をされたりもしたけど、そうやって作り上げたイベントは本当に楽しくて、みんな大満足だった。

そして、憧れの峡西《きょうにし》に入学して——。

中学の時よりもさらに自由が利くようになったウチは、もっともっと、積み重ねてきたお祭り学校の歴史なんて目じゃないくらい、この学校を楽しくしてやろうって息巻いてた。

すぐに生徒会に入って、どんどん改革に着手して、ああでもないこうでもないと寝る間も惜しんで新しい企画案を考えた。

……でも、ある時。

中学で、一緒に音楽祭を作り上げたはずの友達が、こんなことを言った。


『幸はさ。もうちょい大人になった方がいいんじゃん？』

——え。それ、どういう意味？

『んー、なんていうか、もう高校生なんだしさ。そろそろそういうガキっぽいノリは違うんじゃないかな……って』

——ガキっぽい？

『何でもかんでもやりたい放題ってのは、ほら。なんか、ダサくない？』

——ダサい……かなぁ？

『大学受験だってあるんだし。楽しいことばっか、ってわけにもいかないでしょ』

——でも、絶対この方がもっと楽しいよね？　だったらやった方がいいよね？

『……まぁ、幸《さち》がそれでいいならいいけど。ただ、もうちょっと周り見た方がいいと思うよ？』

それを聞いて、ウチは、初めて。
周りのみんなが、ウチの思う『楽しいこと』を――。
もうこれっぽっちも求めてないんだ、って気づいた。

――そう、そうだったんだ。
今まではみんなが受け入れてくれてたから、ウチは好き放題やってこれた。
みんなが一緒に楽しんでくれたから、ウチも楽しくやってこれた。
でも、これからは。
ウチが楽しいことを求めれば求めるほど、みんなからはズレていって。
ウチが楽しもうと思えば思うほど、ウチは独りになっていく。

……あぁ、そうだ。
それが、ウチは――。

第四章

鍵さえあればドアが開くとだれが決めた？

Who decided that I can't do romantic comedy in reality?

『——もしもし』

「お疲れ。予定通りにいけそうか？」

掃除終了のチャイムが響き終わるのと同時に、俺は上野原《うえのはら》に電話をかけた。

『ん、もう昇降口に向かってる。それで、私が大月《おおつき》さんを誘導すればいい？』

「ああ、Ｅポイントで待ってるように伝えてくれ。俺も先輩と合流したらすぐに向かう」

『了解』

手短に用件だけやりとりして通話を切って、俺はリュックを担いで教室を出た。

事前に調べておいた情報だと、日野春《ひのはる》先輩の掃除当番は金曜が休みだ。ならもう教室は出ているはずで、今から生徒会室に向かえば程なく合流できるだろう。

俺は足早に階段を下り、芸術棟に向けて歩く。

ちょうど俺が、生徒会室に向けて延びる渡り廊下に差し掛かったところで——。

「塩崎《しおざき》先輩……？」

なぜか駐輪場の方から、こちらに向けて走ってくる姿が見えた。

——なんだ、なんか焦ってる？

先輩は、ちょうど体育館前にいた俺に気づくなり、急いでこちらに駆け寄ってきた。

「先輩、どう――」

「長坂《ながさか》君、ちょうどよかった」

言葉を遮《さえぎ》られ、俺は思わずたじろぐ。

な、なんだ？　あの塩崎《しおざき》先輩が焦るとか尋常じゃないぞ。

見れば、靴は上履きのまま。真面目な先輩が上履きのまま外に出ているという事実がまた事態の深刻さに拍車をかけ、じわり、と胸に嫌な感覚がせり上がってくる。

そして――。

「――日野春の原付がなくなってる」

――な。

「いつも真っ先に向かうはずの生徒会室にいなかった。妙だと感じて、駐輪場を覗《のぞ》いてみたんだが……」

俺はさーっと顔から血の気が引いていくのを感じた。

――ま、さか。

帰っ、ちまっ、たのか……？


「っ！」

俺は弾かれたように駐輪場に向けて走り、きょろきょろと周囲を見る。

やはりそこに、日野春《ひのはる》先輩の原付は見当たらない。


――まずい……まずい！

これじゃ、これからの〝イベント〟が発動できない！


俺はだん、と近くの鉄柱に拳《こぶし》を叩《たた》きつける。

ああくそっ！　なんで俺はこの可能性を潰《つぶ》さなかった!!　先輩の本心を知ってるからって、見積もりを甘くしすぎたのか!?

と、とにかく急いで追いかけないと！

俺はバッと振り向いて遠くの時計台を見やる。

時刻は、16時ちょうど。

締め切りの18時まであと2時間ある。

家の場所は知ってる。今から全力でチャリを走らせれば、20……いや、15分でいける。連れ戻せれば、まだ間に合う。ちっ、こんなことなら俺もバイクで来ておけば……！

い、いや、待て、落ち着け。そもそも、本当に家に帰ったのか？　一時的に外出しただけって可能性はないか？

それに、仮に学校を出ていたとして、家じゃなくて、どこか別の場所に行ってたら……？

そう思ったら、ぞくり、と背筋が寒くなる。

——向こうは原付。活動範囲は、それこそ峡国市《きょうごく》まるごと全て、どこでもいける。

何の確証もない状態で闇雲に捜し回っても、絶対に見つけられない。

それで、もし、判断を間違えるようなことがあれば——。

詰む。

……まずい。

まずい、まずいまずいまずい——！

「——耕平《こうへい》、耕平！」

パン、と耳元で手を叩《たた》く音が響いて、俺は我に返る。

「う、上野原《うえのはら》……？」

振り返れば、知らぬ間に上野原がそこに現れていた。

「事情は塩崎《しおざき》先輩に聞いた。とにかく焦っても仕方ない。今は可能性のある場所を捜していかないと」

「……そ、そうだな」

いつも通り冷静な上野原の顔を見て、少しだけ平静を取り戻した。

俺は深呼吸を繰り返して、加熱した脳に酸素を送り込む。

「それで、候補は？　こういう時のための〝友達ノート〟でしょ？」

上野原のその言葉で、はっと気づく。

――そうだ！　ヒントはある！

俺は急いでスマホを取り出すと、該当ページを開いた。

「自宅を第1候補として……通常時の先輩の行動パターンだと、峡国平成ナノカドーの流星堂書店、県立美術館、市立図書館、中央商店街、舞鷺城《まいさぎじょう》公園、祖父母の実家……もう少し距離を広げると、旧府城址《じょうし》も候補に入る」

「……地味に東西南北で分散してるな」

ふむ、と上野原は思考ポーズで頷《うなず》く。

「仮に旧府城だとしたら、どうやっても時間的に間に合わない。だから最初からその選択肢は

捨てる。耕平《こうへい》は自宅を最優先にして、それから西に戻りつつ可能性の高い順に総当たりで。西と南、学校の近隣は私と大月《おおつき》さんで回るから、そこで見つかったら速攻で呼び戻す」

「わ、わかった」

「あと、先輩を見つけようとしないで。必ず、駐輪場で原付を探すこと。そっちの方が捜す範囲が少ないし効率的」

てきぱきと的確な指示をよこす上野原《うえのはら》のおかげで、イレギュラーで混乱した頭が落ち着きを取り戻す。

こういう時の上野原は……本当に、頼りになるな。

「耕平のことだし、ナンバーくらい当然覚えてるよね？」

「……当たり前だ。俺をだれだと思ってる」

俺はふつふつと湧いてくる活力を感じながら、努めて強気に答えた。

「ん、ならよし。あと、先輩の立候補用紙、私にちょうだい」

「……？　いや、それだと——」

「私の担当分が空振ったら学校で待機してる。連絡一つで出せるように」

「……！　あっ、そうか、それなら！」

最悪、1分前まで説得に時間が使える……！

俺が立候補用紙を渡すと、上野原は再び「よし」と呟《つぶや》いた。

「じゃあ行動開始。チャリ飛ばすのはいいけど、バテないでね」

上野原のいつも通りの皮肉に、俺はふっと心が軽くなった。

だから俺も、いつものように軽口で返す。

「なんのために俺が毎日ランニングしてると思ってるんだ。そもそも、こうやって人捜しに方々駆けずり回るのはな——ラブコメのド定番《テンプレ》なんだよ」

「その余裕があれば大丈夫。あと事故にも気をつけて」

「そっちもな」

互いに頷《うなず》き合って、俺たちは行動に移った。


諦めない……。

俺は、諦めないからな！

◆

最短ルートでたどり着いた先輩の自宅にはだれもいなかった。

原付どころか車もないし、カーテンも全て閉まっているから、完全に留守だろう。

——第1候補は空振り。

この位置からだと、次は市立図書館だ。

可能性としてはあまり高くないが、順路からそう外れているわけじゃない。それにもうすぐ閉館時間だ。先に潰《つぶ》しておくのがいいだろう。

それから祖父母の実家、商店街、舞鷺城《まいさぎじょう》公園の順か……商店街とお城は候補になる駐輪場《ばしょ》が多いし、道も入り組んでるから時間がかかりそうだ。

加えて、時間経過とともに移動の可能性も高まる。行き違いまで考えたらキリがないが、せめて先輩が移動に使いそうな、広い道路を経路に選ぶことにしよう。まさか方向音痴《おんち》って情報がこんなところで役立つなんてな。

そう決めて、俺は再び自転車を走らせる。

思考はクリアで、最初に抱いていた妙な焦燥感《しょうそうかん》のようなものはない。適度な緊張感と、なんとかこの状況を乗り越えようという熱い意思だけが体を包んでいる。

とにかく、最善を尽くす。今はそれだけだ。

——祖父母の家、商店街と目ぼしい場所を捜し終えた時、時刻は17時を回っていた。

念のため、近くのデパートの有料駐車場も捜してみたが空振りだった。

日もだいぶ傾き始めていて、周囲は徐々に赤く染まりつつある。

『こっちは全滅。今学校に戻ってるところだから、着いたらそのまま待機する』

「了解。こっちはあと舞鷺城だけだ」

『わかった。なら大月《おおつき》さんには今からそっち向かってもらう』

「ん……いや、そうだな。もうその方がいいか」

今から学校に戻っている余裕はない。先輩を見つけ次第、現場で〝イベント〟第2段階を発動して、即応できるようにしよう。

『一旦大月さんと合流する？』

「いや、時間が惜しい、先に俺の方で周辺回っちまう。大月さんは南側の入り口で待機。一番使う可能性の高い場所だし見通しもいいから、先輩が通れば必ず気づく」

『ん、伝えとく』

電話を切って、俺はすぐさま発進する。

舞鷺城公園の敷地は広い。加えて周囲が堀や線路で囲まれていたり、立体交差が入り交じっていたりで、全部の候補地を回ろうとすると想像以上に時間がかかりそうだ。

俺は商店街のアーケードを抜けて、まずお堀近くの第1駐車場を見る——が、はずれ。

続いて、そのまま石垣沿いに北へ向かう——こちらも、はずれ。

踏切の手前を左に曲がって、西へ、そして南へ——。

順々に、道路脇の小さなスペースも含めて、見落としがないように回っていく。

時折、公園の中にも目をやって、夕焼けに染まる白壁の向こうに人影がないか目を凝らす。

——そして。

全ての心当たりを、回り終え。

最後に、南側の入り口へと行き着いた。

「はぁ、はぁ、嘘《うそ》だろ……」

俺は肩で息をしながら、ハンドルにもたれかかる。

——原付は、どこにも見当たらなかった。

まさか……ここにも、いないなんて。

あと近くだと峡国《きようごく》駅の駅ビルか、北口の県立図書館くらいしか思い浮かばない。だがそのいずれも、先輩の利用頻度は低かった。

——やっぱり、ダメなのか。

そんな簡単に、見つかるわけがないのか。

そう思うと、また胸をぎゅっと締めつけられるような感覚が蘇《よみがえ》る。

「——輩、長坂《ながさか》せんぱーい！」

ふと、遠くから俺を呼ぶ声。

顔を上げて見れば、公園の入り口――お堀を越える橋を渡ったその先で、こちらに向けて手を振るセーラー服の女の子が。

――大月《おおつき》さん、か。

そうだ、ここで集合にしたんだった。

俺は自転車から降りて、大月さんの元へ走って近寄る。

「先輩！　わ、大丈夫ですか!?　背中ぐっしょり……！」

「大丈夫、大丈夫……一応水分補給はしてるから」

そう言って、俺は自転車の前かごに入れておいたスポーツドリンクをぐいっと飲み干した。

「あっ、先輩！　これ見てください！」

「ん……？」

そう言うなり、こちらに自分のスマホを見せてくる大月さん。

俺は空になったペットボトルをカゴに放り入れて、その画面に目を凝らす。

「ちょっとあっちの管理事務所の方見てみたんですけど……これ、幸《さち》先輩のですよね？」

原付の写真、ナンバー１５８３――あっ！

「そうか、公園内に入れてたのかっ！」

パン、と額を叩《たた》く。

盲点だった。周辺にしか駐輪場はないと思っていたが、管理事務所の横に少しだけスペースがあったっ！

「まだあった!?」

「あ、はい！　ちょうど今着いたばかりなので！」

いよしっ、なら確実に園内にいるってことだ……！

俺は勢いよく顔を上げて時計を確認する。

今は――17時30分。

くそっ、思ったより時間使っちまってる！　残り30分で園内全部を回れるか……!?

いや、それだけじゃない、説得もしなきゃいけないいんだから、のんびりしてる暇はない！

「どうしますか!?　手分けして――」

「いや、待った！　大月《おおつき》さんは原付の近くで待機してて！　ここまで来た以上、入れ違いになることだけは避けたいから！」

「あ、そっか……！　わかりました、見つけたら足止めしてすぐ連絡します！」

「頼んだ！　こっちも見つけたらすぐ場所連絡するから！」

俺は首を伝う汗を手の甲で拭《ぬぐ》って、自転車を放り出し走り始めた。

◆

園内を駆け回り、先輩らしき人影を捜す。

「はぁっ、はぁっ、なんで、城ってのは、こんな高低差があるんだ……！」

高低差だけじゃない。物陰が多すぎて、見落としなく捜そうとするとやたら労力がかかる。

だがこれで、候補地は残り2か所まで絞れた。

一番てっぺんにある天守台か、それとも人気が少ない謝恩碑か。

だが前者は石垣の復元工事中らしく、アプローチの入り口がカラーコーンで封鎖されていた。その手のルールを守るタイプの先輩が、そこに行くとは考えにくい。

となれば謝恩碑だが、現在位置からだと距離があって行くまでに時間がかかる。

残り時間はもう、10分もない。

もうどちらか一方にしか、行ってる余裕はない。

俺は呼吸を落ち着けながら、必死で脳に酸素を回す。

考えろ、考えろ、考えろ——。

どこだ。先輩なら、どっちに行く。

今の先輩だったら、何を選ぶ。

――考えて、悩んで、迷って。

それで最終的に。

俺が、決めた場所は――。

◆

「やっと、見つけたっ……！」

――舞鷺城《まいさぎじょう》公園の、一番高い場所。

峡国《きょうごく》市が一望できる、立ち入り禁止の天守台。

「な、長坂《ながさか》君……!?」

その一角に、先輩はいた。

「ちくしょう、こういう時だけ、ルールを破りやがって……！」

「な、なんでここが……？」

俺は、ぜーぜー息を荒らげながら、戸惑う先輩を見る。

――結局、俺が信じたのは、自分が集めた情報《データ》だった。

この場所は、日野春《ひのはる》先輩が幼少期に遊んでいた場所だ。

石垣に登ろうとするなんていう、無茶なことをしようとした場所だ。

そう――。

つまり、先輩にとって。

無邪気に毎日を楽しんでいた頃の思い出が残る場所だった。

「はぁー……」

俺は呼吸を整えながら、ポケット中でスマホを操作する。大月《おおつき》さんへの居場所の連絡だ。

だが……たぶんもう、間に合わない。

もう俺自身の言葉だけで、先輩を説得するしかない。

「……先輩」

困惑顔だった先輩は、そこではっと顔を背けると、後ろの柵にもたれかかった。

遥《はる》か遠く、アルプスの山々に沈む夕陽が、先輩の横顔を照らす。

「もうやめましょうよ、そうやって逃げるの」

「……別に、逃げてなんか」

「いつまで自分に嘘《うそ》をつき続けるつもりですか……こんなもの、まで用意しておいて」

言いながら、俺はスマホに先輩の立候補用紙の写真を表示して見せつける。

「──っ。な、なんでそれっ……」

「塩崎《しおざき》先輩が見つけたそうです。ゴミ箱に捨てられてたこれを」

「……」

「やっぱ、やるつもり満々だったんじゃないですか。しかもあえてゴミ箱に捨てるとか、そんなお約束なことまでして……」

「……」

「本当は気づいてほしかったんでしょ？　先輩の本音に」

先輩は顔を伏せて、ぽつりと言う。

「……どのみち、今からじゃ間に合わないよ。もう戻ってる時間なんてないし」

「上野原《うえのはら》が待機してくれてます。メッセージ一つで、これを提出できるように」

「そ、それは選挙違反でしょ……！　無関係な人が、代わりに提出なんてっ」

「推薦人、本人が出すのはルール違反じゃないですから」

「あっ……」

先輩は口元を手で押さえ、きゅっと唇を結んだ。

……先輩が、推薦人欄をブランクのままにしていてくれて助かった。

そこに、上野原の名前が書かれている以上、無効になることはありえないからな。

「あとは先輩が『やる』って言うだけです」

「なんで……そこまでして……どうして……」

「言ったでしょ。先輩の思う最高の学校生活を見せてほしい、って」

「……」

「いや、それよりも」

俺は頭を掻《か》いてから、夕焼けに揺れる先輩の瞳を見つめ直す。

「俺はただ、先輩に——楽しそうに、笑っててほしいんです」

「……っ」

「お祭りの時みたいに、無邪気に笑っててほしいんですよ。だってあの先輩が、一番先輩らしくって、すごく魅力的だったから」

「……う……」

「だから我慢なんてしてほしくない。先輩にとっての一番を諦めてほしくない」

「…………う」

「だから、お願いです。会長になって、俺に理想の先輩を見せてください！」

――そんな、俺の、心からの言葉を聞いて。

日野春《ひのはる》先輩は――。


「――無理。無理だよ……！」


出かかった言葉を、引っ込めて。

悔しげに唇を噛《か》んで――。

自分の〝最高の結末《ハッピーエンド》〟を、諦めた。

「先輩っ！」

「どれだけ言われても、無理なものは無理っ！　ウチが勝手するわけにはいかないの！　みんなが受け入れてくれないウチでいても意味ないの！」

先輩は両手で耳を塞《ふさ》ぎ、首を振って叫ぶ。

「違う、そうじゃない！　まず先輩がどうしたいかが大事なんだ！　その上で自分を受け入れてもらえるように……！」

「そんなわけない！　それがダメだったんだもん！」

くそっ、やっぱり俺が言っても……！

大月《おおつき》さんの言葉じゃなきゃ、彼女が生み出した理想像がなきゃ、先輩に届かない！

「嫌なの！　だって、だって、そんなの――」

先輩はくしゃりと顔を歪《ゆが》めて。

俺に、初めて見せる。

辛そうで、悲しそうで。

ひとりぼっちの、子どもみたいな顔で――。

「そ、そんなの、怖いもん！
私だけ、一人だけ、おままごとみたいに遊んでたって、全然楽しくないんだよぉっ！」

――感情を、爆発させて。
先輩は、俺を振り切って、走りだす。

その走りは危なっかしくて、階段に足を取られそうになりながら、もがくように進んでいく。
追いかけようと思えば、いくらでも追いかけられる。
止めようと思えば、いくらでも止められる。
だが、俺はそうしなかった。

――だって、今の時間は、もう18時。

これで〝生徒会長ヒロイン〟日野春幸《ひのはるさち》が誕生することは――。

完全に、なくなった。

舞台裏

ひとりぼっち?

「——耕平《こうへい》」


はぁ、と。

息を切らせながらたどり着いた、天守台。

日が落ちきって、真っ暗になったその場所に。

耕平が——一人で、ぽつんと残っていた。


「……上野原《うえのはら》か。悪かったな、待機しててもらったのに」

「……それは、別に」

耕平は柵に肘《ひじ》を乗せたまま、振り返ることなく答える。

「大月《おおつき》さんには帰ってもらった。結局、間に合わなかった」

「……そか」

連絡しても何の反応もないから、失敗したんだとは思ってたけど……やっぱり、か。

私は、なかなか落ち着いてくれない心臓を鬱陶《うっとう》しく思いながら、口を開く。

「それで……これからどうするの？」

「……」

耕平は答えない。

「ちょっと」

「……」

ぼんやりと遠くを眺めるその姿に、いつもの覇気はない。

丸まったその背中は、驚くほど縮こまって見える。いつも無駄に自信満々で、胸を張ってふんぞり返ってばかりいる、あの耕平とは似ても似つかなかった。

「まさか……何もしない、ってことはない、でしょ？」

「……」

「耕平ってば……」

「……」

耕平は、やっぱり答えない。

私の呼吸は、浅いまま。

——もし。

次に、口を開いた時の言葉が。

よくないもの、だったとしたら――。

そう思ったら、きゅっ、と胸が締めつけられた気がした。

――こんな時。
耕平《こうへい》の〝共犯者〟の、私は。
耕平の〝幼馴染《おさななじみ》〟の、私は。
どうするのが――一番、なんだろう。

「……」

私は、考える。
考えて、考えて。
ひとりぼっちでうずくまるような、その背中を見て――。

そして、決めた。

「え……？」


そっ、と。

その背中に。

自分の、両手を置く。

「う、上野原《うえのはら》……？」

触れた手のひらに、耕平の体温を感じる。

こうして、直に触れてみると……思ってたより、ずっと頼りない。

「耕平」

「な、なんだ……？」

だから、私は。

こう伝えることにした。


「──手助けが必要なら、後押しくらい、してあげるから」

それが、一番。

どっちの私にもできることだ、と。
そう思ったから。

——。

……。

「——そっか。そうだった」

耕平《こうへい》の声が、手のひらに響く。
「俺は、一人じゃなかった。
そして、今も一人じゃないから……俺でいられるんだ、な」
そして、その言葉が。
じんわりと、手を伝って、体にまで響いた。
「……すまん。いや、ありがとな、上野原《うえのはら》。わざわざ来てくれて」

「ん」

……うん。

もう大丈夫かな。

私は手を離してから耕平の右隣に並び、柵に背中を預ける。

手のひらには、まだ少しだけ、熱が残っていた。

……てか。

よくよく考えたら、汗かいてなかったかな、私。

そもそも、この程度の距離走ったくらいで心拍乱すとか呼吸落ち着かないとか。体力落ちすぎでしょ、もう。

そんな益体《やくたい》もないことを考えていると、耕平が「はぁー」と大きく息を吐いた。

「この程度の失敗で――〝主人公《おれ》〟が、諦めるわけがないいいいんだ」

その言葉は、もうすっかりいつも通り。私の知る大馬鹿野郎のそれだった。

「先輩は、あのままじゃ救われない。周りのことばかり見て自分を蔑《ないがし》ろにしても、いいことなんて何もないいんだから」

「……」

「だから俺は、こんないいい現実を認めないい。現実が、ラブコメ《ハッピーエンド》なんて許さないっていうのなら――」

「ラブコメ《ハッピーエンド》に作り替えてやる、でしょ？」

横からセリフを取ってやると、耕平《こうへい》はふっと鼻を鳴らしてから、その右手をこちらに差し出してきた。

「悪いが、また付き合ってくれるか？　〝共犯者〟？」

「……ま。それが〝共犯者《わたし》〟の役割だし、ね」

そして私は――。

その右手に、自分の右手を、パンと打ちつけた。

派生作　楽しい理想

Who decided that I can't do romantic comedy in reality?

――あの日、舞鷺城《まいさぎじょう》から、逃げ帰って。

それからずっと、ウチは家でだらだらと、憂鬱《ゆううつ》な休日を過ごしていた。


いつもなら土曜は生徒会室に行くところだけど、流石《さすが》にそんな気にはなれなくて。ただ家の中で、ごろごろ動画を見たりゲームをしたり、そんなことばかり。

そうやって遊んでる間はいい。何も考えずに済むから。

でもふとしたタイミングで――『もうウチが峡西《きょうにし》の生徒会長になることはないんだ』って考えが入り込んでくると、どうしようもなくどんよりした気分になる。

そんなことを繰り返して、気づけば日付は変わってて、今日はもうプレリハの日だ。

約束した以上、ちゃんと行かなきゃいけない……けど。

こんなウチが行ったところで、何かの役に立てるんだろうか？

あの頃のウチは、もういない。

もう二度と、ああはなれない。

理想に背を向けたウチが、自分から逃げたウチが、今更、先輩面したって――。

──ピンポーン。


急に響いたチャイムの音で、体がビクリと跳ねた。

び、びっくりした……なんだろう、宅配かな。

両親は今、部活《しごと》でいない。ウチが出なきゃならない。

重い足を引きずりながら、インターホンの前へと向かう。

そのモニタには──。


え？


「……はい？」

『あっ、あの！　突然すいません！　東中の大月美希《おおつきみき》っていいます！』

高くて可愛《かわい》らしい声が、スピーカー越しに響いた。

──ど、どうして？　なんで東中の子が家に来てるの!?

ウチは困惑しながらモニタに目を凝らす。

懐かしい制服に身を包んだその子は、知り合いじゃない。少なくとも、ウチがいた頃の生徒会にはいなかった。

──あれ、でも。

どこかで、会ったことがある気が……？

『その、幸先輩《さち》――でしょうか？』

「あ、う、うん」

『ご、ごめんなさい！　その、急に失礼かとは重々承知の上で……お迎えに参上しました！』

緊張してるのか、表情はカチコチで、その言葉遣いはなんだか変だった。

「あ、そ、そっか。うんその、わざわざ、ありがとう……？」

ウチはウチで混乱が覚めず、似たように変な反応で返してしまう。

『えっと、それで……今日、来ていただけます……よね？』

「あ、ご、ごめんね！　今行くからちょっと待って！」

ウチは焦ってそう答えてから、インターホンをオフにする。

えっと服、服は何着てこう……制服でいいか。あ、でもまだ髪も何もやってないや……。

と、とにかく、外で待たせるのはアレだし、中で待っててもらおう！

そう決めて、私は急いで玄関へと向かう。

がちゃり、とドアノブを回すと――。

「こんにちは、先輩！　現生徒会長の大月美希ですっ！」

「あっ、こんにちは！　ウ……私が、日野春《ひのはる》です！」

ぺこん、と勢いよく頭を下げられて、ウチも釣られてお辞儀する。

ぱっと元気よく顔を上げたその子――大月《おおつき》ちゃんは、ぴょんと先が跳ねたショートヘアにくりっとした目の、小柄な女の子だった。

「初めましてっ！　今日は本当にありがとうございます！」

「あ、こちらこそ、初め――」

……と、そこで。

サイドの髪留めが目に入って、ウチの記憶が繋《つな》がった。

「――ましてじゃ、ないよね？　前に一度、職員室の前で話したことあると思うんだけど」

「えっ？　お、覚えててくれたんですか!?」

ひゃっ、と口元に手を当てて、大月ちゃんが驚く。

でも――。

「髪、短くしたんだね？　前はすごい長かったよね？」

「あ、はい！　正直ずっと邪魔だと思ってたので切りました！」

そのサッパリとした物言いに、思わず「ぷっ」と吹き出してしまう。

なんだか、見てるとこっちまで元気になる子だなぁ。

「そっかそっか。ただ、見てわかると思うけど……ちょっと準備が間に合ってなくて。すぐ着替えるから、中で待っててくれる？」

「い、いえ！　そんな、お構いなく！」

「今だれもいないし、遠慮しなくていいよ」

「で、でもその、お土産《みやげ》とか何も――」

「そんなの気にしない気にしない。ここで迷ってる時間がもったないよー」

「……じゃあお言葉に甘えます！　お邪魔します！」

そう言うなり、ずんずんと玄関の中に進んでくる大月ちゃん。

あはは、本当に思い切りがいいんだから。

大月ちゃんを居間に案内しながら、ウチはふと思う。

ただ昔は……もうちょっと、おどおどした感じ、だったと思うんだけどな。

「……大月ちゃんは、途中から生徒会に入ったんだよね？　なのに会長ってすごいね」

「あ、はい！　私、幸先輩みたいになりたくて、生徒会に入ったんですっ！」

――突然、差し込まれた言葉に、胸がズキンと痛む。

「そう……なんだ」

「はい！　それで、今は音楽祭をもっと楽しいものにしたい、って思ってて！　できることは何でもやろう、って動いてます！」

「……そっか」

その真っ直ぐな視線に耐えられなくて、ウチはつい目を逸《そ》らしてしまった。

――ウチになんて、憧れちゃダメだ。

いつかのウチなんて目指しても、最後はみんなから疎《うと》まれてひとりぼっちになる、そんな辛い未来しか待ってない。

なら、そうならないうちに、私が——。

「先輩には本当に感謝してるんです！　あの時お話しできなくて、私がずっと我慢したままだったら、絶対こうはならなかったと思うので！」

「……我慢？」

「あ、実は私、空気読まなきゃなー、って自重してた時期があったんです。でも先輩みたいになろうって思って、それをやめてからうまくいくようになったので！」

「……え？」

空気を読まないようにして、うまくいった……？

「じゃあここでお待ちしてますね！　まだ時間ありますから、ごゆっくり！」

「あ、う、うん……」

ウチはその勢いに押されて、リビングを後にする。

半分ぼんやりとした頭で、考える。


——あの子は。

昔のウチみたいになった後で、成功したってこと……？

第五章

生徒会が生徒会だとだれが決めた？

Who decided that I can't do romantic comedy in reality?

『てすてーす、マイクてーす』

峡国《きょうごく》東中学校の体育館に、マイクの音が響く。

俺は入り口の近くに並べられたパイプ椅子に座り、大きく欠伸《あくび》をした。

しかし、今日はそんなに暑くなくて助かったな。四方のドアさえ開いてれば耐えられる程度の熱気で、少なくとも座っていて汗だくになるような気温じゃない。

時折通り抜ける風を心地よく感じながら、前を見やる。

今日のプレリハは、既存の照明機器や音響設備がどの程度のステージパフォーマンスに耐えられるのか、その上で他に必要な機材はないかの確認がメインだ。なので舞台の装飾などはなく、ただ演台がどかされているだけの状態だった。

ステージの上では、生徒会メンバーと思《おぼ》しき面々があっちへこっちへ、ケーブルやらアンプやらを持って忙しそうに動き回っている。

体育館の端のところには、生徒会とは関係のなさそうな女子生徒たちが何人かグループで固まってきゃいきゃいとしていた。ライブハウスで見たような顔もいるから、恐らく大月《おおつき》さんの友達だろうな。今日の噂《うわさ》を聞きつけて野次馬しに来たのかもしれない。

ちなみに今日の責任者である大月《おおつき》さんは、まだこの場にはいなかった。

「先輩、よければこれどうぞ」

「……あ、わざわざありがとう」

と、生徒会の1年生らしき男の子が、紙コップに入れたお茶を持ってきてくれた。

しっかりしてるなぁ。俺とか話の流れ上参加させてもらってるようなものだし、今から役立てるようなこともないと思うんだけどな……。

そんなことを思いつつ喉《のど》を潤していると、その子はなんだかソワソワした様子で、隣に座っていた上野原《うえのはら》にもコップを渡す。

「あ、あの、上野原先輩も……どうぞ！」

「ん、ありがとうね」

にこっ、と満点の営業スマイルを返す上野原。その子は「ズキュゥウン！」という効果音の似合いそうな顔をしてから会釈すると、走り去っていった。

あーなるほどねー、なんかさっきからよこされる男子勢の視線はそれかー。まぁ中学生からしたら上野原とか美人のお姉さんだもんな。落ち着いてるし、めっちゃ大人っぽく見えてるんだろう。

でもよーく見てみよう青少年諸君。どこか一つだけ中学生以下の部（ここから先の記録は途絶えている）。

「ふぁ……」

アホなことを考えていたらもう一度欠伸《あくび》が出た。あれだな、徹夜明けで脳味噌が深夜テンションだな……。

と、そんな俺を横目で見ていた上野原が口を開く。ちなみに今日は休日だが、よその学校に入るということもあってフォーマルに制服姿だ。

「そっちは結局朝までやってたの？」

「あぁ、ギリギリまでな」

「1回も合わせてないけど、それは大丈夫？」

「ぶっつけ本番でいくってさ。むしろそっちは？　完全に素人《しろうと》だろ？」

「まぁこっちの方はそこまで労力かかるわけでもないし。フリータイムは使い切ったけど」

「……マジか」

出たよ、上野原コーチ。特訓になると厳しいんだよな……。

「あと調査頼まれてた規約の件、前提条件はクリアできると思う。問題はその後、だけど」

「ん、そうか……まぁ理論上いけるならひとまずＯＫだ。後のことはその時また考えよう」

そんなこんな、お互いの進捗《しんちょく》を報告し終わったところで、上野原がおもむろに立ち上がった。

「さ、そろそろ時間だし、私は音響の方手伝ってくる」

「え？　ここで見ないのか？」

「私なんて耕平《こうへい》以上に部外者じゃん。せめて何か手伝わないと」

相変わらず律儀《りちぎ》だな……。

上野原《うえのはら》は空になった紙コップを持って先ほどの男子のところへ行き、もう一度「ズキュウウン！」させてから舞台横の音響スペースに入っていってしまった。

まぁ、上野原の力はもう十分に借りたし、あとは俺の方できっちり決着をつけようか。

「──みんな、遅くなってごめーん！」

──と、お出ましか。

俺は出入り口の方へと振り返る。

そこには、息を荒らげながらやってきた大月《おおつき》さんと。

そして、本日のメインターゲット──日野春《ひのはる》先輩が、ともに立っていた。

──前提条件クリア。

同時に、現時刻を以って〝日野春幸《さち》説得イベント・レボリューション〟を開始。

使われることなく終わったはずの『第2の鍵《かぎ》』──。

それを今から、当初の予定よりも遥かに洗練された形で、叩《たた》きつけてやろう。

◆

「美希《みき》、遅いよ！」「そうだぞ、サボりやがってー」「もう準備終わっちゃったしー」

「ごめんごめん！　ちゃんと差し入れ買ってきたから！」

大月さんはパンと胸の前で手を合わせ、両腕にぶら下げた大きなビニール袋をガサガサと揺らしながら生徒会メンバーの元へと駆け寄っていく。

途中、俺の方を一瞥《いちべつ》してペコペコと二度頭を下げてきたので、片手を上げてそれに応えた。

コマンド〝万事滞りなく〟――と。今回のＭＶＰは間違いなく大月さんだなぁ。

俺は満足げに頷《うなず》いてから日野春先輩の方を見る。その目線に気づいた先輩は、ぎょっと体を強張《こわば》らせた。

……早々に失礼な反応だな。

「こんにちは、先輩」

「ど、どうして、長坂《ながさか》君がいるの……？　今日は私だけ、って話じゃ……」

「俺が内緒にしといて、ってお願いしたんです。先輩、俺がいたら来ないかもしれないし」

先輩は気まずげに顔を背けながら、自分を抱くように片腕を掴《つか》んだ。

──大月《おおつき》さんには、日野春《ひのはる》先輩のお迎え役をお願いしていた。

後輩に家まで迎えに来られたら絶対に断れないだろうという目論見もあったが、一番の理由は、大月さんがどんな子なのか、予《あらかじ》め知っておいてもらうためだった。

なんせ、俺でさえ初対面で気づくほど先輩に影響を受けている子だ。直に接すれば、彼女《かのじょ》がどれだけかつての自分と近しい存在か、否が応でも理解してもらえるだろう。

そして大月さんには、いずれかのタイミングで、昔の先輩のようになったことで成功したという〝伏線〟を仕込むよう頼んでおいた。

それがこれからの〝イベント〟の効果を最大化するのに一番大事だからな。


──とか考えているうちに、先輩が遠く離れた場所に陣取ろうとしているのが目に入った。

「ああもう、なんでわざわざそんなとこへ。せっかく椅子まで用意してくれてるのに」

「別に、横並びじゃなくたって……」

「いけないの。俺たち付き合ってることになってるんだから」

「…………？」

先輩は言ってることが理解できない、という顔で小首を傾《かし》げている。

そのもっともな反応をあえて無視して、隣のパイプ椅子をぽんぽんと叩《たた》く。

「ほら、喧嘩《けんか》してるみたいに見えちゃうじゃないですか。変な気を使わせないように大人しく横座ってください」

「……え、ちょっとごめん。全然意味わかんない」

「文句はあそこのイ、ケ、メ、ンに言ってくださいよ」

そう言って親指を立て、ステージ横、カーテンの裏手側をくいっと指差す。

――そう、そこでは。

本日の〝メインキャラ〟の一人である鳥沢《とりさわ》が、ギターを片手にアンプの調整をしていた。

「え、なんで……鳥沢君《かれ》までいるの？」

先輩は戸惑いの色をさらに強めて呟《つぶや》く。

「だって、関係者の一人ですし。当たり前でしょ？」

「……そっか。招待するOBって、彼のことだったんだ……」

なんだ、大月さん、それも内緒にしてたのか。サプライズ効果を高めたかったのかな……だとしたら正しくエンターテイナーだなぁ。

『あー、あー。テステス』

と、そこで大月さんの声がスピーカー越しに響く。

見れば、ステージの上に登った大月さんが、ワイヤレスマイクを手にこちらを見ていた。

『後ろの先輩方、音量大丈夫ですかー？』

「おっけー！」

俺は大声で答えると、頭上で大きく丸の字を描く。

大月《おおつき》さんは『ありがとうございます！』と答えると、こほんと一度咳払《せきばら》いをした。

そして――。


『よし、じゃあ――生徒会！　全員整列！』


――ピシャン、と語気の強い指示が飛んだ。

直後、ばたばたと生徒会の面々が壇上に集まり、一列に並ぶ。その動きはかなり機敏で、よく統率されているように見えた。

『今日は先輩方の、貴重なお時間を頂戴してご指導いただきます。決して無駄にしないように全力を尽くしましょう。一同、礼！』

「「「よろしくお願いしまーす!!」」」

体育会系ばりに整った挨拶《あいさつ》と、きっちり90度のお辞儀に、俺は思わずひゅーと口を鳴らす。

――いや、本当にすごいな。大月さんがいかに他のメンバーから信頼されているかってのがよくわかる。

彼女自身のカリスマゆえか、それとも元々そういう素地のある組織だったからか。

たぶん両方……かな？

「……すごいな、大月ちゃん。私の時より、ずっとちゃんとしてる」

ぽつり、と先輩が呟《つぶや》いた。

そして先輩はこくんと一人頷《うなず》いてから、俺の横に腰を下ろした。

「うん、今は余計なこと考えない。全力でサポートしよう」

「……ええ。もちろんです」

そう言って前を向く日野春《ひのはる》先輩の顔は、久しぶりに溌剌《はつらつ》として見えた。

『それじゃあ早速、機材チェック始めさせてもらいますね！　まずはメインスピーカーからやりまーす』

──かくして、プレリハが開始された。

◆

がやがやと騒がしい体育館に、マイク越しの男子生徒の声が響く。

『次、サイドの照明、どうですかー？』

「待って、光量が足りてない。これじゃステージ全体を使うパフォーマンスの時に端まで見えないよ。予備のスポットライトが体育倉庫にあったと思うけど、持ってきてる？」

『あ、いえ、知りませんでした！』

「そ、ならそれ持ってきて設置した方がいいね。重いから男の子二人で行った方がいいよ。段差上る時気をつけて」

『了解です！』

『音はどうですかー？』

と、今度は別の方向から女子生徒の声。

「ちょっと割れて聞こえるかな……バランス調整は？　ちゃんとできてる？」

『やってるんですけど、これが限界みたいで……』

「んー、やっぱスピーカーの出力が足りてないなぁ……せめてウーファーだけでも追加した方がいいかも。商店街でレンタル機材取り扱ってるお店知ってるから、連絡先教えるよ。私の名前出せばサービスしてくれるから」

『は、はい！　めっちゃ助かります、ありがとうございます！』

……やっぱり、先輩も大概すごいよなぁ。

アドバイスの的確さもさることながら、積み重ねてきた経験《ノウハウ》と商店街の人脈《コネ》が強い。この手のイベント設営に関しちゃ、右に出る者はいないだろうな。

ただ、あくまでサポートという姿勢は崩さず、聞かれるまで自分から何かを提案したりということはなかった。

単に部外者という立場を考えてのことなのか、我慢しているだけなのかは読み取れない。

そんなこんなで、順調にプレリハは進んでいき――。


『――それじゃ、次で最後になります！』


手に持った工程表に目を落としながら、大月《おおつき》さんが告げた。

なんだかんだ、俺もちょこちょこコメントさせてもらった。どうやったらドラマティックになるかとか、その手の演出面は俺の知識《ラブコメ》が使えそうだったからな。

気づけば時刻は16時を回っていて、窓から差し込む光は大分赤みが強くなってきている。

『最後は、実際の演奏を通しでやってみたいと思います。先輩方には、それを聞いた所感を頂けたら嬉しいです』

日野春《ひのはる》先輩は黙ってこくんと頷《うなず》き、俺も頭上でマルを作って返した。

『それと、みんなに一つ伝えておきたいことがあるの』

――と、そこで。

大月さんが、東中の面々へと話を向けた。

『これは他の生徒には内緒にしておいてほしいんだけど――本番の、ＯＢの先輩たちの演奏の後、アンコール用の曲をサプライズで用意しようと思ってます』

ざわ、と周囲が俄《にわ》かに騒がしくなる。

『その練習を、今からやっちゃおうかなって。本番のリハーサルだとみんなにバレちゃうし、先にやっておきたくて』

その言葉で「おおっ」と歓声が上がった。

へぇー、そう活用することにしたのか、うまい理屈づけだな。てかあの子、絶対にラブコメの才能あるぞ。ぜひ来年は峡西《きょうにし》に来てほしい、そしたらばっちりラブコメ適性出しちゃうから。

『じゃーいったん幕閉めて、ついでに照明も点けてみよっか！　細かいことは気にしないでいいから、なんかそれっぽい感じでよろしくね！　窓のカーテンも閉めて閉めてー！』

ざわざわ、と周囲がここ一番の盛り上がりを見せる。

舞台上では、演奏を担当する鳥沢《とりさわ》が無言でギターを取り出し、スタンドマイクの前で演奏の体勢を整える。それ以外の面々は横に退き、ステージは鳥沢の独壇場になった。

「え、え、マジで？　鳥沢先輩の生演奏⁉」「めっちゃラッキーじゃんこれ！」「あーもう、美《み》希《き》ホント感謝！」

ステージ前ではギャラリーちゃんたちがキャーキャー興奮した様子。

シャッ、シャッという音とともに黒い遮光カーテンが閉められ、次第に室内が薄暗くなっていく。最後に電動幕が両側からスライドし、しばらくしてステージを覆い尽くした。

「すごいすごい、それ絶対盛り上がる……！」

と、隣の日野春《ひのはる》先輩がそんな声を漏らしている。

その表情はワクワクと楽しげで、興奮した気持ちを隠せていなかった。

――さて、と。

「いよいよですね。この曲、先輩には、是非聞いてほしかったんですよ」

「え……？」

「現国得意でしょ？　ちゃんと歌詞の意味考えながら聞いてくださいね」

困惑げな顔をこちらに向ける先輩に、俺はニッと笑って言った。

「だって、今から始まる曲――先輩のために作ったオリジナル曲、なんですからね？」

「……っ!?」

そして周囲は闇に包まれた。

――ステージの、幕が上がり。

カッ、と一斉に点灯した、スポットライトの光は。

ギターを持つ鳥沢と――。

マイクを持った大月さんに向けられていた。

『――曲名【Stick To Your Guns】』

その意味は――『自分を曲げるな』だ。

◆

「――って感じの流れ《シナリオ》で説得しようと思うんだ。だからすまん、手伝い頼めるか？」

『……』

時は遡《さかのぼ》り、一昨日のこと。

舞鷺城《まいさぎじょう》で上野原《うえのはら》と別れた後、俺は即座に鳥沢《とりさわ》に電話をかけた。

『お前、自分が何言ってるかわかってんのか？』

鳥沢の声が微妙に反響して聞こえる。練習スタジオにでもいるのかもしれない。

「無茶振りなのは重々承知してるよ。でもやってくれ」

『――』

「何かあれば協力してくれるって話だろ？」

鳥沢はしばらく沈黙して、それから静かに口を開いた。

『それで、明日までに作詞込みで新曲書き下ろして。しかも、それを素人に歌わせろってか？』

──ああ、その通り。

明後日《あさって》のプレリハまでに〝説得イベント〟用のオリジナル曲を作れ、と。

俺は鳥沢に、そんな無理難題を押し付けているのだ。


『お前、作曲にかかる手間わかってんのか？』

「悪い、何もわからん。完全な素人《しろうと》だ」

『つーか、俺の予定はどうなるんだよ。明日バンド練入ってんだが』

「それは、ごめん。なんとかして」

『──』

「え、まさかできない？　鳥沢が？　嘘《うそ》？」

そして、俺は。

いろんなものを盛大に棚上げして──。

「何かやるなら派手に頼む、って言ったよな？　だからそうしようって提案なのに――まさか、この程度の無茶振りについてこれないのか？」

これでもかってくらい、煽《あお》ってみせた。

『――』

当然、内心はドキドキである。

俺はハァハァ荒くなる呼吸を悟られないように、微妙に口元をマイクから遠ざけながら、鳥《とり》沢《さわ》の答えを待つ。

『――ハッ』

鳥沢は――。

『くっ、ははっ、ハハハッ』

心底――。

楽しそうに、笑って。

『余裕に決まってんだろ』

そう、短く断言した。

——ああ、そう言ってくれると思ってた。
流石《さすが》は俺の〝計画〟——屈指の〝有能イケメンキャラ〟だ！
せめてもの誠意で、俺はその場で深々と頭を下げて礼を言った。
「マジで恩に着る！　パートはギターソロでいいから！」
『はぁ？　おいおい、何寝ぼけてんだよ』
ハァー、と鳥沢が、わかりやすく呆《あき》れた感のあるため息を漏らすのが聞こえた。
——ンン？
なんか、ニヤニヤ楽しそうに笑ってる鳥沢サンの顔を幻視したぞ？
『やるからにゃ、全部のパート作るに決まってんだろうが。
……当然、打ち込みは手伝うんだよな、リーダー？』
……アハ、アハハハ。
やっぱり今回もサヨナラなんだなー、俺の睡眠時間……。

◆

――演奏が、始まった。

いつもバンドで演奏している本格的なロックとは打って変わり、雄大な広がりと、どことなく物悲しさを感じさせる、バラードの曲調。

そして鳥沢《とりさわ》は、先ほどまで使っていたエレキギターではなく、アコースティックギターを手に、そのイントロを彩っている。

「――♪」

そこに大月《おおつき》さんの、高く、よく通る声が乗った。

ギターが紡《つむ》ぎだす世界観の中に、朗々と響き渡るメロディ。

音程には寸分のズレも感じられず、歌詞も一言一句違《たが》うことなく歌い上げられている。

――昨日の今日で、よくここまで仕上げたな。

上野原《うえのはら》コーチの指導が鬼だったたってのもあるんだろうが、それでも本人のやる気がなければここまでにはならないだろう。

他にやることもあったろうに、こんな突然の提案を「やります！　企画的にもめっちゃ盛り上がるはずなんで、反対する理由ないです！」と快諾してくれた大月さんには、本当に感謝の言葉もない。

——曲の1番が終わり、間奏に入る。

それにしても……大月さんの声が、曲調にすごく合っている。

全体的に硬派でずっしりとした曲だ。大月さんの声質は可愛《かわい》い系の高音だから、それがミスマッチになるんじゃないか、と心配に思っていたけど——。

これが、面白いほどしっくりとハマる。

これは単に、演奏がプロ級とか歌が上手いとか、それだけのことではないだろう。

——やっぱり、曲と詞。

それが、大月さんの過去エピソードを表現したものだからに違いなかった。

——【Stick To Your Guns】

そう、それはつまり——。

自分を曲げないことを選んだ、大月さんがたどった道筋であり。

自分を曲げないことを選んだ、日野春幸の未来を指し示すものである。

◆

「ちなみにさ。言いにくいことかもしれないけど――」

――最初に大月《おおつき》さんと会った、あの日のファミレスで。

「自分の思うように振る舞った結果……周りのみんなは、ど、どうなった、か、い、?」

俺は、自分を貫いた日野春《ひのはる》先輩に待ち受けるであろう、その未来の姿を。

先人に尋ねていた。

大月さんは「あはは」と笑って、気まずげに頬《ほお》を掻《か》く。

「それは、やっぱり、引かれちゃいました。『またチョーシに乗り始めた』とか、悪口言われたりとかもしたなー」

……そう、か。

やっぱり、その道の先には――。

「だから――」

俺が落胆しかけた、その時。

大月さんは——。

「それでもみんなにわかってほしかったから。だから、わかるまでやり続けてやりました！」

——胸を張って。

己のとった、最善の選択肢を、誇ってみせた。

「それはもう毎日毎日延々と！　何を言われても、何をされても全部跳ね返して、ただ『私はこれが一番楽しいと思う』ってことを、とにかく色んな方法で伝えようとして」

その言葉に、俺はハッとする。

「それで、諦めないでやり続けたら——それをわかってくれる子が、出てきたんです。『なんかもう一周回ってすごい』とか言ってくれて」

そうだ……一緒にライブに来ていた、あの子たちを思い出せ。

あの子たちは、みんな、大月さんのノリを受け入れていたじゃないか。

大月さんは、孤立なんて、してないじゃないか！

「それがどんどん増えてって——最後には、ずっと私をいじめてた子とも、ちゃんとホントの友達になれたんです」

この前のライブにいた子ですよ、と大月《おおつき》さんは笑う。

——あぁ。

大月さんは、なんて強いんだ。

「だから私、今とっても充実してます！　これでよかったんだ、って素直に思ってます！」

パッと顔を輝かせる、その姿を見て——。

この子の言葉なら、先輩に届くかもしれない、と。

俺は、そう直感したんだ。

◆

——そして、演奏が終わる。

その残響だけを体の内側に残して、シン、と体育館が静まり返った。

『……えっと。どう、かな？』

ステージの上で、様子を窺《うかが》うように呟《つぶや》く大月さん。

直後。

「——すっ、すっごいじゃん、大月!!」

ステージ前から発せられた、その声を皮切りに。

体育館中に、歓声と拍手が響き渡った。

「え、え、何それ、いつの間にそんなの練習してたの!?」「すごーっ！　てかやば、なんか泣けてきたんだけど」「絶対それ盛り上がる！　最高にテンションあがる！」「てか鳥沢《とりさわ》先輩とセッションとかうらやましーぞこのー！」

周りのみんなは、口々にそんなことを言いながら大月さんに駆け寄った。

殺到する大衆を横目に見た鳥沢は、やれやれといった顔で肩を竦《すく》め、欠伸《あくび》を一つしてからギターの片付けを始めた。

俺は拍手のしすぎでジンジンする手をパッパッと振ってから、横で言葉を失っている先輩に語りかける。

「その感じだと、曲の意味は伝わったと思いますけど……」

「……」

「あの光景がね。かつての日野春幸のやり方で行き着ける理想像ですよ」

――俺の目線の先には、みんなにもみくちゃにされる大月さんの姿《しゆやく》。

たくさんの人に囲まれ、だれもが笑顔で。

みんないみんな楽しそうな、その光景――。

つまりは、日野春《ひのはる》先輩にとっての一番の理想像、だ。


先輩は口元を手で覆い、目を細めてその光景を見据えている。

「ちなみに……今、大月《おおつき》さんの頭を撫《な》でてる子。昔、彼女をハブにしていじめてた子、らしいですよ？」

「……っあ」

「あの光景は、最初から大月さんに与えられていたものじゃない。大月さんの努力によって、後から作り上げたものです」

俺は続ける。

「大月さんは、みんなから受け入れてもらえる自分になって、あそこにいるんじゃない。思うままの自分を、みんなに受け入れてもらえるように頑張って、あれを手に入れたんです」


――と、そこで。

みんなの輪から抜け出た大月さんが、髪と制服をぐっしゃにした状態で、大きく手を振り。

『——幸《さち》せんぱーい！　どうでしたかー!?』

——心底、楽しそうで、幸せそうな。

満面の笑みを、先輩に向けた。

——これが『第2の鍵《かぎ》』。

当初の想定とは全く違う形にはなってしまったものの、結果的に最高に仕上がった——。

先輩にとって、一番の選択肢、だ。

「……っ！」

それを目の当たりにした、日野春先輩は——。

その目を見開いて、ゆらりと揺らめかせて。

弾かれたように振り返り、外に向かって走りだした。

「先輩っ！」

——ちっ！

今回は、逃がさねーからな！

俺は椅子から立ち上がり、先輩の後を追う。

体育館の暗がりから外に出て、不意に飛び込んできた夕陽に目が眩《くら》む。

——どこだ⁉

俺は太陽に手をかざしながら周囲を窺《うかが》い、校庭を横切っている先輩の後ろ姿を見つけた。

即座にその後を追って、校庭へ飛び出す。

先行する先輩の走りは遅い。

どんどん距離が縮まっていき、先輩の姿がみるみる大きくなっていく。

そして——。

「——先輩！」

校庭の端。

バックネットにたどり着いたところで、先輩の肩を捕まえた。

「はぁ、はぁ……！」

先輩は息を荒らげ、掴《つか》んだ肩が呼吸とともに上下している。

これ以上逃げるつもりはないのか、抵抗する様子はなかった。

「……先輩」

「はぁ……はぁ……」

「いい加減、わかってくださいよ。あれが、先輩がやるべきことなんです」

「……」

「大月《おおつき》さんも、塩崎《しおざき》先輩も。もちろん俺も……みんな先輩に、自分らしくいてほしいって思ってるんですよ」

「……」

「それで〝最高の結末〟を掴み取ってほしいって、そう願ってるんです」

「……」

――はぁ、やれやれ。

いい加減、紳士的な対応にも疲れてきたな。

「ていうか、そもそもですね。先輩――いや、日野春《ひのはる》」

今の先輩を、先輩と敬う必要はない。

「日野春は、そもそも何を勘違いしてるんだ？」

そう、今は同じ――。

ただひたすら、自分の理想を貫くことしかできない〝同輩〟として。

俺の言葉を、伝えよう。

——そして、俺は息を吸って。

「そもそも、あんたは——。
他人のことなんて考えられるタイプじゃねーだろーが!!」

——校庭中に響くような大声で。

盛大に、罵倒《ばとう》してやった。

「……なっ」

振り返る日野春《ひのはる》の顔は困惑げだ。

ふん、俺がいつまでもリスペクトしてるだけだと思うな、このチキンめ。

「なーにが、みんなが求めてないー、だ。みんなの理想の私ー、だ。笑かすな」

「なっ、えっ……?」

「あんたはさぁ。そもそも最初《はな》っから、他人《ひと》のことなんて見てなかっただろうが。単に自分が

面白おかしく遊んで、それを他人《ひと》に認めて受け入れてもらいたいだけのワガママなクソガキだろうが！」

「な、そっ、そんな言い方はぁ……！」

不快げに眉根《まゆね》を寄せて、口をへの字に歪《ゆが》める日野春。

「気に入らなけりゃ論破する！　話を聞かなきゃ押し通す！　そういう身勝手を振りかざして、嫌がる他人でも気にせず巻き込んでくのがあんただ！」

「いい加減にっ……！」

日野春がぎゅっと拳《こぶし》を握る。

「そんで無理やりに！　拒否られようが疎《うと》まれようが強引に引っ張りまわして！　それなのに最後には、他人を最高に楽しくさせちまうのがあんたのやり方じゃないのかっ！」

「っ……！」

そして、握った拳を持ち上げる寸前で止めて、日野春は目を見開いた。

「あんたはどこまでいっても自分の理想が第一だ。だったら、その理想一本でぶん殴れ。防御も回避もしなくていい。ひたすら自分の理想を叩《たた》きつけて、躱《かわ》されようが守られようが無視して殴りまくれ。それが日野春幸《さち》にとっての必勝法だ」

俺はぐっと拳を握って前に突き出した。

日野春は瞳を揺らしながら、行き場のない手を震わせながら、苦しげに呟《つぶや》く。

「でもっ……でもっ……！」

「それでもやっぱり、他人の反撃が痛いっていうんなら――」

――だから、俺は。

一歩、前に進み出て。

「防御を、ヒトに任せちまえ」

そして、その手を。

両手で、包むように、握る。

「……え、あ……？」

――これが『第3の鍵』。

自分一人じゃ、自分を貫《りそう》けない。

そんな弱虫を助ける、最後の鍵《かぎ》。

かつて失敗した俺が。

今も失敗ばかりしている俺が。

こうして〝主人公《じぶん》〟を貫けている、その最大の理由は――。


「俺が、か、か、日野春を、か、助ける、か、か」

――その背を押してくれる〝味方《ヒト》〟が、いるからだった。


伏せた顔を上げて、俺の目を見る日野春《ひのはる》。

夕焼けに燻《くす》んでしまった空色の瞳を、俺はまっすぐに見返した。

「あんたの隙は俺が埋める。時には身代わりにだってなるし、傷ついたら回復もしてやる。それなら怖くないだろ？」

「あ……う……」

そして俺は、限界まで息を吸いこんで吸い込んで――。

「だから頑張れ！　頑張って、あんたにしか描けない、最高に楽しい未来を勝ち取れ！　己を貫け、理想を求めろ！　日野春幸《ひのはるさち》ぃぃぃ――――――――――――!!」

傾く夕陽に向け、叫ぶ。

肺の中に残った、全ての空気を絞り出して、叫ぶ。

――遠くの空にまで、声がたどり着いた頃。

夏の夕風が、残った熱をサッとさらっていった時。

日野春は――。

「――そんなこと、生まれて、初めて、言われたなぁ……」

ぽろり、と。一粒。

乾いたグラウンドを、湿らせて。

「ウチ、ウチも…………それがいいっ…………！」

ついに、その心を、動かした。

——あぁ。

本当に、やっとだな。

その言葉を……俺は、ずっと聞きたかったんだ。

日野春はぐいっとその手で目元を拭《ぬぐ》ってから、再びその顔を曇らせた。

「でも、もう、遅いよ……！　もう、立候補なんてできないんだから……っ！」

視線を落として呟《つぶや》く日野春に、俺は呆《あき》れたようにため息をついた。

「はぁー、ホントわかってないな」

「な、なにがだよぉ……」

むうぅ、と口をへの字に曲げて唸《うな》る日野春に向けて、俺はハッキリと告げる。

「前も言っただろ。生徒会じゃなきゃダメとか、そもそも世界がちっこいんだよ。もっと視野を広く持て」

「で、でもっ……それ以外に、私がやりたいことできる場所なんて——」

「ある」

俺は即答した。

「目的を履き違えるな。あんたにとって、生徒会は手段だろ。あんたが本当にやりたいことは、別に生徒会長でなくたってできる」

――ラブコメは全てを解決する。

「生徒会がダメなんだったらな――もう一つ、生徒会を作っちまえ！」

そうとも、俺の〝計画〟は。

無いものを創る時にこそ、その真価を発揮するのだ。

◆

「――同好会の設立、ですかぁ？」

深く皺《しわ》の刻まれた顔をさらに険しくして、こちらを見上げるのは、生徒会顧問――1年4組《うち》の担任でもあるトシキョーこと、十島京子《とおしまきょうこ》先生だ。

「はい。活動目的は『一般生徒の観点から見た生徒会活動の評価検討、数値的根拠に基づく活

動監査、改善要求、および政策提言を行うこと』です。詳しくはお手元の資料をどうぞ」

俺の補足説明を受けて、トシキョーはギリィと眉根《まゆね》を寄せ、やたらと目力のある眼光をこちらによこした。

こ、こわっ。これあれだ、不真面目な生徒を怒鳴る直前の顔だ……！

「委員長。それから――」

続けて、俺の横に目をやって。

「――日野春《ひのはる》。あなた、いったいどういうつもりですかぁ？」

堂々とそこに立つ日野春先輩に、その矛先を向けた。

◆

――時は遡《さかのぼ》り、前日の放課後。

集合場所として指定した学食の一角に、俺と先輩はいた。

学食の飲食物提供は昼休み限定だが、それ以外の時間も生徒が自由に使えるフリースペースとして開放されている。

似たようなスペースは図書室にもあるが、あちらは私語禁止だ。なので勉強目的の人は図書館、おしゃべり目的の人は学食という風に棲み分けがなされていた。

俺は遠くの喧騒《けんそう》を聞きながら、必要書類を入れたファイルを取り出して先輩の横に立つ。

「――さて、じゃあ早速ですが。こちらにサインをよろしくお願いします」

と、慇懃《いんぎん》な調子で、ある用紙をぺらりとテーブルに置いた。塩崎《しおざき》先輩に頼んで事前に用意してもらったものである。

「……え、っと。これは?」

目の前の用紙を見た先輩はしばらく沈黙し、それから頭の上に「?」を浮かべながら俺を見上げる。

「見ればわかるでしょ。同、好、会、設、立、申、請、書ですよ」

用紙のタイトルにそのまんま書いてあるじゃないか。

「その代表者のところに直筆でサインお願いします。あ、判子持ってきました?」

「う、うん……?」

「じゃあはいこれ、朱肉ね。あ、一緒に提出する会員名簿の方は、こちらで予《あらかじ》め名前を入れさせてもらいました。そっちは単なるリストみたいなんで自筆じゃなくてもいいって」

「ううん……?」

「んでこれが俺の分の入会申請書。そんでこっちの書類が年間活動計画の記入書類で――」

「ちょ、ちょっと待って！」

スラスラと話す俺の目の前に、パッと開いた手のひらが掲げられた。

「あの、ごめん。ちょっと本気で意味がわかんない……」

その顔は混乱１００％って感じで、目は完全に点になっている。

物わかりの悪い人だなぁ、もう。

俺はやれやれとため息をついてから、仕方なく説明する。

「昨日言ったじゃないですか。なければ作ればいい、って」

「……？」

先輩が首を傾《かし》げる。

俺はニッと笑って、高らかに宣言する。

「だから作りましょう。

既存の生徒会に代わる、新たなる生徒代表自治組織――『第二生徒会』をね！」

――ラブコメ１００の王道《テンプレ》。

あるある〝舞台設定〟、其《そ》が一。

――曰く、存在があやふやである。

活動内容が『友達を作る』だの『奉仕活動をする』だの『世界を大いに盛り上げるためのなんちゃらかんちゃら』だの著しくフワッとしているのに、なぜかその存在を許され部室まで与えられてしまう、謎多き組織。

――曰く、その力は強大である。

時に学校行事に介入し、時に生徒会を裏からコントロールし、謎のバックボーンと謎の発言力によって外から学校を変革できるほどの力を持つ。

――そう。

よくよく考えれば無理があるけど、存在するだけで何かと便利なご都合主義的舞台設定《リーサルウェポン》――。

読者《ひと》はそれを、こう呼んだ。

――〝謎部活〟と。

「要はあれです。生徒会やりたいんだったら、生徒会っぽいことするのを目的にした組織を新しく作っちゃえばいいじゃない、ってこと。それなら校則的にも問題ないですよね？」

学校に生徒会は一つだけ、なんてだれが決めた？

既存の生徒会がダメなんだったら、新しく創るだけのこと。とてもシンプルな話だろう。

「…………ま、待って。ちょっと待って！」

やっと回路が繋《つな》がったのか、先輩は未だ混乱を色濃く残しながらも口を開く。

「同好会……？　同好会なんて部活設立前の準備段階って扱いで、何の権限もないよ……？」

「まぁそうですね。ただ、たとえ部室ナシ予算ナシの形式的な団体でも『公認』に変わりはないですから。非公認よりも公認の方が色々動きやすい、ってのはわかるでしょ？」

「そ、それはそうだけど……」

「いずれ正式な部への昇格を目指す、っていうならハードルは高いですけど……別にそこまでする必要はないですよね？　だって部室なんてなくてもノートパソコン一つで事務作業《しごと》はできますし、日々の活動だってオンラインをメインにすればコストはかからないし」

「で、でも予算が」

「それこそ学校から貰《もら》う意味なんてないでしょ。今はいくらでも調達方法ありますからね」

広告収入にクラウドファンディング、スパチャだって立派な資金調達手段だ。実際、穴山《あなやま》なんてそれでオタ活資金稼いでるしな。

「そもそも生来フリーダムな先輩に、今の峡西《きょうにし》生徒会みたいなガッチガチに固着した組織なんて、身動き取りにくいだけでしょ。ハンズフリーで動ける場こそが目的達成に最善です」

「あ……ん……」

「ベンチャー企業と一緒です。意思決定が早い、選択の幅が広い、トップのカリスマが最も重

要、と。ほら、どう考えても先輩向きじゃないですか。まぁ問題があるとしたら、どう設立の承認を取るか、ってことですけど」

　同好会は申請基準こそゆるゆるだが、一応公認団体という扱いである以上、その承認が得られるかどうかが一番の難関だ。

「まぁ、ですが――」

　俺は黙ったまま俯《うつむ》いている先輩を見やる。

　お得意の反論が止《や》んだということは、理屈が通ってることを頭じゃ理解してるってことだ。

　ならあと必要なのは、発破だけだ。

「このくらいのハードル――先輩なら、乗り越えられますよね？　東中〝伝説の生徒会長〟とかいう〝二つ名〟を持つ先輩なら」

　顔を上げてこちらを見る先輩――。

　いや、日野春《ひのはる》の目を、俺はしっかりと見据えて。

「学校を最高に楽しくできる生徒会以上の場所は、この先にある。

　だから、次は日野春が――最高に楽しい〝学校《りそうきょう》〟を創り上げて見せてくれ」

　さぁ、好き放題やっちまえ――と。

盛大に、丸投げしてやった。

「……」

しばらく、無言の時間を経て――。

「――本当、長坂《ながさか》君って……いちいちスケールが大きいんだよなぁ……」

はぁー、と。

やがて日野春は、ふっ、と一瞬、その目を伏せてから、熱の籠《こも》った息を漏らした。

「でも……うん、確かに。そうだ……これなら――」

そして徐々に、その口角が吊り上がっていく。

――うん。

いい、顔だな。

「……ねぇ、長坂君」

「なんだ?」

「なんか……めっちゃ楽しくなってきた」

——日野春《ひのはる》の大空を思わせる瞳は、とても綺麗《きれい》に澄み渡っていて。

その中に、太陽のように強く、明るい輝きが、宿って見えた。

「だから、先に断っておくね」

そして、日野春は——。

「今までさ。私の、本気のお遊びについてこれた人って、一人もいないんだよね。

……だから、ちゃんとついてきてね?」

悪戯《いたずら》を思いついた、子どものような顔で。

ニィッ、と、八重歯を見せて笑った。

——〝第二生徒会長ヒロイン〟日野春幸《さち》が、ここに誕生した。

◆

「『生徒会活動研究会』？　なんですかぁ、これは？」

——そして今。

その最大の関門である、設立承認の許諾を得るため、こうしてトシキョーの元を訪れている。

なお、先輩の指示により公称は変えられてしまった。前の方がいい感じに〝謎部活〟っぽい推《お》してたんだが「名前だけで即却下されるでしょ」と一蹴《いっしゅう》されてしまったからである。仕方ないので、活動時の通称を『第二生徒会』とすることで合意に至るの巻。こっちの方が生徒には興味持ってもらえそうだしな。

横に立つ先輩は、トシキョーの威圧に笑って答える。

「わかりやすく言えばシンクタンクですね。監査機関っていってもいいかもしれません」

「あなた、ふざけてるんですかぁ？」

地獄の底から響くようなダミ声が耳を打って、俺は思わずひゅっと喉《のど》を鳴らす。

「ふざけてないです。真面目ですよ」

「不許可です。持って帰りなさぁい」

にべもなく申請書を突き返された。

うわ、結局即却下かよ……流石《さすが》トシキョー、鉄の女っぷりが尋常じゃないな。

──トシキョーは、進学校である峡西《きょうにし》の中でも輪をかけてスパルタで有名な先生だ。

授業の厳しさは学校一。課題を忘れれば次の日には倍に、授業でうたた寝をした日には10倍にと、事あるごとに課題を増やしたがる調査時間破壊《ラブコメ》の鬼である。

しかも謎の連帯責任で、だれか一人がやらかせばクラス全体を巻き込むから性質《たち》が悪い。かつてはダラダラだった井出《いで》も、みんなの袋叩《だた》きによって今ではすっかり模範生徒だ。

ただその分、指導実績は頭一つ抜きん出ていて、受験を控えた上級生や教師陣には一目置かれているらしい。

いずれにせよ、その学業最優先のスタンスからして、同好会設立における最大の障害となることは想像に難くない。

──日野春《ひのはる》先輩はどう対処するつもりだ？

基本的に、俺の仕事は先輩のフォローだ。どう対応するかは全て先輩に任せている。

先輩に全く動じた様子はないし、俺は黙って話の行方を見守ることにした。

「条件は満たしてるはずですよ。不許可にするなら、理由を明確にしてください」

「生徒会顧問は、生徒の健全な学校生活を指導する立場にあります。その判断に依るものです

がぁ？」

「それじゃ曖昧《あいまい》すぎます。先生の私見による判断ではなく、客観的な根拠を教えてください」

「『活動内容の重複する部活、および同好会の設立は、これを認めない』とするのが校則上の原則です。あえてそんな同好会なんて作らずとも、同じことが生徒会でできるでしょう」

明らかにイラッとした顔で、即座に条文をそらんじるトシキョー。

え、まさか、校則全部暗記してるんじゃないよな……？　怖すぎるぞ生徒会顧問《トシキョー》、さすがの俺もそこまでできないぞ。

だが先輩は、その態度をまるで崩さなかった。

「違いますね。そもそも生徒会は、部活でも同好会でもありません。それらの上位組織にあたり、並列して語られるものじゃないです。なので校則の適用範囲外と認識してます」

「そんな屁理屈が――」

「さらに、組織内部からの変革と、外部からの提言では意味も性質も異なります。第三者的立場で、利害関係がないからこそ言えることがあるのは自明じゃないですか？」

「第三者も何も、あなた生徒会役員でしょう！」

トシキョーが我慢できず、という様子で怒鳴り声を上げた。

「ええ。だから、そっちは辞めます」

え……？

予想外の発言に驚く俺をよそに、先輩は手に持つクリアファイルから、最後に残っていた一枚を取り出した。

「はい、退会届です。これにも一緒にサインお願いしますね」

にこっ、と笑う先輩。

ちょ、確かに生徒会は向いてないって言ったけど、辞めろとまでは言ってないぞ⁉

「……あなた、正気ですかぁ？」

似たようなことを思ったのか、トシキョーは毒気を抜かれたような呆《あき》れ顔で、真意を見定めるようにじとりとした目線を送っている。

「もちろんです。だってそこまでやらなきゃ意味ないですもん」

「……たかが同好会でしょう。そんなもののために――」

「そんなもの扱いは不愉快ですね」

ピシャリ、と。

先輩は急に語気を強めて否定する。

「ウチにとってそれは、高校生活全てをかけても惜しくないと判断したからこうしてるんです。それを否定するのは先生でも許しません」

――先輩。

明らかに怒りの感情が含まれているその言葉に、俺は先輩の本気を見た。

「そもそもですね。『生徒会顧問は生徒自治の補佐役として指導的立場を負う』というのが正確な記述ですから。補佐の範疇《はんちゅう》を超える干渉は越権行為であり、さらには『自ら考え、行動すべし』っていう本校開校当初からの校訓にも反します」

なので、と。

突き返された用紙を手に取ると、再びトシキョーの目の前にバンと掲げ――。

「不許可に値する根拠なし――ということで、押し通します。サインください」

微塵《みじん》もブレることなく、そう宣言してみせた。

……強い。

本当に強いな。

これが――本気を出した先輩か。

トシキョーは額に手を当てて不快げに頭を振ると、先輩の手からプリントを奪った。

そしてサラサラと自分の名前を書くと、それを差し戻す。

「……あなたを止めようとした私が馬鹿でした。もう好きにしなさぁい」

「はいっ、好き勝手やります！」

ハキハキとそう答えて、先輩は紙を受け取った。

「まったく……選挙に出ないと思ったら、こんなことを考えてたんですねぇ」

「いえいえ、元は全然考えてなかったですよ」

ちら、と一瞬だけこちらを見て、日野春《ひのはる》先輩はくすりと笑う。

そして——。


「でも……こっちのが絶対、みんな楽しいと思いますから！」


先輩は。

本当に楽しそうな顔で、笑った。


——あぁ、間違いない。

これは、お祭りの時に見た、あの笑顔だ。

トシキョーはその顔を見てから、再び「はぁ……」とため息をつく。

「それと——委員長！」

「は、はいっ？」

急に声をかけられて、ピシィと気をつけの姿勢を取る俺。

トシキョーは不快げな様子を残したまま「ふん」と鼻を鳴らして言った。

「あなた、この子に付き合うつもりなら覚悟しなさいねぇ。私は知りませんから」

「……あ、はい。善処します」

「まったく、ここのところ大人しくしてたかと思えば……」

ぶつぶつと文句を言いながら机に向き直し、仕事を再開する先生。用が済んだなら出て行け、という意思表示だろう。

俺と先輩は最後に一礼して、その場を辞した。

◆

——ガラガラ、ぴしゃん。

職員室のドアを閉め、やっと俺は肩の力を抜く。

「ふー、なんとかなってよかったー」

と、先輩は先輩で、手の甲で額の汗を拭《ぬぐ》う仕草。

なんとか、ってレベルじゃなかったけどな……ハタから見たら完全に無双状態だったぞ。

「しかし先輩、あのトシキョー相手によくあんな強気になれますね。夏休み終了のお知らせを覚悟しましたよ俺は」

あの人なら夏休みの一つや二つ平気で消し飛ばしそうだからな……課題の山で。

先輩は歩きながら、けろっとした様子で言う。

「だって、十島《とおしま》先生は話のわかる先生だし」

「……え、嘘《うそ》?」

あんだけ難癖つけられたのに?

「そもそも、生徒会活動の推進派だよ？　立場的にはずっと生徒側の人」

何度も助けてもらったからね、と先輩。

「厳しい態度も『このくらい軽々論破できなきゃやる意味なし』って判断したからだと思う。根っこが熱い人だしね」

マジか……全然思いもしなかった。先生の調査もキッチリやらなきゃダメだなこりゃ……。

俺は新たな情報を心のメモに刻みつつ、先輩に尋ねる。

「とにかく、後はこれを生徒会に提出すれば設立完了ですね。お疲れ様です」

「え？　何もうおしまい、みたいな顔してるの？」

「うん……？」

きょとん、と先輩を見る俺。

「だってまだ同好会作っただけじゃん。何一つ活動始まってないし」

「いや、それはそうですけど……え、もう今日から何かするつもりですか？」

「当たり前だよ」

さらりと返されて、俺はひくりと頬《ほお》を引きつらせた。

ま、まぁ……判断も行動も早いってのが第二生徒会の持ち味だしな。ただちょっと早すぎというか、そういうのは先に教えといてくれ、と思わないでもないぞ。

「とにかく、まずは全校生徒に存在を認知してもらわなきゃね。『私たちはこういうことする団体ですよ』って、わかりやすく」

「……何するつもりです？」

先輩はスタスタと早足で歩きながら、しれっととんでもないことを言い始める。

「ちょうどいいサンドバッグがいるから、とりあえず殴ってみよう」

「……は？」

さ、サンドバッグが、い、いる……？

「長坂《ながさか》君が言ったんでしょ？　気に入らないのはとりあえず殴っとけ、って」

「え、そんな言い方しましたっけ……？」

ま、まずい。早くも思考が追いつけなくなりつつあるぞ……。

ていうか、よくよく考えたらだ。このまま先輩が際限なく加速して、やりたい放題やるようになったら……俺の苦手な予想外ムーヴのオンパレードになるのでは……？

嫌な予感を感じる俺に、先輩はぐっと力強く拳《こぶし》を握って言った。

「よーし、じゃあ逃げも隠れもしないって言ってたカ、タ、ブ、ツ、を、お望みどおり、真正面からぶん殴ってやろう！」

◆

「――オ、ン、ラ、イ、ン、質、問、会、だと？」

先輩は生徒会室に入り、仕事中の塩崎《しおざき》先輩に同好会の設立申請書と自分の退会届を叩《たた》きつけると、今度はいきなりそんなネタを吹っかけた。

「そそ。私が生徒の目線から会長候補の塩崎君に色々質問して、塩崎君がそれに答えて、って会ね。今から場所押さえるのは大変だから、生徒会室《ここ》でやってそのままネット配信しちゃおうかなって」

「…………」

「よくよく考えたらさ、演説みたいに一方的に話すことはあっても、直接候補者に質問できる機会ってないでしょ？　それって生徒的にどうなの、って思って。あ、これ企画書ね」

「…………いや、すまない。その、ちょっと、僕には何がなんだか」

早くも鉄壁の仏頂面を崩し、困惑げに眉根《まゆね》を寄せる塩崎先輩。

その視線は俺の方に向いているが、首を横に振って答える。

ごめんね、先輩。俺もよくわかんない。

「YuuTube《ユウツーブ》の配信枠使ってやればいいかなー。どうせ活動はネットメインになるし、最初から公式チャンネル作っちゃおうか。ＳＮＳのアカウントも一通り用意しなきゃ！」

とかなんとか、日野春《ひのはる》先輩はキラキラお目々を輝かせながら一人語っている。

「あとは告知……グループRINE《ライン》に相乗りするのが第一として、掲示板の利用申請は一般生徒でもできるから、選挙ポスターの横あたりにこれ見よがしに告知掲示して、と。あ、長坂《ながさか》君、知り合いに画像編集ソフト使える人っていない？」

「えっ、は、はい？　ま、まぁ、ちょっとくらいなら俺でも――」

「わ、ほんと？　質問会の告知ポスター作りたいんだよねーなる早で。具体的には明日までに」

「あ、明日!?」

「だってもうあと３日で投票日だもん。早くしなきゃ間に合わないでしょ？」

「そ、そりゃそうですが……」

「ダメダメ、そんな消極的な態度じゃ。いい機会だし、スキル磨いとこう。このタイミングを有効利用しよう。それくらいの意気込みじゃなきゃもったないよ」

ぐいぐい、とやたら近い距離でそうゴリ押しされた。

――み、見縊《みくび》ってた。

リアルで〝伝説〟とか付く人のバイタリティを舐《な》めてた……！

それからも矢継ぎ早に繰り出される要望と提案に、俺がぐるぐると目を回していると、正面で呆気にとられていた塩崎《しおざき》先輩が「ふっ」と息を漏らした。

「――懐かしい。そうか、吹っ切れたんだな、日野春《ひのはる》」

◆

――それから、怒涛《どとう》の勢いで時間が経過し。

鳥沢《とりさわ》の作曲を手伝った時と同じくらいか、それ以上のスピードであれやこれやと頭と体を動かして、会議の無期限休止を上野原《うえのはら》に伝えて「天変地異が起こる前触れ」とか驚かれて――。

気づけば、その『オンライン質問会』とかいう、初の〝第二生徒会イベント〟を迎えていた。

「――それじゃ、塩崎会長候補！　今日はよろしくお願いします！」

「こちらこそ、よろしくお願いします」

三脚に固定したスマホの画面には、テーブルを挟んで向かい合う日野春先輩と塩崎先輩が。

俺はその後方、映像の枠外で、パソコンの前に陣取っていた。

画面上の『峡西《きようにし》第二生徒会ちゃんねる #オンライン質問会』と銘打たれた管理ページには、しっかり眼前の光景が映し出されている。

視聴者数は――約１００名。

これは俺が予想してた人数より遥《はる》かに多い。

なんせ、元々注目度が低い生徒会選挙。さらに今は放課後、部活の真っ最中。ほとんどの生徒がリアタイで視聴できないにもかかわらずこの数字である。

日野春先輩は最初から「配信ならみんなわりと見る」とか言ってたが、本当だったな……。

後のアーカイブ動画の再生数次第ではあるが、かなりの生徒に行き届くんじゃなかろうか？

「本日は、私の方で予《あらかじ》め考えた質問と、コメントで寄せられた質問にお答えいただきたいと思います。画面の前の人、コメントよろしくお願いしますねー！」

とか言って、愛嬌《あいきょう》100%の笑顔をスマホに向ける先輩。

途端に「きゃわわ」「バブい」「スパチャしたい」みたいなコメントが流れ始めた。

……まぁ、先輩目当ての連中も多そうだが。不届きなり。

「あはは、ありがとうございます。スパチャはまだお気持ちだけでー！」

先輩はコメント確認用のタブレットを見ながらにこやかに答えている。

いや、でも「ポスターは絶対ウチらの写真載っけてね」とか言ってたし、まさかこれも計算のうちか……？　自分のビジュアルまで宣伝に使うつもりだったとしたら末恐ろしいぞ。

なお、俺の見る管理画面の方には「スリーサイズ教えて」とか「彼氏いるの？」みたいなコメントも飛んできているが、当然ながら容赦なくNG行きだ。ありがとう、配信玄人《くろうと》の穴山《あなやま》さん。このNGリスト超使える。

「では、早速質問に入りたいと思いまーす。まず一つ目――『生徒会長になったらまずは何がしたいですか？』」

俺はその言葉に合わせて字幕を表示した。

塩崎《しおざき》先輩は「はい」と頷《うなず》いてから答える。

「まずは予算案の見直しを行います。公約実現の第一歩ですね」

ちなみに、質問項目は事前に塩崎先輩に渡している。日野春《ひのはる》先輩は「ぶっつけ本番でいいじゃん」とか言ってたが、流石《さすが》にそれじゃかわいそうだと思った俺が横流しした。

「そうですかー。ちなみに見直しする予算というのは、具体的には？」

「最も大きなものは、学園祭です。公約にも掲げていますように、現行の2日開催は多くの問題を抱《かか》えています。なのでそれを1日に変更するとともに、予算を大幅に圧縮します」

「へー。でも予算どうこうの前に2日やりたくないです？　学園祭」

日野春先輩は笑顔のまま、さらりと一撃を入れる。

えー、早速イレギュラーパンチかよ……。

コメント欄には「賛成」とか「安易に1日にするのはおかしい」とか。なかには「何それ全然知らない」「そんな公約だったの？」みたいなメッセージも流れている。

日野春先輩は、すかさずそれを拾って投げつけた。

「ほら、みなさん疑問を持ってますよ。それでも減らす意味あります？」

……なるほど、うまいな。

こうやってリアルタイムに一般生徒の意見を拾い上げることで、まさに大衆の代弁者として振る舞おうって腹か。

だが塩崎先輩もこの程度のイレギュラーは想定内なのか、すかさず答えた。

「そうですね。僕も個人的には、減らしたくはないです」

「おっと、ならどうして公約に？」

「2日開催を強行し続けた結果、学園祭自体が実施できなくなったら。どうしますか？」

「……ほほう?」

「確かに本校の学園祭は、県下随一の規模で行われるビッグイベントです。しかし、その分事前にしなければならない準備はあまりにも多い。壁画アートの資材調達、クラス対抗展示、ステージパフォーマンス対決に向けた練習、そして出店にフリーマーケット——部活所属の生徒は、さらにそちらの出し物の準備にも追われることになります」

それは、いつぞや俺が塩崎《しおざき》先輩から聞いた内容の、より具体的なものだった。

「当然、こんな量の準備を通常の学校生活と並行するのは難しい。必然的に、放課後遅くまで残ったり、休日を使ってやることになる」

「そうですねぇ」

「それによって発生する周囲への騒音や、練習場所として近隣の公園を長時間占有することが問題化しているのはご存知でしょうか。例えば昨年、どれだけの件数の苦情が寄せられたと思いますか?」

「どうでしょう、10件くらいですか?」

「桁が一つ少ない。約100件です」

その言葉を受けて「マジで?」「ちょっと予想以上だった」とコメントが流れる。

「今はまだ軽微な苦情ばかりです。ですがこのまま何もせずに放置して、何らかの大問題が発生した場合——学園祭の意義が問われ、その存続の是非が議題に上がる可能性がある。そう

は思いませんか？」

そしてコメント欄には「なら仕方ないのか……」「思ったよりちゃんと考えてる」「学祭がなくなるよりマシ」と、塩崎先輩擁護《ようご》のメッセージが徐々に増え始めた。

さらには「頑張って」「応援します！」みたいな、声援まで。

あれ、まさか――。

この〝イベント〟は、もしかして。

「――うん。いいね、塩崎君。これがやりたかったんだもんね」

マイクに拾われない程度のボリュームで、日野春《ひのはる》先輩は嬉しそうに呟《つぶや》いた。

やっぱりそうだ。

俺はここで、やっと日野春先輩の真意が読めた。

――この『オンライン質問会』は、多くの意図が込められた複合イベントだ。

動画へのコメントは、直接話すよりも遥《はる》かに敷居が下がるから、視聴者である一般生徒は気軽に自分たちの意見を伝えられる。

そしてその言葉をリアルタイムで拾い集め、それをその場で候補者に届ける様子を見せるこ

とにより、一般生徒に当事者意識を芽生えさせる。

その結果――よくわからない、さして興味もないはずの生徒会選挙を、わかりやすく、身近なものにしたのだ。

当然、生徒の意見を仲介する『第二生徒会』の存在や、そのスタンスもしっかりと伝わって。

対戦相手である塩崎《しおざき》先輩の公約とその人柄も、広く大衆に届く。

自分の意見を主張し、多くの人に伝え、認めてもらう――。

そんな、立会演説会さながらの状況を作り出す〝イベント〟が、この企画だったのだ。


「――つまり、根本的には仕事量の多さが問題を招いてる、ってわけですね。じゃあこういうのはどうでしょう？　準備期間をさらに延長して、夏休み初期から解禁してみては？」

「それだと学習時間の不足を招きます。さらには、資材の保管場所の問題も解決できません。屋上を解放したとしても――」


もはやその場は、質問会の枠を超えて、公開討論会の様相を呈している。

二人して一番いい方法は何かと議論し、意見をぶつけ合い、最善解を探す。

時にコメントから意見を拾い、それを広げ、そして改革案に結びつける。

——配信されているということを忘れるくらい、白熱する議論。

塩崎先輩は相変わらず仏頂面で。
日野春《ひのはる》先輩は好き勝手に言いたい放題だが——。
俺には、二人が。
本当に、楽しそうに見えた。

そして、本来の終了予定時刻を大幅にオーバーして——。

「——本日はありがとうございました！　こんな感じで、『峡西《きょうにし》第二生徒会ちゃんねる』では今後も色々と生徒会に難癖つけていこうと思います！　生徒会の行く末が気になる方、自分も文句言ってやりたいぞ、って方はお気軽にチャンネル登録お願いしますね——」

最後は、日野春先輩の、そんな言葉で締め括《くく》られ。
第1回の〝第二生徒会イベント〟は幕を下ろした。

◆

「「かんぱーい！」」

そんな掛け声とともに、ぺこん、とペットボトルのお茶をぶつけ合う俺と先輩。

——舞鷺城《まいさぎじょう》公園、天守台。

正面にそれを望む、東屋のベンチ。

もはや生徒会室が居場所ではなくなってしまった俺たちは、こうして夕焼け空の下、しめやかに打ち上げを開いていた。

〝スポットノート〟に〝公園・観光スポット〟として登録してある舞鷺城公園は、休日ともなれば観光客でごった返すが、平日に来る人はさほど多くない。

今も遥《はる》か遠くの石垣沿いをランニング中のサラリーマンらしき人と、犬の散歩をしているおばさんがいる程度の人口密度だった。

「でもあえてこんなとこでやらなくても。ファミレスでよかったんじゃないですか？」

俺は隣に並ぶ先輩にそう尋ねた。

「当同好会には予算がありません。節約だよ節約」

先輩はお茶を一口飲んで「ぷはぁ」とおっさんくさい声を漏らした。

ペットボトルもドリンクバーもそんな変わらないと思うけどな……。

俺が心の中でそうツッコミを入れていると、先輩はぐーっと大きく体を伸ばした。

「やー、でもスッキリした！　塩崎《しおざき》君、とにかくカタすぎるんだもん！　あんなんじゃだれも興味なんて持つわけないよって、もう何回演説に乱入しようと思ったか！」

ずっと我慢してたんだよねー、と先輩はあっけらかんと笑う。

――開けっ広げになったもんだな、まったく。

俺は苦笑して、お茶を口に運んだ。

「でもちゃんと、全部受け止めてましたね。塩崎先輩」

「……うん、そうだね。ちゃんと、真正面から受けてくれた」

こくん、と満ち足りた顔で、先輩は頷《うなず》く。


――『オンライン質問会』は最後まで盛況だった。

コメントも好評なものが多く「思ったよりためになった」とか「またやってほしい」なんて意見もちらほらと。

チャンネル登録者数もどんどん増えていて、一番の目的だった『第二生徒会』の認知度向上は達成されたと見ていいだろう。第一歩としてはこれ以上ない結果だ。

そして塩崎先輩は「逃げも隠れもしない」の宣言通り、日野春《ひのはる》先輩の猛攻を全て受け切った。

途中からアドリブ100%の日野春《ひのはる》先輩の質問、その全てにきちんと答えを返し、時に受け入れ、時に断固拒否して、対等に渡り合っていた。

丁寧に時間をかけて構築したからだろう。その論はとにかく隙がなくて。まさに塩、崎、先輩らしい、質実剛健《しつじつごうけん》な在り様だった。


「あれができるなら今後も生徒会は安泰でしょうね。まぁ、学祭だけはどうにか2日開催をキープしてほしいですけど」

「それはウチが断固死守するよ！　大丈夫、生徒会の内部情報は全部把握してるから、弱みとか裏事情とかどんどん利用して攻めてくつもり！」

「古巣に対して手段選ばなすぎでしょ……」

「個人情報に触れなきゃ守秘義務的にも問題ないからねー」

ほんと、一応ルール的にOKならモラルはガン無視ってところが先輩らしいなぁ。

「それにさ」

――と、先輩は。

「今後は、ウチ一人でがんばらなきゃだし。なんでも使えるものは使わなきゃ」

「……え？」

急に梯子《はしご》を外すようなことを言われ、俺は戸惑う。

先輩は不意にその腰を持ち上げると、夕陽を浴びながら俺の正面に立った。
そして――。

「――ありがとう、長坂《ながさか》君。色々助けてくれて」


「今日のイベントね。本当に久しぶりに、すっごく楽しかった。準備から本番までずっと」

「き、急になんです？」

でもね、と。

先輩は、不満げにつんと唇を突き出して言う。

「――よくよく考えたらさ。なんか、こうじゃないよな、って思ったんだ」

「え……？」

「だって今回のって、長坂君にお膳立てしてもらって、初めて実現した感じでしょ？」

は、お膳立て……？

俺はその言葉の意味することがわからず、ぽかんと口を開ける。

「いや、でも……企画は先輩が考えたものじゃないですか」

「んー、そういうことじゃなくてね」

そして先輩は、俺の目をまっすぐに見据えて――。

「――長坂君に助けてもらうのがそもそも楽しくない！」

は、い……？

混乱で頭が真っ白になっている俺をよそに、先輩は続ける。

「そう、そうなんだよね。そもそもその前提が間違えてたんだな、って話」

「い、いや、急に何を……」

「だって、それってさ。ウチの思う楽しさに長坂君を巻き込めてないってことだもん」

――え？

そして先輩は、その双眸《そうぼう》を和らげて言う。

「ウチはさ。長坂《ながさか》君の手助けとか全く関係なしに、自分が楽しいと思うことをやらなきゃ。今みたいに、最初から助けてもらう前提で動いちゃダメ。それじゃ全然楽しくないの」

「……」

「まずはウチが一人で『これが一番楽しいんだ』って思うことを見せて、それを受け入れてもらわないと。その順番じゃなきゃ、ウチらしくないもんね？」

「…………」

「そして、それが――長坂君が、一番だって思ってくれたウチ、だよね？」

――あぁ。

この人は。

「だからね。一度背中を押してくれたら、もう十分。ずっと身代わりをしてくれたり、後ろを支えてくれる必要とか全然ないの」

そう胸を張って語る姿に、弱々しさなんて微塵《みじん》もない。

「それに、たぶん――」

そして、夕陽に、その瞳をきらめかせ。

澄んだ空色を赤く滾《たぎ》らせながら。

日野春幸《ひのはるさち》は――。

「長坂君とはね。

お互いがお互いに、自分のやりたいこと――自分の理想を叶えようとしてる同輩として頑張った方が、きっと、楽しくなると思う！」

――俺と同じ気持ちを抱いて。

子どもっぽく、ただ思うままに、笑ったのだ。

「それがウチの考える一番楽しいことだから！　だから長坂《ながさか》君は長坂君で、自分が一番楽しいな、って思うことをやって！」

――自分を、取り戻しさえすれば。

本当に強い人なんだな……この人は。

俺はその眩《まぶ》しさに目を細め、少しだけ寂しいような気持ちを抱きながら、笑って答えた。

「……わかりました。先輩がそうしたいのなら、俺が言うことはないです」

「うん！　じゃあそうしよ！」

そして先輩は、最後にもう一度、にかっ、と笑った。

何にせよ……これで一件落着、だな。

そう思って、俺がお茶を口にしようとしたところで。


「――ただ、さ」

――と。

先輩は、いきなりしゅん、とその身を縮こまらせた。

「え、ど、どうしました？」

「……もし、ね。もしも、だけど」

そしてもじもじと、言いにくそうに身をよじらせながら。

「また……どこかで、さ。立ち止まりそうになっちゃった時は――」

上目遣いで――。


「その時だけは、その。

……また、ちょっとだけ、頼っても、いい？」

――そんな、ワガママまで、言いだしやがった。


「――……」


ああ、もう――なんだこの。

強くて、弱くて、魅力的で、めんどくさくて。

理屈なんてまるで通ってない、ワガママ三昧《ざんまい》な、ほんともうなんていうか――。

「──そん時は何度でも助けてやる！　だから空気なんて読まないで頼ってこい！」

「……っ。うんっ！」

──ほんっと、まんま子どもで、かわいい人なんだなぁっ、もうっ！

俺は高鳴る鼓動を誤魔化すようにぐしゃぐしゃと髪を乱してから、ペットボトルを一気に飲み干した。

「ね、ね！　それでさ！」

「うおっ!?」

と、先輩は隣に腰を下ろしたかと思えば、息がかかるほど近くにその顔を寄せてきた。

それはもう、まつ毛の一本一本がはっきり見えるほどに、近く。

「せ、先輩！　近──」

「それ！　その先輩っていうのさ、やめにしない？」

「え……？」

む、と頬《ほお》を膨《ふく》らませて、先輩は言う。

「同輩なんだから、ちゃんと名前で呼んでほしいな。ウチもそうするから」

「は、はい……!?　そ、そそ、そんな急に言われましても」

「敬語もダメ。……ね、耕平君」

首元に息がかかって、ぞわりと身が震えた。


——呼吸が、速まる。

鼓動は全力疾走した後のようなスピードで、全身が心臓になったかのように脈打っている。

触れそうで触れない僅《わず》かな隙間を挟んで、先輩の体温を感じる。

やさしい息づかいが聞こえる。

その瞳は、相変わらず吸い込まれそうに綺麗《きれい》で。

さらさらの髪は、ところどころがちょんちょんとかわいらしく跳ねていて。

そして、唇は——すごく、柔らかそうで。

俺は——。


——あ、いや、ちょっと待て。

さっきから、これ、この感じって。

もう、なんか、すごい、めちゃくちゃ、ラブコ——。

「あ、ごめん。なんかDM来た」

「その〝お約束《テンプレ》〟が来ちゃったか————————————!!」

スコーンッ、と古式ゆかしい〝ズッコケ〟が発動し、俺は地面に転がった。

「え、ちょっと、大丈夫……?」

「……条件反射です、忘れてください」

急に何やってんだコイツ、ドン引きだわって感じの視線を感じながら、大地に伏せる俺。

ああもうっ、これはこれでラブコメっぽくて嬉しいけど、実際経験すっと憎しみが勝るもんだなコンチクショウ———!

そんな俺の内心をよそに、先輩はスマホを操作している。

と。

「——嘘《うそ》」

先輩は呆然《ぼうぜん》と、画面を見ながら呟《つぶや》いた。

その唇がワナワナと震えていて、俺はぎょっとする。

「こ、今度は何です……?　まさかトラブル?」

ぱっと体を起こして尋ねると——。

「『配信見ました。同好会、面白そうなので入ってみたいです』……だって」

「……え」

それって――。

もしかして。

「――ちゃんと、巻き込めた人がいた……っ！」

きゅっと、スマホを胸に抱いて。

日野《ひの》は――幸《さち》、さんは。

今まで見た中で、一番、晴れ晴れしく。

楽しげに、笑った。

舞台裏

凡人

Who decided that I can't do romantic comedy in reality?

――初めてDRAGON CAFEに行った、あの日から。

私は、自分が、どこまでも普通の人間なのだ――と、再び意識するようになった。

カフェでの会話は、最初、ちゃんとできていたと思う。

褒められるところは口にして褒めて、振られた話題には的確に答えて、失敗しても気づかないフリでスルーして。

耕平《こうへい》が常識的な振る舞いに終始していた以上、あえてキツい言葉で責めるようなこともない。

クラスで日常的にやっていることと同じように、スマートでストレスフリーな会話だ。

でも――。

そうやって話しているうちに、ふと思った。

――これって、耕平は、楽しいんだろうか？

そもそも、だ。

私の会話には、まるで中身がなかった。

私のプライベートは本当にありきたりで、何一つ強い拘《こだわ》りなんてなくて、ただ世間一般によしとされる価値観に則《のっと》っただけのもの。

話せば話すほど、私という人間の薄っぺらさが浮き彫りになるだけ。

そんなものを見せられて、果たして耕平《こうへい》は、どう思うのか？

……その答えは、すぐに出た。

話が深まらず、どうしたものかと困った様子の、その顔を見て。


——そうだ、耕平は。

最初から〝ラブコメ適性《ふてきせい》C〟の女子高生《わたし》なんて、求めていなかったじゃないか。


あいつにとっての私の価値は〝共犯者〟であり〝幼馴染《おさななじみ》〟を演じている時だけだ。

その〝設定〟に従って〝計画〟に絡む時だけ、私はありきたりな人間じゃない、特別な立ち位置の存在になる。

唯一無二《ゆいいつむに》の、代替不可能な〝登場人物〟として、必要とされる。

だったら私には、そう振る舞う他に、選択肢はない。

――だけど。

そうやって、根っこにいる普通な自分を、再認識してしまったせいか。

私は、その〝設定〟さえも、まともに貫けていないんじゃないか――と。

そう、気づいてしまった。


理屈で組み立てる私の解決策はどれも現実的で、大抵の問題には解答を示せる。

でもその解答が常識の範疇《はんちゅう》を出ることはないから、突き詰めていくほどに理想論《ラブコメ》からは遠ざかる。

なら反証役に徹すればいい、と常に理性的であることを自らに課したのに、ふとした拍子に感情的になって、自分の立場を忘れて、一番やってはいけない対応をしてしまう。

結局、全てが中途半端。

そんなのは素の私と――普通の私と、何一つ変わりないじゃないか。


つまり、私が。

これから、何を、どうやったって。

最後に、行き着く先は――。

――パタン。

ふと、床に落ちた参考書を見て、私は正気に戻る。

「……何やってんだ、私は」

目の前には、途中で数式が途絶えたノートがある。

机に向かって勉強していたはずなのに……気づけば、益体《やくたい》のないことを延々と考えていた。

参考書を拾いながら、はぁ、とため息をつく。

――ほんと、何度繰り返せば学習するんだか。

私が空っぽな凡人だなんてことは、最初からわかってたことだ。

だからこそ、こうして耕平《こうへい》の〝計画〟に付き合ってみようと決めたんだし。その順序をあべこべにして自己卑下したところで何の意味もない、ただの時間の浪費だ。

そんなことをやってる暇があるなら、少しでも早くに課題を終わらせて、あいつにできない計画の穴埋めにでも奔走した方がマシだろう。

「……あいつにできない穴埋め、か」

計画の、一番の穴。

それは間違いなく、〝メインヒロイン《芽衣》〟だ。

――あの子が〝M会議室〟に現れたこと、それを私は宣戦布告なのだと考えた。

実際、私たちが介入を始める前から、芽衣《めい》は日野春《ひのはる》先輩に何かしらの働きかけをしていたらしい。それをあえて匂わせてきた以上、衝突することは必至だと思った。

だから私は、耕平が動くその裏で、常に芽衣の動向を監視していた。勝沼《かつぬま》さんの時のように、隙を見て耕平や先輩に何らかの介入をしてくるんじゃないか、と。

でも――。

最初を除いて芽衣が動いた形跡はなく、最後の最後まで、何も起こらずに終わった。

強いて言うなら、ちょこちょこ色んな人と選挙の話をしていたくらいだろうか。ただそれも妨害的なものじゃなく、どちらかと言えば後押しに近かったから余計にわからない。

……ただの思い過ごしだったんだろうか。意味もなく動くタイプじゃない、と思うんだけど。

あるいは――私に余計なリソースを使わせること自体が目的だった、とか？

なんだかいつも以上に得体が知れなくて、私は密かに身震いする。

「……これもいくら考えても無駄、なのかな」

私は独りごちて、椅子から立ち上がった。ちょっと一回クールダウンして、それから勉強に戻ろう。今日はそっちの方が効率的だ。

そう決めて、私は飲み物を取りに部屋を出て、廊下を歩く。

途中、窓から見た外は真っ暗で、空には星一つなかった。

エピローグ　終わりよければ全てよしとだれが決めた?

Who decided that I can't do romantic comedy in reality?

『――現在、開票作業を進めています。投票結果の確定までもうしばらくお待ちください』

学校中に響き渡る校内放送の声。

そんななか、俺は屋上倉庫へ演説会で使った備品を運び入れていた。


――今日は生徒会選挙当日。

つい先ほど立会演説会と投票を終え、現在は開票結果の待ち時間だ。

本来なら教室でのんびり待っていればいいのだが、演説会の終わり際にトシキョーに捕まった俺は、無関係なのにもかかわらずこうして片付けの手伝いを命じられていた。

曰く「たまたま目の届く範囲にいたから」とのことだが、正しくは「面倒なことしやがった分は働いて返せ」って意味だと思う。絶対あの人、この前のこと根に持ってるよ。めっちゃ当たり強いもん最近。

はぁ、とため息をついてから折りたたみ式のテーブルを仕舞って、パンパンと手を叩《たた》いた。

……よし、大荷物はこれで最後。雨が降りだす前に終わりそうでよかったな。

今日はあいにくの曇天で、ここ最近ずっと続いていた清々《すがすが》しい夏空は見る影もない。季節も少し前に戻ったようで、半袖《そで》だと風を肌寒く感じるくらいだ。

もう部活開始時間を回っているが、選挙結果が出るまでは全員が教室待機である。なので眼下に見えるグラウンドは無人で、校舎から漏れるざわざわとした喧騒《けんそう》だけが遠く響いていた。

「——ほらよ、これで最後だ」

「お、サンキュー」

と、そこへ、丸めた横断幕を小脇に抱えた鳥沢《とりさわ》がやってきた。

最初は一人でヒィヒィ言いながら荷物を運び入れていた俺だったが、通りかかった鳥沢が珍しく「手伝ってやる」と声をかけてくれ、以降こうして分担して作業に当たっていたのだ。

俺は受け取った横断幕を所定の場所に仕舞い込む。

「これでおっけーっ、と。よっしゃ、終わったー！」

ふー、と俺は息を吐いて、それから腰に手を当て体を伸ばす。

「最終チェックとか施錠とかは俺の方でやっとくから、もう大丈夫。助かったわ」

「別に、大したこっちゃねーだろ」

ポケットに手を突っ込んだまま涼しい顔で答える鳥沢。

見た感じ、汗一つかいてなさそうだ。この細身のどこにそんなパワーがあるんだかなぁ。

鳥沢はニッと笑ってから口を開く。

「ま、依頼料代わりだ。予想以上におもしれー方向に決着したからな」

「……あぁ、そういうことか」

作詞作曲のアレだけで十分すぎるけどな。むしろ俺の方が払わなきゃダメまであると思う。

「生徒会を新しく作る、っつーのはアホすぎてウケたわ。だが、よくよく考えてみりゃ、それが最善だ。あの人にゃ伝統だの慣習だの、余計な重しがねー方がいい」

これまた上機嫌に語る鳥沢《とりさわ》。

そういえば――。

「鳥沢さ。前に日野《ひの》――幸《さち》、さん自身には興味ない、とか言ってたけど」

「あん?」

「結局、今回の件って鳥沢的に何の意味があったんだ？　正直あんま得してる感ないんだけど」

と、そんな疑問をぶつけてみた。

鳥沢の性格的に、学校をよりよくしたいとか人助けがしたいとか、そういう目的があったわけじゃないだろう。ただの暇つぶしにしては積極的すぎるし。

鳥沢は肩を竦《すく》めてから胸元のネクタイを緩《ゆる》め、口を開く。

「俺はな。俺の理解を超えられることじゃねーと楽しめねーんだわ」

鳥沢の理解を超えられること……？

首を傾《かし》げる俺に、鳥沢はさらりと続ける。

「頭がキレすぎるのも考えもの、っつーことだ。大抵のことは読めるからな」

お、おお。なんか鳥沢が言うと自分アゲでもまるで不快感ないのが不思議……。

「てか大抵読めるって、読心術的な？　まさか未来予知？」

「なわけあるか」

ですよね、言ってみただけです。でもたまにそう勘違いするレベルで鋭いんだもん……。

「言い換えりゃ、どんなことでも最終的にどう着地するか、っつーのがなんとなくわかる。最大とか限界っつってもいい。それは、俺自身も含めてな」

鳥沢はふん、と面白くなさげに鼻を鳴らした。

「なんにでも枠が見える。見える以上は、それを意識しねーわけにもいかねー。そうすっとな、大抵のコトが自分っつー枠から出なくなる」

枠……か。

抽象的でよくわからないけど、なんとなく言いたいことはわかる気がする。

「だから、そういう枠を気にしねーヤツ……いや、枠があるとかかけらも思ってねーヤツが、俺には妬ましい」

——妬《ねた》ましい？


その言葉を聞いて、俺は驚いた。

おおよそ、鳥沢《とりさわ》に似つかわしくない発言だったからだ。

「その1番目があの人だった。にもかかわらず、それをやめる気になってんのがムカついて、どうにか引きずり戻してやりたかった。理由なんてそんなもんだ」

そしてふっ、と鼻を鳴らす鳥沢。

「だから今回の首尾は上々だ。こっからどこまで行けんのか、まるで読めねーからな」

そして鳥沢はくるりと振り返って、出口に向けて歩き始める。

その歩みは、どこか楽しげに弾んでいるようにも見えた。

「あぁ——」

そしてふと、何かを思いついたように、顔だけ振り向いて——。


「——つーわけで、だ。これからも期待してるぜ、2番目？」


ニッと、口角を吊り上げ、ニヒルに笑い。

片手を上げて、颯爽《さっそう》と去っていった。

……もうほんと、徹頭徹尾《てっとうてつび》カッコイイ感じで締めたなぁ。
正直、鳥沢の評価は過剰な気もするけど――。
精一杯、その期待に応えられるよう、努力しよう。
『――お待たせしました。これより、生徒会選挙開票結果をお伝えします』
お、終わったみたいだな。俺も教室に戻るか。
放送を聞きながら、俺はこれからのことに思いを馳《は》せる。
――幸《さち》さんという新たな〝ヒロイン〟を迎えて。
これからきっと、もっと楽しい毎日《ラブコメ》が始まるだろう。
俺の〝計画《ラブコメ》〟は、どんどん加速して、前に進んでいく。

派生作

楽しさの先へ

Who decided that I can't do romantic comedy in reality?

『――現在、開票作業を進めています。投票結果の確定までもうしばらくお待ちください』

「それじゃ、お世話になりましたっ！」

校内放送をＢＧＭに、最後の引き継ぎを終えたウチは、生徒会室に向けて頭を下げた。

自分で選んだことだけど、毎日過ごしていた場所から離れるのは、やっぱりちょっと寂しい。

「それから……ごめんね、塩崎《しおざき》君。色々、迷惑かけちゃって」

そして、目の前に佇《たたず》む塩崎君に、私はもう一度頭を下げた。

「いや、むしろちょうどいい。今まで日野春《ひのはる》に頼り切りだった連中も、これで少しは意識を入れ替えるだろう。トータルで考えればプラスだ」

それに、と。今度は珍しく、その仏頂面を崩して――。

「ああして君と正面から戦えたのは、楽しかった。思った以上に悪くないな、自分の意見をぶつけ合う、というのは」

そう、柔らかく笑って言った。

「……ありがとう。本当に」

――ウチのやり方を認めてくれる人が、ここにもいる。

その想いに報いるためには、ウチが思う最高の楽しさを、必ず実現して見せなくちゃ。

「……それじゃ、これから頑張って。ウチは遠慮なく無茶してくから、また対戦よろしくね！」

「望むところだ。言っておくが、僕が効率化した生徒会に隙はないと思ってくれ」

最後はそんな風に、お互い大げさな宣戦布告をして、ウチは生徒会を去った。


――身軽な気分で渡り廊下を歩きながら、ふと思う。

本当に……こんな楽しい道を示してくれた耕平《こうへい》君には、感謝の言葉もない。


――ウチは最初から、彼のことを気に入っていた。

だって、生徒総会の資料を片手に乗り込んでくる人がいるなんて、夢にも思わなかったし。

それでいきなり予算に文句言い始めたかと思ったら、その指摘がすごく的確で、改善案考えるとか言うからやってもらったら、その完成度がめちゃくちゃ高くて……ウチはつい、昔みたいにワクワクしてしまった。

そして、峡西《きょうにし》にこんなすごい子が入ったんだ、って考えると、本当に嬉しくて。この子がいてくれれば、ウチももう一度頑張れるかも――なんて、思ったものだ。

なのに耕平君ってば「いや生徒会には入らないです」とか断るんだもん。そりゃ、なんでだ

よ、って思うよね。じゃあ何のためにいちゃもんつけにきたの、って。

それで、実は浪人生で同い年とか聞いて驚いて。でもそんな失敗しても挫《くじ》けず努力して峡西《うち》に入ったんだ、って思うとやっぱりすごいな、って尊敬できて——。

とにかくまぁ、ウチにとっては、初めて会うタイプの変わり者で。

でも、それってつまり、自分らしく生きてる人、ってことだから。

本当に、眩《まぶ》しく見えたんだ、彼は。


だから、上野原《うえのはら》ちゃんがアホとかバカとか言ってた時は、ちょっとムカついた。

しかも「私が一番の理解者です」って顔してたのが、なんかこう、釈然としなかった。

事実そうなんだろうし、ウチとしても別に間違ったことを言ったつもりはないけど、ちょっと勢いで、強く言いすぎちゃった感はある。

……それに正直、上野原ちゃんの言うこともちょっと理解できたし。

だって耕平《こうへい》君って、ちょっと——じゃない、たくさん恥ずかしいこと言うよね。


ありのままの先輩が魅力的、とか。

先輩には笑っててほしい、とか。

……俺が先輩を守る、とか。

ウチはパタパタと顔を扇いでから、ふぅ、と小さく息を吐く。

……上野原ちゃんには、今度ちゃんと謝ろう。そして一緒に悪口でも言い合おう。それが一番楽しそうだ。

そう決めると、前を向いて再び歩き始めた。


——ああ、それにしても。

思うままに、自分がやりたいように動けるのは、すごく気持ちがいい。

だからやっぱり、耕平君が言うように。ウチはまだまだお子様なんだろう。

でも……今は、それでいい。

そうやって人を巻き込んで、迷惑とか考えずに押しつけて。

ウチの思う楽しさを貫いた、その先に——。

ウチだけじゃなくて、みんなが満足できる。

これ以上ない、最高に楽しい学校生活があるんだ——って。

もう一度、信じることにしたから。

「結局、そっちに行くことにしたんですね——幸《さち》先輩」

——と。

後ろからそんな声が聞こえて、ウチはハッとして振り向いた。

「……清里《きよさと》ちゃん？」

「こんにちは」

曇天でほの暗い廊下の、その先に。

にこにこ、と。いつも通りの笑顔を浮かべた清里ちゃんが、一人、佇《たたず》んでいる。

……急に声をかけられたからだろうか。

ウチはドキドキと胸騒ぎのようなものを覚えながら、口を開く。

「……どうしたの？　生徒会室に用事？」

「生徒会、辞めちゃったんですね」

ウチの言葉が聞こえなかったのか、遮《さえぎ》るようにそう言われた。

それで、かつて言われたことを思い出し、少しだけ気まずくなる。

「……ごめんね、清里ちゃん」

「なんで謝るんですか？」

「それは――」


――清里ちゃんと、初めて会って。

不思議とすぐに意気投合して、色々と話すうちに。
ウ、ウチとこの子は似ている、と思った。
清里ちゃんは、ずっと思い悩んでいたウチのことを、いつも心配してくれた。

時には「一人が頑張りすぎると周りの人は疲れちゃう」とか「少し遠慮があった方がみんな安心する」とか「周りに合わせて妥協するのが普通」とか、そういうアドバイスも。

そしてそうやって、他人のことばかり考えているところが、ウチとそっくりだと思ったのだ。

でも清里ちゃんは、そのやり方で上手に周りと打ち解けていて。

だからウチも、同じようにやるのがいいんだろうな、なんて、密かに考えていた。

でも――。


「――ウチって、他人のこととか考えられないクソガキ、なんだって」

「……」

「清里《きよさと》ちゃんとは、そこが違ったみたい」

──そうだ。

清里ちゃんは、ウチと違って。

まず最初に、他人にとっての最善を考えることができる人、なんだ。

だから同じように他人のことを気にしているようでも、根っこの部分がまるで違う。

「つまり先輩は、自分のワガママに他人を付き合わせるつもりなんですか？」

その言葉には、どこかトゲがある。

ウチはぐっと拳《こぶし》を握って、答える。

「……うん。ウチには、ウチの思う楽しさを、みんなに広めることしかできないから」

清里ちゃんは一瞬声を詰まらせて、それから続ける。

「それで、周りの人から疎《うと》まれてもですか」

「うん。もしそうなったとしても、わかってもらえるまで頑張るつもり」

「怖くないんですか？」

すっと差し込まれるように放たれた言葉に、胸がきゅっと苦しくなる。

「……怖いよ。もちろん怖い」

「なら──」

「でもね」

そこで、ウチは。

清里ちゃんの目を、ハッキリと見返して――。

「ウチがね。本当にどうしても、怖くて我慢できなくなったら――頼っていい人がいるの。

だから怖いけど、怖くない」

――そう、最大限、虚勢を張って見せた。


「……」

清里ちゃんは、黙ったまま目を細め。

その口をぎゅっと結んで、顔を伏せた。

はらりと前髪がその目にかかって、表情が隠れる。

「やっぱり、先輩は――私とは、違いますね」

――やっとの思いで、吐き出すように、そう口にした清里ちゃんは。

本当に苦しそうで、とても悔しそうで。

そして、すごく——ひとりぼっちに見えた。


「……せっかく、一番傷つかない道を教えたのに。やっぱり、こうなっちゃうんですね」

そう辛そうに呟《つぶや》く清里《きよさと》ちゃんに、ウチは堪らず声をかける。

「清里ちゃんは、他人《ひと》に優しすぎるんだよ……もっとさ、自分のやりたいように」

「私は優しくなんてないですよ」

ぴしゃん、と。

取り付く島もなく、拒絶の言葉が返される。


ダメだ……この子には、届かない。

ウチの言葉は、たぶん、絶対に。


「それに……本当に優しい人は、こんなことしてないです」


——こんなこと？

ウチがそう聞き返した時。

『──お待たせしました。これより、生徒会選挙開票結果をお伝えします』

校内放送のアナウンスで、声がかき消された。

「だって──」

そして、清里ちゃんは。
私が、いつもしていたような。
本音を覆い隠す、取り繕った笑顔を浮かべたまま──。

「先輩たちが、これからどうなるのか。
私は、最初から、全部知ってて、見過ごしたんですから──」

『生徒会選挙、会長選。その結果は──』

信任票、２３２票。

不信任票、２４７票。

無効票、４７５票により——。

塩崎会長候補は、不信任となりました——。

幕間　ただの日常会話

Who decided that I can't do romantic comedy in reality?

「——てかさぁ。マジ余計なことしないでほしくね？」

「それなー。つか今時ああいう熱苦しいノリとかだれも求めてないっつーか」

「言えてる言えてる。生徒会で勝手にやっててほしいよね」

「周りまで巻き込まないでほしいんだよなぁ。別にテキトーでいいのに」

「つか公私混同が激しすぎない？　あの放送とか、単に自分語りしたいだけじゃん」

「カタブツ君がアオハルしてみたくなったんじゃねーの？　知らんけど」

「じゃあどうするよ？　反対票入れる？」

「それはそれで……なんか俺らが不真面目みたいだろ」

「じゃあ白紙は？　それって『興味ないです』って意味になるんでしょ？」

「お、ありよりのあり。まぁ意識高い人らが参加すればそれでいいっしょ」

「じゃあ俺もそれでいいや。てかそんなことよりさ、昨日の——」

◆

「……大月《おおつき》さん、あれなんでしょ？　なんか親、呼び出されて説教くらったって」

「いやーちょっとアレはねぇ？　いくらなんでも、部外者引っ張ってくるのはアウトでしょ」

「ＰＴＡのだれだかが文句言ってきたんでしょ？　バンドなんて教育に悪いとか」

「そんで会長辞めさせられそうになってんの、マジでウケるわ」

「バカなんだよ。そもそも昔から生徒会やりすぎ、って問題になってたのに」

「前の会長ってのも親だかが政治家だから許されてたとか聞いたなぁ」

「なんか、俺らまで目をつけられそうになってきたよな……」

「僕……生徒会、ノリ合わない気がしてきたかも」

「あ、実は私も……」

「じゃあ辞める？　別に俺らいなくても大して変わんないっしょ」

「そうしよそうしよ。正直メンドいの我慢してた感あるしー」

「てかさー、アイツやっぱウザくない？　ちょっと優しくしてあげたからって調子乗りすぎ」

「勘違いしちゃったんでしょ。頑張れば夢は叶《かな》う、みたいな？」

「ははは、今時小学生でもそんなこと言わねーって！」

◆

「え、お前マジであの変な同好会に入るつもりだったの⁉」

「だ、だって、面白そうだし……」

「嘘《うそ》つけ、実は下心あるんだろ？　だってあのヒト超美人じゃん、胸とかやベーでかいし。あわよくば一回揉《も》ませてー、とか考えない？」

「それアリなら俺も入りてーわ。ただメンヘラ感あるし、あんま手ぇ出したくねーなー」

「てかさぁ、あの子絶対『今のあたし超カワイイ！』とか思ってるって。そこがまずない」

「自己顕示欲ありありだよねー。でなきゃ顔出しとか絶対しないでしょ」

「結局さ、内申目当てかお金目当てだと思うよ？　でなきゃ面倒なことしたがると思う？」

「そ、そっか……まぁ、そうだよね。そんな気がしてきた……」

「だろ？　ああいう夢見がちでオカシイ人らには関わらない方がいいって、人生詰むぞ」

「でも見てる分には楽しくない？　迷惑系YuuTuberみたいな感じで」

「チャンネル登録だけはしとこっかなー。暇つぶしにはなるし」

「でもやりすぎて退学とかになったらウケるな。生配信の時点でだいぶグレーだろ？」

「どうせやるならもっと無茶なことすれば再生数稼げるのに。中途半端だよなぁ」

◆

「とにかくウザい」「目立ちたいだけなの、ほんとダッサ」「自分のことしか考えてない人って嫌い」「失敗してほしー」「頭いい人の考えることってよくわかんないよね」「善人気取り？」「頑張ってなきゃダメみたいな態度がムカつく」「最初からどうでもいい」「落選ザマァアアアアア！」「善意の押しつけほど迷惑なものはないよな」「悲報、陰キャさん成り上がり失敗」「やってることショボいなぁ」「つか生徒会って別にすごくないからね？」「自分の立場考えて」「やりすぎると将来死にたくなるぞ」「空気読めよほんと」「とりあえず先生にチクっとこうよ」「遊んでないで勉強しなさい勉強」「無関係な人が悔しがるのって最高」「そもそもだれも興味とかないし」「無能」「努力しても報われないのが当たり前でしょ」「マジになっちゃって寒いわー」「発想がありきたり」「他の人の気持ち考えた？」「とにかく充実してる感が腹立つ」「もはや宗教」「……キモ」「単純にやり方が悪いだろ。もっとよく考えろよ」「これだから陽キャは」「そのエネルギー他に使っとけばよかったのにねぇ」「正直いなくなってほっとした」「ワンパンしとけば黙るでしょ（笑）」「しょーもな」「見てるこっちが辛くなるキモさ」「痛々しい」「だれかフォローしてあげなよー、かわいそうじゃーん」「頭悪そう」「考えが浅すぎて目も当てられない」「クソ」「正しければ何しても許されるわけじゃない」「なんでもいいから授業なくしてください！　できっこないだろうけど！」「黒歴史恥ずかしい」「ちゃんと将来のこと考えなきゃ」「人からチヤホヤされたいだけでしょ？」「ガキじゃん！」「自由の意味を履き違えるなよ」「困るんだよねー評判落とされることすんの」「つかさぁ、なんていうか――」

「「「「「「「「「「「「「「「「「「「「「「「「「「「「「現実見ようよ」」」」」」」」」」」」」」」」」」」」」」」」」」」」」

（第三巻　了）

あとがき

みなさまお久しぶりです。なんか知らないうちに春が到来してて、「今年の冬はずっとあったかかったなぁ（ステイホーム）」とか思ってる初鹿野です。

前巻のあとがきは謝辞でほぼ埋まってしまったので、今回は山梨ダイマ成分多めでお送りします。作中舞台の元ネタに関していくつか言及しますので、ネタバレにシビアな方、どの山梨スポットが出てくるか楽しみにしてる方はお気をつけくださいまし（そんな人いるか？）

まずは喫茶店の『DRAGON CAFE』。こちら、本来の店名は『DRAGON COFFEE』になります（掲載許諾済み）

最寄り駅はＪＲ中央本線の竜王駅で、徒歩だと20分くらいです。車の場合は中央自動車道双葉スマートＩＣからすぐですね。お店には何台分か駐車場もあります。あとは大体本編に書いてある通りなので、本当かどうか確認してみよう（もはやダイマを隠すことすらしない）。お隣のドラゴンパークでピクニックしながらコーヒーブレイクもオツなものですよ！

続いて『舞鷺城《まいさぎじょう》公園』。これは『舞鶴城《まいづるじょう》公園（別名、甲府城）』が元ネタですね。ＪＲ甲府駅の目と鼻の先にあって、車窓からも余裕で見えるので迷うことはないと思います。拝観も基本無料なので、観光に訪れた際は是非是非。てっぺんはめっちゃ眺めいいよ！

それと『中央商店街』ですが、お城から南に進んでいったエリア一帯がそうです。昔ながら

のお店が多く、古き良き商店街を満喫できますので、お城観光と併せてお土産《みやげ》探しをしてみてもいいかもしれません。こちらも駅近です。

あとは某イタリアンファミレスもちゃんと駅ビルにありますし、第一巻で二人が変○モードで○○した（一応ネタバレ防止）パン屋もありますので、気になる方はご一緒に。

……うん、今度は山梨ネタで埋まりそうなのでここで切ります。

というわけで謝辞です！

いつもいつもナメクジ作家の無茶ぶりにパーフェクトにお応えくださるマイゴッド・椎名くろさん。「なんかこうなる気がしてた（白目）」が口癖になっちゃった大米さん。本当にありがとうございます。日本一の生産量を誇る山梨の桃あげるから許してください（結局ダイマ）

そして最後！

コミカライズ版『ラブだめ』が、6月25日刊行の『月刊ビッグガンガンVol.07（スクウェア・エニックス様）』より連載開始であります！

今まで想像の中にしかいなかったあんな7番さんこんな7番さんが見たい人は、ぜひぜひ誌面でチェックしてください！　もちろん電子版もあるよ！

それではみなさま、また次巻で！


～次こそいよいよ○○○○が……？～　２０２１年5月

GAGAGA

ガガガ文庫

現実でラブコメできないとだれが決めた?3

初鹿野 創

発行 2021年 5 月23日 初版第1刷発行
2021年11月20日 第2刷発行

発行人 鳥光 裕

編集人 星野博規

編集 大米 稔

発行所 株式会社小学館
〒101-8001 東京都千代田区一ツ橋2-3-1
[編集]03-3230-9343 [販売]03-5281-3556

カバー印刷 株式会社美松堂

印刷・製本 図書印刷株式会社

Printed in Japan ISBN978-4-09-453006-3